八骏图

沈从文 ○ 著

江苏人民出版社
凤凰含章

图书在版编目（CIP）数据

八骏图 / 沈从文著. --南京：江苏人民出版社，2014. 1

（含章文库. 沈从文集）

ISBN 978-7-214-10843-2

Ⅰ. ①八… Ⅱ. ①沈… Ⅲ. ①短篇小说—小说集—中国—现代 Ⅳ. ①I246.7

中国版本图书馆CIP数据核字（2013）第243326号

书　　名	**八骏图**
著　　者	沈从文
责任编辑	吴　迪
装帧设计	吕彦秋
出版发行	凤凰出版传媒股份有限公司 江苏人民出版社
出版社地址	南京市湖南路 1 号A楼，邮编：210009
出版社网址	http://www.jspph.com http://jspph.taobao.com
经　　销	凤凰出版传媒股份有限公司
印　　刷	北京旭丰源印刷技术有限公司
开　　本	880 mm × 1230 mm　1/32
印　　张	9.5
字　　数	190千字
版　　次	2014年1月第1版　2014年1月第1次印刷
标准书号	ISBN 978-7-214-10843-2
定　　价	29.80元

目录 · CONTENTS

—八骏图—

"先生，您第一次来青岛看海吗?"

"先生，您要到海边去玩，从草坪走去，穿过那片树林子，就是海。"

"先生，您想远远地看海，瞧，草坪西边，走过那个树林子——那是加拿大杨树，那是银杏树，从那个银杏树夹道上山，山头可以看海。"

"先生，他们说，青岛海与一切海都不同，比中国各地方海都美丽。比北戴河呢，强过一百倍；您不到过北戴河吗？那里海水是清的、浑的?"

"先生，今天七月五号，还有五天学校才上课。上了课，您们就忙了，应当先看看海。"

青岛住宅区××山上，一座白色小楼房，楼下一个光线充足的房间里，到地不过五十分钟的达士先生，正靠近窗前眺望窗外的景致。看房子的听差，一面为来客收拾房子，整理被褥，一面就同来客攀谈。这种谈话很显然的是这个听差希望客人对他得到一个好印象的。第一回开口，见达士先生笑笑不理会，顺眼一看，瞅着房中那口小皮箱上面贴的那个黄色大轮船商标，觉悟达士先生是出过洋的人物了，因此就换了口气，要来客注意青岛的海。达士先生还是笑笑不说什么，那听差于是解嘲似的说，青岛的海与其他地方的海如何不同，它很神秘，很不易懂。

分内事情做完后，这听差搓着两只手，站在房门边说：“先生，您叫我，就按那个铃。我名王大福，他们都叫我老王。先生，我的话您懂不懂？”

达士先生直到这个时候方开口说话：“谢谢你，老王。你说话我全听得懂。”

“先生，我看过一本书，学校朱先生写的，名叫《投海》，有意思。”这听差老王那么很得意地说着，笑眯眯地走了。天知道，这是一本什么书。

听差出门后，达士先生便坐在窗前书桌边，开始给他那个远在两千里外的美丽未婚妻写信。

瑗瑗：

我到青岛了。来到了这里，一切真同家中一样。请放心，这里吃的住的全预备得好好的！这里有个照料房子的听差，样子还不十分讨人厌，很欢喜说话，且欢喜在说话时使用一些新名词，一些与他生活不大相称的新名词。这听差真可以说是个“准知识阶级”，他刚刚离开我的房间。在房间帮我料理行李时，就为青岛的海，说了许多好话。照我的猜想，这个人也许从前是个海滨旅馆的茶房。他那派头很像一个大旅馆的茶房。他一定知道许多故事，记着许多故事（真是我需要的一头母牛）。我想当他作一册活字典，在这里两个月把他翻个透熟。

我窗口正望着海，那东西，真有点儿迷惑人！可是你放心，我不会跳到海里去的。假若到这里久一点儿，认识了它，了解了它，我可不敢说了。不过我若一不小心失足掉到海里去了，我一定还将努力向岸边泅来，因为那时我心想起你，我不会让海把我攫住，却尽你一个人孤孤单单。

达士先生打量捕捉一点儿窗外景物到信纸上，寄给远地那个人看看，停住了笔，抬起头来时窗外野景便朗然入目。草坪树林与远海，衬托得如一幅动人的画。达士先生于是又继续写道：

我房子的小窗口正对着一片草坪，那是经过一种精密的设计，用人工料理得如一块美丽毯子的草坪，上面点缀了一些不知名的黄色花草，远远望去，那些花简直是绣在上面的，这让我想起家中客厅里你做的那个小垫子。草坪尽头有个白杨林，据听差说那是加拿大种白杨林。林尽头是一片大海，颜色仿佛时时刻刻皆在那里变化；先前看看是条深蓝色缎带，这个时节却正如一块银子。

达士先生还想引用两句诗，说明这远海与天地的光色。一抬头，便见着草坪里有个黄色点子，恰恰镶嵌在全草坪最需要一点黄色的地方。那是一个穿着浅黄颜色袍子女人的身影。那女人正预备通过草坪向海边走去，随即消失在白杨树林里不见了。人俨然走入海里去了。

没有一句诗能说明阳光下那种一刹而逝的微妙感印。

达士先生于是把寄给未婚妻的第一个信，用下面几句话做了结束：

学校离我住处不算远，估计只有一里路，上课时，还得上一个小小山头，通过一个长长的槐树夹道。山路上正开着野花，颜色黄澄澄的如金子。我欢喜那种不知名的黄花。

达士先生下火车时是上午×点二十分。到地把住处安排好了，写完信，就过学校教务处去接洽，同教务长商量暑期学校十二个钟头讲演的分配方法。事很简便地办完了，就独自一人跑到海滨一个小餐馆吃了一顿很好的午饭。回到住处时，已是下午×点了。便又起始给那个未婚妻写信，报告半天中经过的事情。

瑗瑗：

我已经过教务处把我那十二个讲演时间排定了。所有时间皆在上午十点前。有八个讲演，讨论的问题，全是我在北京学校教过的那些东西。我不用预备就可以把它讲得很好。另外我还担任四点钟现代中国文学，两点钟讨论几个现代中国小说家所代表的倾向。你想象得出，这些问题我上堂同他们讨论时，一定能够引起他们的兴味。今天五号，过五天方能够开学。

我应当照我们约好的办法，白天除了上堂上图书馆，或到海边去散步以外，就来把所见所闻一一告给你。我要努力这样做。我一定使你每天可以接到我一封信，这信上有个我，与我在此所见社会的种种，小米大的事也不会瞒你。

我现在的住处是一座外表很可观的楼房。这原是学校特别为几个远地聘来的教授布置的。住在这个房子里的一共有八个人，其余七个我皆不相熟。这里住的有物理学家教授甲，生物学家教授乙，道德哲学家教授丙，哲学专家教授丁，以及西洋文学史专家教授戊等。这些名流我还不曾见面，过几天我会把他们的神气一一告诉你。

我预备明天方过校长处去，我明天将到他那儿吃午饭。我猜想得到，这人一见我就会说："怎么样，还可……应当邀你那个来海边看看！我要你来这里不是害相思病，原就只是让你休息休息，看看海。一个人看海，也许会跌到海里去给大鱼咬掉的！"瑗瑗，你说，我应如何回答这个人？

下车时我在车站外边站了一会儿，无意中就见到一种贴在阅报牌上面的报纸。那报纸登载着关于我们的消息。说我们两人快要到青岛来结婚。还有许多事是我们自己不知道的，也居然一行一行地上了版，印出给大家看了。那个做编辑的转述关于我的流行传说时，居然还附加着一个动人的标题——欢迎周达士先生。我真害怕这种欢迎。我担心一会儿就会有人来找我。我应当有个什么方法，同一切麻烦离远些，方有时间给你写信。你试想想看，假若我这时正坐在桌边写信，一个不速之客居然进了我的屋子里，猝然发问："达士先生，你又在写什么恋爱小说？你一共写了多少？是不是每个故事都是真的？都有意义？"这询问真使人受窘！我自然没有什么可回答。然而一到第二天，他们仍然会写出许多我料想不到的事情！他们会说是达士先生亲口对记者说的。事实呢，他也许就从不见过我。

达士先生离开××时，与他的未婚妻瑗瑗说定，每天写一个信回××。但初到青岛第一天，他就写了三个信。第三个信写成，预备叫听差老王丢进学校邮筒里去时，天已经快夜了。

达士先生在住处窗边享受来到青岛以后的第一个黄昏。一面眺望窗外的草坪——那草坪正被海上夕照烘成一片浅紫色。那种古怪色泽引起他一点回忆。

想起另外某一时，仿佛也有那么一片紫色在眼底炫耀。那是几张紫色的信笺，不会记错。

他打开箱子，从衣箱底取出一个厚厚的杂记本子，就窗前余光向那个书本寻觅一件东西。这上面保留了这个人一部分过去的生命。翻了一阵，果然，一个“七月五日”标题的记事被他找出来了。

七月五日

> 一切都近于多余。因为我走到任何一处皆将为回忆所围困。新的有什么可以把我从泥淖里拉出？这世界没有“新”，连烦恼也是很旧了的东西。

读完这个，有一点儿茫然自失，大致身体为长途折磨疲倦了，需要休息一会儿。

可是达士先生的一颗心却正准备到一个旧的环境里散散步。他重新去念着那个两年前七月五日寄给南京的×请她代他过××去看看□的一个信稿。那个原信是用暗紫色纸张写的，那个信发出时，也正是那么一个悦人眼目的黄昏。

这几个人的关系是×欢喜他，他却爱□，□呢，不讨厌×。

当□听人说到×极爱达士先生时，□便说：“这真是好事情。”然而人类事情常常有其相左的地方，上帝同意的人不同意，人同意的命运又不同意。×终于怀着一点儿悲痛，嫁给一个会计师了。×做了另外一个人的太太后，知道达士先生尚在无望无助中遣送岁月，便来信问达士先生，是不是要她做点儿什么事。她很想为他效点儿劳。因为她觉得他虽不爱她，派她做点儿事，尚可借此证明他还信任她。来信说得多委婉，多可怜！当时他被她一点点隐伏着的酸辛把心弄软了，便写了个信给×，托她去看看□。这个信不单是信任×，同时也就在告给×，莫用过去那点儿幻想折磨她自己。

> ×，你信我已见到了，一切我都懂。一切不是人力所能安排的，我们总莫过分去勉强。我希望我们皆多有一份理知，能够解去爱与憎的缠缚。
>
> 听说你是很柔顺贞静地做了一个人的太太，这消息使熟人极快乐。……死去了的人，死去了的日子，死去了的事，假若还能折磨人，都不应当留在人心上来受折磨；所以不是一个善忘的人企想“幸福”，最先应当学习的就是善忘。我近来正在一种逃遁中生活，希望从一切记忆围困中逃遁。与其尽回忆把自己弄得十分软弱，还不如保留一个未来的希望较好。
>
> 谢谢您在来信上提到那些故事，恰恰正是我讨厌一切写下的故事的时节。一个人应当去生活，不应当尽去想象生

活！若故事真如您称赞的那么好，也不过只证明这个拿笔的人，很愿意去一切生活里生活，因为无用无能，方转而来虐待那一只手罢了。

您可以写小说，因为很明显的事，您是个能够把文章写得比许多人还好的女子。若没有这点儿自信，就应当听一个朋友忠厚老实的意见。家庭生活一切过得极有条理，拿笔本不是必须的行为。为您自己设想可不必拿笔，为了读者，您不能不拿笔了。中国还需要这种人，忘了自己的得失成败，来做一点儿事情。我听人说到您预备去当伤兵看护，实际上您的长处可以当许多男子受伤灵魂的看护，后者职务实在比您去侍候伤兵还精细在行。您不觉得您写点儿文章比调换绷带方便些？您需要一点儿自觉，一点儿自信。

我不久或过××来，我想看看那“我极爱她她可毫不理我”的□。三年来我一切完了。我看看她，若一切还依然那么沉闷，预备回乡下去过日子，再不想麻烦人了。我应当保持一种沉默，到乡下生活十年，把最重要的一段日子费去。×，您若是个既不缺少那点儿好心也不缺少那种空闲的人，我请您去为我看看她。我等候您一个信。您随便给我一点儿见她以后的报告，对于我都应当说是今年来最难得的消息。

再过两年我会不会那么活着？

一切人事皆在时间下不断地发生变化。第一，这个×去年病死了。第二，这个□如今已成达士先生的未婚妻。第三，达士先生现在已不大看得懂那点儿日记与那个旧信上面所有的情绪。

他心想：人这种东西够古怪了，谁能相信过去，谁能知道未来？旧的，我们忘掉它。一定的，有人把一切旧的皆已忘掉了，却剩下某时某地一个人微笑的影子还不能够忘去。新的，我们以为是对的，我们想保有它，但谁能在这个人间保有什么？

在时间对照下，达士先生有点儿茫然自失的样子。先是在窗边痴着，到后来笑了。目前各事仿佛已安排对了。一个人应知足，应安分。天慢慢地黑下来，一切那么静。

瑗瑗：

暑期学校按期开了学。在校长欢迎宴席上，他似庄似谐把远道来此讲学的称为“千里马”；一则是人人皆赫赫大名，二则是不怕路远。假若我们全是千里马，我们现在的住处，便应当称为“马房”了！

我意思同校长稍稍不同。我以为几个人所住的房子，应当称为“天然疗养院”方能名实相副。你信不信？这里的人从医学观点看来，皆好像有一点儿病（在这里我真有个医生资格），我不说过我应当极力逃避那些麻烦我的人吗？可是，结果相反，三天以来同住的七个人，有六个人已同我很熟悉了。我有时与他们中一个两个出去散步，有时他们又到我屋子里来谈天，在短短时期中我们便发生了很好的友谊，教授丁、丙、乙、戊，尤其同我要好。便因为这种友谊，我诊断他们是病人。我说得一点儿不错，这不是笑话，这些教授中至少有两个人还有点儿疯狂，便是教授乙同教授丙。

我很觉得高兴，到这里认识了这些人，从这些专家方面，学了许多应学的东西。这些专家年龄有的已经五十四岁，有的还只三十左右。正仿佛他们一生所有的只是专门知识，这些知识有的同“历史”或“公式”不能分开，因此为人显得很庄严，很老成。但这就同人性有点儿冲突，有点儿不大自然。一个不到三十岁的小说作家，年龄同事业，从这些专家看来，大约应当属于“浪漫派”。正因为他们是“古典派”，所以对我这个“浪漫派”发生了兴味，发生了友谊。我相信我同他们的谈话，一面在检查他们的健康，一面也就解除了他们的“意结”。这些专家有的儿女已到大学三年级，早在学校里给同学写情书谈恋爱了，然而本人的心，真还是天真烂漫。这些人虽富于学识，却不曾享受过什么人生。便是一种心灵上的欲望，也被抑制着，堵塞着。我从这儿得到一点珍贵知识，原来十多年大家叫喊着“恋爱自由”这个名词，这些过渡人物所受的刺激，以及在这种刺激之下，藏了多少悲剧，这悲剧又如何普遍存在。

瑷瑷，你以为我说得太过分了是不是？我将把这些可尊敬的朋友神气，一个一个慢慢地写出来给你看。

达士

教授甲把达士先生请到他房里去喝茶谈天，房中布置在达士先生脑中留下那么一些印象：

房中小桌上放了张全家福的照片，六个胖孩子围绕着夫妇两人。太太似乎很肥胖。

白麻布蚊帐里，有个白布枕头，上面绣着一点蓝花。枕旁放了一个旧式扣花抱兜。一部《疑雨集》，一部《五百家香艳诗》。大白麻布蚊帐里挂一幅半裸体的香烟广告美女画。

窗台上放了个红色保肾丸小瓶子，一个鱼肝油瓶子，一点儿头痛膏。

教授乙同达士先生到海边去散步。一队穿着新式浴衣的青年女子迎面而来，切身走过。教授乙回身看了一下几个女子的后身，便开口说：

“真稀奇，这些女子，好像天生就什么事都不必做，就只那么玩下去，你说是不是？”

“……”

"上海女子全像不怕冷。"

"……"

"宝隆医院的看护，十六元一月；新新公司的卖货员，四十元一月。假若她们并不存心抱独身主义，在货台边相攸的机会，你觉不觉得比病房中机会要多一些？"

"……"

"我不了解刘半农的意思，女子文理学院的学生全笑他。"

走到沙滩尽头时，两人便越马路到了跑马场。场中正有人调马。达士先生想同教授乙穿过跑马场，由公园到山上去。教授乙发表他的意见，认为那条路太远，海滩边潮水尽退，倒不如在湿沙上走走有意思些。于是两人仍回到海滩边。

达士先生说：

"你怎不同夫人一块来？家里在河南，在北京？"

"……"

"小孩子读书实在也麻烦，三个都在南开吗？"

"……"

"家乡无土匪倒好。从不回家，其实把太太接出来也不怎么费事；怎么不接出来？"

"……"

"那也很好，一个人过独身生活，实在可以说是洒脱、方便。但是，有时候不寂寞吗？"

"……"

"你觉得上海比北京好？奇怪。一个二十来岁的人，若想胡闹，应当称赞上海；若想念书，除了北京往哪里走？你觉得上海可以——"

那一队青年女子，恰好又从浴场南端走回来。其中一个穿着件红色浴衣，身材丰满高挑，风度异常动人。赤着两只脚，经过处，湿沙上便留下一列美丽的脚印。教授乙低下头去，从女人一个脚印上拾起一枚闪放珍珠光泽的小小蚌螺壳，用手指轻轻地很情欲地拂拭着壳上黏附的沙子。

"达士先生，你瞧，海边这个东西真美丽。"

达士先生不说什么，只是微笑着，把头掉向海天一方，眺望着天际白帆与烟雾。

道德哲学教授丙，从住处附近山中散步回到宿舍，差役老王在门前交给他一个红喜帖："先生，有酒喝！"教授丙看看喜帖是上海×先生寄来的，过达士先生房中谈闲天时，就说起×先生。

"达士先生，您写小说我有个故事给您写。民国十二年，我在杭州××大学教书，与×先生共事。这个人您一定闻名已久。这是个从五四运动以来有戏剧性过了好一阵热闹日子的人物！这×先生当时住在西湖边上，租了两间小房子，与一个姓□的爱人同住。各自占据一个房间，各自有一铺床。两人日里共同吃饭，共同散步，共同做事读书，只是晚上不共同睡觉。据说这个叫作'精神恋爱'。×先生为了阐发这种精神恋爱的好处，同时还著了一本书，解释它，提倡它。性行为在社会引起纠纷既然特别多，性道德又是许多学者极热烈高兴讨论的问题。当时倘若有只公鸡，在母鸡身边，还能做出一种无动于衷的阉鸡样子，也会为青年学者注意。至于一个公人，能够如此，自然更引人注意，成为了不起的一件大事了。社会本是那么一个凡事皆浮在表面上的社会，因此×先生在他那份生活上，便自然有一种伟大的感觉，日子过得仿佛很充实。分析一下，也不过是佛教不净观与儒家贞操说两种鬼在那里作祟罢了。

“有朋友问×先生，你们过日子怪清闲，家里若有个小孩，不热闹些吗？×先生把那朋友看得很不在眼似的说：嘿，先生，你真不了解我。我们恋爱哪里像一般人那种兽性；你真是——有眼不识泰山。你不看过我那本书吗？他随即送了那朋友一本书。

“到后丈母娘从四川省远远地跑来了，两夫妇不得不让出一间屋子给丈母娘住。两人把两铺床移到一个房中去，并排放下。另一朋友知道了这件事后，就问他，×先生如今主张会变了吧？×先生听到这种话，非常生气地说：哼，你把我当成畜生！从此不再同那个朋友来往。

“过了一年，那丈母娘感觉生活太清闲，那么过日子下去实在有点儿寂寞，希望做外祖母了。同两夫妇一面吃饭，一面便用说笑话口气发表意见，以为家中有个小孩子，麻烦些同时也一定可以热闹些。两夫妇不待老母亲把话说完，同声齐嚷起来：娘，你真是无办法。怎不看看我们那本书？两夫妇皆把丈母娘当成老顽固，看来很可怜。以为不受过高等教育的人，除了想儿女为她养孩子含饴弄孙以外，真再也没有什么高尚理想可言！

“再过一阵，女的害了病，害了一种因贫血而起的某种病。×先生陪她到医生处去诊病。医生原认识两人，在病状报告单上称女的为×太太，两夫妇皆不高兴，勒令医生另换一纸片，改为□小姐。医生一看病人，已知道了病因所在，是在一对理想主义者，为了那点儿违反人性的理想把身体弄糟了。要它好，简便得很，发展兽性，自然会好！医生有做医生的义务，就老老实实把意见告给×先生。×先生听完，一句话不说，拉了女的就走。女的还不明白是怎么回事。×先生说，这家伙简直是一个流氓，一个疯子，哪里配做医生！后来且同别人说，这医生太不正经，一定靠卖春药替人堕胎讨生活。我要上衙门去告他。公家应当用法律取缔这种坏蛋，不许他公然在社会上存在，方是道理。

“于是女人改医生服中药，贝母当归煎剂吃了无数，延缠半年，终于死去了。×先生在女的坟头立了一个纪念碑，石上刻字：我们的恋爱，是神圣纯洁的恋爱！当时的社会是不大吝惜同情的，自然承认了这件事。凡朋友们不同意这件事的，×先生就觉得这朋友很卑鄙龌龊，不了解人间恋爱可以做到如何神圣、纯洁与美丽，永远不再同那个朋友往来。

“今天我却接到这个喜帖，才知道原来×先生八月里在上海要同上海交际花结婚了，有意思。潮流不同了，现在一定不再那个了。”

达士先生听完了这个故事，微笑着问教授丙：“丙先生，我问您，您的恋爱观怎么样?”

教授丙把那个红喜帖折叠成一个老猪头。

“我没有恋爱观，我是个老人了，这些事应当是儿女们的玩意儿了。”

达士先生房中墙壁上挂了个希腊爱神照片，教授丙负手看了又看，好像想从那大理石胴体上凹下处凸出处寻觅些什么，发现些什么。到把目光离开照片时，忽然发问：“达士先生，您班上有个×××，是不是?”

“真有这样一个人。您怎么认识她？这个女孩子真是班上顶美……”

“她是我的内侄女。”

“哦，您们是亲戚!”

“这孩子还聪敏，书读得不坏。”说着，教授丙把视线再度移到墙头那个照片上去，心不在焉地问道，“达士先生，这照片是从希腊人的雕刻照下的吗?”这种询问似乎不必回答，达士先生很明白。

达士先生心想：“丙先生倒有眼睛，认识美。”不由得不来一个会心微笑。

两人于是同时皆有一个苗条圆熟的女孩子影子，在印象中晃着。

教授丁邀约达士先生到海边去坐船。乳白色的小游艇，支持了白色三角形小帆。顺着微风，向作宝石蓝颜色镜平放光的海面滑去。天气明朗而温柔。海浪轻轻地拍着船头和船舷，船身略侧，向前滑去时轻盈得如同一只掠水的小燕儿。海天尽头有一点淡紫色烟子。天空正有白鸟三五，从容向远海飞去。这点儿光景恰恰像达士先生另外一个记载里的情形。便是那只船，也如当前的这只船。有一点儿稍稍不同，就是坐在达士先生对面的一个人，不是医生，却换了一个哲学教授丁。

两人把船绕着小青岛去。讨论着当年若墨医生与达士先生尚未讨论出结果的那个问题——女人，一个永远不能结束定论的议题！

教授丁说：

“大概每个人皆应当有一种辖制，方能像一个人。不管受神的、受鬼的、受法律的、受医生的、受金钱的、受名誉的、受牙痛的、受脚气的，必须有一点从外而来或由内而发的限制，人才能够像一个人。一个不受任何拘束的人，表面看来极其自由，其实他做什么也不成功。因为他不是个人。他无拘束，同时也就不会有多少气力。

“我现在若一点儿不受拘束，一切欲望皆苦不了我，一切人事我不管，这绝不是个好现象。我有时想着就害怕。我明白，我自己居然能够活下去，还得感谢社会给我那一点拘束。若果没有它，我就自杀了。

“若墨医生同我在这只小船上的座位虽相差不多，我们又同样还不结婚。可是，他讨厌女人，他说：一个女人在你身边时折磨你的身体，离开你身边时又折磨你的灵魂。女子是一个诗人想象的上帝，是一个浪子官能的上帝。他口上尽管讨厌女人，不久却把一个双料上帝弄到家中做了太太，在裙子下讨生活了。我一切恰恰同他相反。我对女人，许多女人皆发生兴味。那些肥的、瘦的，有点儿装模作样或是势利浅浮的，似乎只因为她们是女子，有女子的好处，也有女子的弱点，我就永远不讨厌她们。我不能说出若墨医生那种警句，却比他更了解女子。许多讨厌女子的人，皆在很随便情形下同一个女子结了婚。我呢，我欢喜许多女人，对女人永远倾心，我却再也不会同一个女人结婚。

“照我的哲学崇虚论来说，我早就应当自杀了。然而到今天还不自杀，就亏得这个世界上尚有一些女人。这些女人我皆很情欲地爱着她们。我在那种想象荒唐中疯人似的爱着她们。其中有一个我尤其倾心，但我却极力制止自己的行为。始终不让她知道我爱她。我若让她知道了，她也许就会嫁给我。我不预备这一着。我逃避这一着。我只想等到她有了四十岁，把那点女人极重要的光彩大部分已失去时，我再去告她，她失去了的，在我心上还好好地存在。我为的是爱她，为的是很情欲地爱她，总觉得单是得到了她还不成，我便尽她去嫁给一个明明白白一切皆不如我的人，使她同那男子在一处消磨尽这个美丽生命。到了她本身已衰老时，我的爱一定还新鲜而活泼。

“您觉得怎么样，达士先生?”

达士先生有他的意见：

“您的打算还仍然同若墨医生差不多。您并不是在那里创造哲学，不过是在那里被哲学创造罢了。您同许多人一样，放远期账，表示远见与大胆，且以为将来必可对本翻利。但是您的账放得太远了，我为您担心。这种投资我并无反对理由，因为各人有各人耗费生命的权利和自由，这正同我打量投海，觉得投海是一种幸福时，您不便干涉一样。不过我若是个女人，对于您的计划，可并无多少兴味。您有哲学，却缺少常识。您以为您到了那个年龄，脑子尚能有如今这样充满幻想，且以为女子到了四十岁，也还会如十八岁时那么多情善感。这真是糊涂。我敢说您必输到这上面。您若有兴味去看一本关于××的书籍，您会觉得您那哲学必须加以小小修改了。您爱她，得给她。这是自然的道理。您爱她，使她归您，这还不够，因为时间威胁到您的爱，便想违反人类生命的秩序，而且说这一切皆为女人着想。我看看，这同束身缠脚一样，不大自然，有点儿残忍。”

“你以为这个事太不近情，是不是?我们每一个人皆可听凭自己的意志建筑一座礼拜堂，供奉自己所信仰的那个上帝。我所造的神龛，我认为是世界上最美丽的神龛。这事由你看来，这么办耗费也许大一点儿。可是恋爱原本就是一种奢侈的行为。这世界正因为吝啬的人太多了，所以凡事皆做不好。我觉得吝啬原邻于愚蠢。一个人想把自己的人格放光，照耀蓝空，炫人眼目如金星，愚蠢人绝做不出。”

“您想这么做是中了戏剧的毒。您能这么做可以说是很有演剧的天才。我承认您的聪明。”

“你说对了。我是在演剧。很大胆地把角色安排下来，我期待的就正是在全剧进行中很出众，然而近人情，到重要时忽然一转，尤其惊人。”

达士先生说：

“说得对。一个人若真想把自己全部生活放在热闹紧张场面上去发展，放在一种变态的不自然的方法中去发展，在一个艺术家眼里看来，没有反对的道理。一切艺术原皆不容许平凡。不过仍然用演戏取譬，你想不想到时间太久了一点儿，您那个女角，能不能支持得下去？世界上尽有许多女人在某一小时具有为诗人与浪子拜倒那个上帝的完美，但绝不能持久。您承认她们到某一时会把生命光彩失去，却不想想一个表面失去了光彩的女人，还剩下一些什么东西。”

“那你意思怎么样？”

“爱她，得到她。爱她，一切给她。”

“爱她，如何能长久得到她？一切给她，什么是我？若没有我，怎么爱她？”

达士先生知道教授戊是个结了婚后一年又离婚的人，想明白他对于这件事的意见同感想。下面是教授戊的答案：

女人，多古怪的一种生物！你若说："我的神，我的王后，你瞧，我如何崇拜你！让莎士比亚的胸襟为一个女人而碎吧，同我来接一个吻！"好辞令。可是那地方若不是戏台，却只是一个客厅呢？你将听到一种不大自然的声音（她们照例演戏时还比较自然），她们回答你说："不成，我并不爱你。"好，这事也就那么完结了。许多男子就那么离开了他的爱人，男的当然便算作失恋。过后这男子事业若不大如意，名誉若不大好，这些女人将那么想："我幸好不曾上当。"但是，另外某种男子，也不想做莎士比亚，说不出那么雅致动人的话语。他要的只是机会。机会许可他傍近那个女子身边时，他什么空话不必说，就默默地吻了女人一下。这女子在惊慌失措中，也许一伸手就打了他一个耳光，然而男子不作声，却索性抱了女子，在那小小嘴唇上吻个一分钟。他始终没有说话，不为行为加以解释。他知道这时节本人不在议会，也不在课室。他只在做一件事！结果，沉默了。女人想："他已吻过我了。"同时她还知道了接吻对于她毫无什么损失，到后，她成了他的妻子。这男人同她过日子过得好，她十年内就为他养了一大群孩子，自己变成一个中年胖妇人；男子不好，她会解说："这是命。"

是的，女人也有女人的好处。我明白她们那些好处。上帝创造她们时并不十分马虎，既给她们一个精致柔软的身体，又给她们一种知足知趣的性情，而且更有意思，就是同时还给她们创造一大群自作多情又痴又笨的男子，因此有恋爱小说，有诗歌，有失恋自杀，有……结果便是女人在社会上居然占据一种特殊地位，仿佛凡事皆少不了女人。

我以为这种安排有一点错误。从我本身起始，想把女人的影响，女人的牵制，尤其是同过家庭生活那种无趣味的牵制，在摆得开时乘早摆开。我就这样离了婚。

达士先生向草坪望着："老王，草坪中那黄花叫什么名?"

老王不曾听到这句话，不作声。低头做事。

达士先生又说："老王，那个从草坪里走来看庚先生的女人是什么人?"

听差老王一面收拾书桌一面也举目从窗口望去："××女子中学教书先生。长得很好，是不是?"说着，又把手向楼上指指，轻声地说，"快了，快了。"那意思似乎在说两人快要订婚，快要结婚了。

达士先生微笑着："快什么了?"

达士先生书桌上有本老舍作的小说，老王随手翻了那么一下："先生，这是老舍作的，你借我这本书看看好不好？怎么这本书名叫《离婚》?"

达士先生好像很生气地说："怎么不叫《离婚》？我问你，老王。"

楼上电铃忽响，大约住楼上的教授庚，也在窗口望见了经草坪里通过向寄宿舍走来的女人了，呼唤听差预备一点儿茶。

一个从××寄过青岛的信——

达士先生：

你给我为历史学者教授辛画的那个小影，我已见到了。你一定把它放大了点儿。你说到他向你说的话，真不大像他平时为人，可是我相信你画他时一定很忠实。你那支笔可以担保你的观察正确。这个速写同你给其他先生们的速写一样，各自有一种风格，有一种跃然纸上的动人风格，我读他时非常高兴。不过我希望你……因为你应当记得着，你把那些速写寄给什么人。教授辛简直是个疯子。

你不说宿舍里一共有八个人吗？怎么始终不告给我第七个是谁？你难道半个月以来还不同他相熟？照我想来这一定也有点儿原因。好好地告给我。

天保佑你。

瑗瑗

达士先生每当关着房门，记录这些专家的风度与性格到一个本子上去时，便发生一种感想："没有我这个医生，这些人会不会发疯？"其实这些人永远不会发疯，那是很明白的。并且发不发疯也并非他注意的事情，他还有许多必须注意的事。

他同情他们，可怜他们。因为他自以为是个身心健康的人。他预备好好地来把这些人物安排在一个剧本里，这自以为医治人类灵魂的医生，还将为他们指示出一条道路，就是凡不能安身立命的中年人，应勇敢走去的那条道路。他把这件事，描写得极有趣味地寄给那个未婚妻去看。

但这个医生既感觉在为人类尽一种神圣的义务，发现了七个同事中有六个心灵皆不健全，便自然引起了注意另外那一个健康人的兴味。事情说来稀奇，另外那个人竟似乎与他“无缘”。那人的住处，恰好正在达士先生所住房间的楼上，从××大学欢迎宴会的机会中，那人因同达士先生座位相近，经×校长短短的介绍，他知道那是经济学者教授庚。除此以外，就不能再找机会使两人成为朋友了。两人不能相熟自然有个原因。

达士先生早已发现了，原来这个人精神方面极健康，七个人中只有他当真不害什么病。这件事得从另外一个人来证明，就是有一个美丽女子常常来到寄宿舍，拜访经济学者庚。

有时两人在房里盘桓，有时两人就在窗外那个银杏树夹道上散步。那来客看样子有二十五六岁，同时看来也可以说只有二十来岁。身材面貌皆在中人以上。最使人不容易忘记的，就是一双诗人常说“能说话能听话”的那种眼睛。也便是这一双眼睛，因此使人估计她的年龄，容易发生错误。

这女人既常常来到宿舍，且到来以后，从不闻一点儿声息，仿佛两人只是默默地对坐着。看情形，两个人感情很好。达士先生既注意到这两个人，又无从与他们相熟，因此在某一时节，便稍稍滥用一个作家的特权，于一瞥之间从女人所得的印象里，想象到这个女子的出身与性格，以及目前同教授庚的关系。

这女子或毕业于北平故都的国立大学，所学的是历史，对诗词具有兴味，因此辞章知识不下于历史知识。

这女子在家庭中或为长女。家中一定是个绅士门阀，家庭教育良好，中学教育也极好。从×大学历史系毕业后，就来到××女子中学教书，每星期约教十八点钟课，收入一百元左右。在学校中很受同事与学生敬爱。初来时，且间或还会有一个冒险的，不大知趣的，山东籍国文教员，给她一种不甚得体的殷勤。然而那一种端静自重的外表，却制止了这男子野心的扩张。还有个更重要的原因，便是北京方面每天皆有一个信给她，这件事从学校同事看来，便是“有了主子”的证明，或是一个情人，或是一个好友，便因为这通信，把许多人的幻想消灭了。这种信从上礼拜起始不再寄来，原来那个写信人教授庚已到了青岛，不必再寄什么信了。

这女人从不放声大笑，不高声说话，有时与教授庚一同出门，也静静地走去，除了脚步声便毫无声响。教授庚与女人的沉默，证明两人正爱着，而且贴骨贴肉如火如荼地爱着。唯有在这种症候中，两个人才能够如此沉静。

女人的特点是一双眼睛，它仿佛总时时刻刻警告人，提醒人。你看她，它似乎就在说："您小心一点儿，不要那么看我。"一个熟人在她面前说了点儿放肆话，有了点儿不庄重行动，它也不过那么看看。这种眼光能制止你行为的过分，同时又俨然在奖励你手足的撒野。它可以使俏皮角色诚实稳重，不敢胡来乱为，也能使老实人产生幻想，贪图进取。它仿佛永远有一种羞怯之光；这个光既代表贞洁，同时也就充满了情欲。

由于好奇，或由于与好奇差不多的原因，达士先生愿意有那么一个机会，多知道一点点这两人的关系。因为照他的观察来说，这两人关系一定不大平常，其中有问题、有故事。再则女的那一份沉静实在吸引着他，使他觉得非多知道她一点儿不可。而且仿佛那女人的眼光，在达士先生脑子里，已经起了那么一种感觉："先生，我知道你是谁。我不讨厌你。到我身边来，认识我，崇拜我，你不是个糊涂人，你明白，这个情形是命定的，非人力所能抗拒的。"这是一种挑战，一种沉默的挑战。然而达士先生却无所谓。他不过有点儿好奇罢了。

那时节，正是国内许多刊物把达士先生的恋爱故事加以种种渲染，引起许多人发生兴味的时节。这个女人必知道达士先生是个什么人，知道达士先生行将同谁结婚，还知道许多达士先生也不知道的事，就是那种失去真实性的某一种铺排得极其动人的谣言。

达士先生来到青岛的一切见闻，皆告诉给那个未婚妻，上面事情同一点儿感想，却保留在一个日记本子上。

达士先生有时独自在大草坪散步，或从银杏夹道上山去看海，有三四次皆与那个经济学者一对儿碰头。这种不期而遇也可以说是什么人有意安排的。相互之间虽只随随便便那么点一点头便各自走开，然而却在无形中增加了一种好印象。当达士先生从那个女人眼睛里再看出一点点东西时，他逃避了那一双稍稍有点儿危险的眼睛，散步时走得更远了一点儿。

他心想："这真有点儿好笑。若在一年前，一定的，目前的事会使我害一种很厉害的病。可是现在不碍事了。生活有了免疫性，那种令人见寒作热的病皆不至于上身了。"他觉得他的逃避，却只是在那里想方设法使别人不至于害那种病。因为那个女人原不宜于害病，那个教授庚，能够不害那一种病，自然更好。

可是每种人事原来皆俨然被一只看不见的手所安排。一切事皆在凑巧中发生，一切事皆在意外情形下变动。××学校的暑期学校演讲行将结束时，某一天，达士先生忽然得到一个不具名的简短信件，上面只写着这样两句话：

> 学校快结束了，舍得离开海吗？（一个人）

一个什么人？真有点儿离奇可笑。

这个怪信送到达士先生手边时，凭经验，可以看出写这个信的人是谁。这是一颗发抖的心同一只发抖的手，一面很羞怯，又一面在狡猾地微笑，把信写好亲自付邮的。不管这个人是谁，不管这个信写得如何简单，不管写这个信的人如何措辞，达士先生皆明白那种来信表示的意义。达士先生照例不声不响，把那种来信搁在一个大封套里。一切如常，不觉得幸福也不觉得骄傲，间或也不免感到一点儿轻微惆怅。且因为自己那份冷静，到了明知是谁以后，表面上还不注意，仿佛多少总辜负了面前那年轻女孩子一份热情，一份友谊。可是这仍然不能给他如何影响。假若沉静是他分内的行为，他始终还保持那份沉静。达士先生的态度，应当由人类那个习惯负一点儿责；应当由那个拘束人类行为，不许向高尚纯洁发展，制止人类幻想，不许超越实际世界，一个有势力的名词负点儿责。达士先生是个订过婚的人。在“道德”名分下，把爱情的门锁闭，把另外女子的一切友谊拒绝了。

得到那个短信时，达士先生看了看，以为这一定又是一个什么自作多情的女孩子写来的。手中拈着这个信，一面想起宿舍中六个可怜的同事，心中不由得不侵入一点忧郁。“要它的，它不来；不要的，它偏来。”这便是人生？他于是轻轻地自言自语说：“不走，又怎么样？一个真正古典派，难道还会成一个病人？便不走，也不至于害病！”很的确，就因事留下来，纵不走，他也不至于害病的。他有经验，有把握，是个不怕什么魔鬼诱惑的人。另外一时他就站过地狱边沿，也不炫目，不发晕。当时那个女子，却是个使人值得向地狱深井跃下的女子。他有时自然也把这种近于挑战的来信，当成青年女孩子一种大胆妄为的感情的游戏，为了训练这些大胆妄为的女孩子，他以为不做理会是一种极好的处置。

瑗瑗：

我今天晚车回××。达。

达士先生把一个简短电报亲自送到电报局拍发后，看看时间还只五点钟。行期既已定妥，在青岛勾留算是最后一天了。记起教授乙那个神气，记起海边那种蚌壳。当达士先生把教授乙在海边拾蚌壳的一件事情告给瑗瑗时，回信就说：

不要忘记，回来时也为我带一点点蚌壳来。我想看看那个东西！

达士先生出了电报局，因此便向海边走去。

到了海水浴场，潮水方退，除了几个会骑马的外国人骑着黑马在岸边奔跑外，就只有两个看守浴场的工人在那里收拾游船，打扫沙地。达士先生沿着海滩走去，低着头寻觅这种在白沙中闪放珍珠光的美丽蚌壳。想起教授乙拾蚌壳时那副神气，觉得好笑。快要走到东端时，忽然发现湿沙上有谁用手杖斜斜地画着两行字迹，走过去看看，只见沙上那么写着：

这个世界也有人不了解海，不知爱海。也有人了解海，不敢爱海。

达士先生想想那个意思，笑了。他是个辨别笔迹的专家，认识那个字迹，懂得那个意义。看看潮水的印痕，便知道留下这种玩意儿的人，才刚刚离此不久。这倒有点儿古怪。难道这人就知道达士先生今天一早上会来海边，恰好先来这里留下这两行字迹？还是这人每天皆来到海边，写那么两行字，期望有一天会给达士先生见到？不管如何，这方式显然的是在大胆妄为以外，还很机灵狡狯的，达士先生皱眉头看了一会儿，就走开了。一面仍然低头走去，一面便保护自己似的想道："鬼聪明，你还是要失败的。你太年轻了，不知道一个人害过了某种病，就永远不至于再传染了！你真聪明，你这点聪明将来会使你在另外一件事情上成就一件大事业，但在如今这件事情上，应当承认自己赌输了！这事不是你的错误，是命运。你迟了一年。……"然而不知不觉，却面对着大海一方，轻轻地舒了一口气。

不了解海，不爱海，是的。了解海，不敢爱海，是不是？

他一面走一面口中便轻轻数着："是——不是？不是——是？"

忽然间，沙地上一件新东西使他愣住了。那是一对眼睛，在湿沙上画好的一对美丽眼睛。旁边那么写着：

瞧我，你认识我！

是的，那是谁，达士先生认识得很清楚的。

一个耙沙工人扛一把平头铲沿着海岸走来，走过达士先生身边时，达士先生赶着问："慢点儿走，我问你，你知不知道这是谁画的？"说完他把手指着那些骑马的人。那工人却纠正他的错误，手指着山边一堵浅黄色建筑物："喏，女先生画的！"

"你亲眼看见是个女先生画的？"

工人看看达士先生，不大高兴似的说："我怎不眼见？"

那工人说完，扬扬长长地走了。

达士先生在那沙地上一对眼睛前站立了一分钟，仍然把眉头略微皱了那么一下，沉默地沿海走去了。海面有微风皱着细浪。达士先生弯腰拾起了一把海沙向海中抛去。"狡猾东西，去了吧。"

十点二十分达士先生回到了宿舍。

听差老王从学校把车票取来，告给达士先生，晚上十一点二十五分开车，十点半上车不迟。

到了晚上十点钟，那听差来问达士先生，是不是要他把行李先送上车站去，就便还给达士先生借的那本《离婚》。达士先生会心微笑地拿起那本书来翻阅，却给听差一个电报稿，要他到电报局去拍发。那电报说：

瑗瑗：

我害了点儿小病，今天不能回来了。我想在海边多住三天；病会好的。达士。

一件真实事情，这个自命为医治人类魂灵的医生，的确已害了一点儿很蹊跷的病。这病离开海，不易痊愈的，应当用海来治疗。

一九三五年夏作

—丈夫—

落了春雨，一共有七天，河水涨大了。

河中涨了水，平常时节泊在河滩的烟船、妓船，离岸极近，全系在吊脚楼下的支柱上。

在楼上四海春茶馆喝茶的闲汉子，俯身临河一面窗口，可以望到对河宝塔边“烟雨红桃”的好景致，也可以知道船上妇人陪客烧烟的情形。因为那么近，上下都方便，有喊熟人的声音，从上面或从下面喊叫。到后是互相见面了，谈话了，取了亲昵样子，骂着野话粗话，于是楼上人会了茶钱，从湿而发臭的甬道走去，从那些肮脏地方走到船上了。

上了船，花钱半块到五块，随心所欲吃烟睡觉，同妇人毫无拘束地放肆取乐。这些在船上生活的大臀肥身的年轻乡下女人，就用一个妇人的好处，热忱而切实地服侍男子过夜。

船上人，把这件事也像其余地方一样，叫这作“生意”。她们都是做生意而来的。在名分上，那名称与别的工作同样，既不和道德相冲突，也并不违反健康。她们从乡下来，从那些种田挖园的人家，离了乡村，离了石磨同小牛，离了那年轻而强健的丈夫，跟随了一个同乡熟人，就来到这船上做生意了。做了生意，慢慢地变成城市里人，慢慢地与乡村离远，慢慢地学会了一些只有城市里才需要的恶德，于是妇人就毁了。但那毁是慢慢地，因为很需要一些日子，所以谁也不去注意。而且也仍然不缺少在任何情形下还依旧好好地保留着那乡村纯朴气质的妇人。所以在本市大河妓船上，绝不会缺少年轻女子的来路。

事情非常简单，一个不亟亟于生养孩子的妇人，到了城市，能够每月把从城市里两个晚上所得的钱，送给那留在乡下诚实耐劳、种田为生的丈夫，在那方面就过了好日子，名分不失，利益存在。所以许多年轻的丈夫，在娶媳妇以后，把她送出来，自己留在家中耕田种地，安分过日子，也竟是极其平常的事情。

这种丈夫，到什么时候，想到那在船上做生意的年轻的媳妇，或逢年过节，照规矩要见见媳妇的面了，媳妇不能回来，自己便换了一身浆洗干净的衣服，腰带上挂了那个工作时常不离口的短烟袋，背了整箩整篓的红薯糍粑之类，赶到市上来，像访远亲一样，从码头第一号船上问起，一直到认出自己女人所在的船上为止。问明白后，到了船上，小心小心地把一双布鞋放到舱外护板上，把带来的东西交给了女人，一面便用着吃惊的眼睛，搜索女人的全身。这时节，女人在丈夫眼下自然已完全不同了。

大而油光的发髻，用小镊子扯成的细细眉毛，脸上的白粉同绯红胭脂，以及那城市里人的神气派头、城市里人的衣服，都一定使从乡下来的丈夫感到极大的惊讶，有点儿手足无措。那呆相是女人很容易清楚的。女人到后开了口，或者问：“那次五块钱得了吗？”或者问：“我们那对猪养儿子了没有？”女人说话时口音自然也完全不同了，变成像城市里做太太的大方自由，完全不是在乡下做媳妇的羞涩畏缩神气了。

听女人问起钱，问起家乡豢养的猪，这做丈夫的看出自己做丈夫的身份，并不在这船上失去，看出这城里奶奶还不完全忘记乡下，胆子大了一点儿，慢慢地摸出烟管同火镰。第二次惊讶，是烟管忽然被女人夺去，即刻在那粗而厚大的手掌里，塞了一支“哈德门”香烟的缘故。吃惊也仍然是暂时的事，于是这做丈夫的，一面吸烟一面谈话……

到了晚上，吃过晚饭，仍然在吸那有新鲜趣味的香烟。来了客，一个船主或一个商人，穿生牛皮长筒靴子，抱兜一角露出粗而发亮的银链，喝过一肚子烧酒，摇摇荡荡地上了船。一上船就大声地嚷要亲嘴要睡觉。那洪大而含糊的声音，那势派，都使这做丈夫的想起了村长同乡绅那些大人物的威风。于是这丈夫不必指点，也就知道往后舱钻去，躲到那后梢舱上去低低地喘气，一面把含在口上的那支卷烟摘下来，毫无目的地眺望河中暮景。夜把河上改变了，岸上河上已经全是灯火。这丈夫到这时节一定要想起家里的鸡同小猪，仿佛那些小小东西才是自己的朋友，仿佛那些才是亲人，如今和妻接近，与家庭却离得很远，淡淡的寂寞袭上了身，他愿意转去了。

当真转去没有？不。三十里路，路上有豺狗，有野猫，有查夜放哨的团丁，全是不好惹的东西，转去实在做不到。船上的大娘自然还得留他上“三元宫”看夜戏，到“四海春”去喝清茶。并且既然到了市上，大街上的灯同城市中人更不可不去看看。于是留下了，坐在后舱看河中景致，等候大娘的空暇。到后要上岸时，就由船边小阳桥攀缘篷架到船头；玩过后，仍然由那旧地方转到船上，小心小心地使声音放轻，省得留在舱里躺到床上烧烟的客人发怒。

到要睡觉的时候，城里起了更，西梁山上的更鼓咚咚响了一会儿，悄悄地从板缝里看看客人还不走，丈夫没有什么话可说，就在梢舱上新棉絮里一个人睡了。半夜里，或者已睡着，或者还在胡思乱想，那媳妇抽空爬过了后舱，问是不是想吃一点儿糖。本来非常欢喜口含片糖的脾气，做媳妇的记得清楚明白，所以即或说已经睡觉，已经吃过，也仍然还是塞了一小片糖在口里。媳妇用着略略抱怨自己那种神气走去了。丈夫把糖含在口里，正像仅仅为了这一点理由，就得原谅媳妇的行为，尽她在前舱陪客，自己仍然很和平地睡觉了。

这样丈夫在黄庄多着！那里出强健女子同忠厚男人。地方实在太穷了，一点点收成照例要被上面的人拿去一大半，手足贴地的乡下人，任你如何勤省耐劳地干做，一年中四分之一时间，即或用红薯叶和糠灰拌和充饥，总还是不容易对付下去。地方虽在山中，离大河码头只三十里，由于习惯，女子出乡讨生活，男人通明白这做生意的一切利益。他懂事，女人名分仍然归他，养得儿子归他，有了钱，也总有一部分归他。

那些船只排列在河下，一个陌生人，数来数去是永远无法数清的。明白这数目，而且明白那秩序，记忆得出每一个船和摇船人样子的，是五区一个老“水保”。

水保是个独眼睛的人。这独眼据说在年轻时节因殴斗杀过一个水上恶人，因为杀人，同时也就被人把眼睛抠瞎了。但两只眼睛不能分明的，他一只眼睛却办到了。一个河里都由他管事。他的权力在这些小船上，比一个中国的皇帝、总统在地面上的权力还统一集中。

涨了河水，水保比平时似乎忙多了。由于责任，他得各处去看看，是不是有些船上做父母的上了岸，小孩子在哭奶了。是不是有些船上在吵架，需要排难解纷。是不是有些船因照料无人，有溜去的危险。在今天，这位大爷，并且要到各处去调查一些从岸上发生影响到了水面的事情。岸上这几天来出过三次小抢案，据公安局那方面人说，凡地上小缝小罅都找寻到了，还是毫无线索。地上小缝小罅都亏那些体面的在职从公人员找过，于是水保的责任便到了。他得了通知，就是那些说谎话的公安局办事处通知，要他到半夜会同水面武装警察上船去搜索“歹人”。

水保得到这消息时是上半天。一个整白天他要做许多事情。他要先尽一些从平日受人款待好酒好肉而来的义务了。于是沿了河岸，从第一号船起始，每个船上去谈谈话。他得先调查一下，问问这船上是不是留容的有不端正的外乡人。

做水保的人照例是水上一霸，凡是属于水面上的事情他无有不知。这人本来就是一个吃水上饭的人，是立于法律同官府对面，按照习惯被官吏来利用，处治这水上一切的。但人一上了年纪，世界成天变，变去变来这人有了钱，成过家，喝点儿酒，生儿育女，生活安舒，慢慢地转成一个和平正直的人了。在职务上帮助官府，在感情上却亲近了船家。在这些情形上面他建设了一个道德的模范。他受人尊敬不下于官，却不让人害怕厌恶。他做了河船上许多妓女的干爹。由于这些社会习惯的联系，他的行为处世是靠在水上人一边的。

他这时节正从一个跳板上跃到一只新油漆过的“花船”头，那船位置在较清静的一家莲子铺吊脚楼下，他认得这只船归谁管业，一上船就喊“七丫头”。

没有声音。年轻的女人不见出来，年老的掌班也不见出来。老年人很懂事情，以为或者是大白天有年轻男子上船做呆事，就站在船头眺望，等了一会儿。

过一阵，他又喊了两声，又喊伯妈，喊五多，五多是船上的小毛头，年纪十二岁，人很瘦，声音尖锐，平时大人上了岸就守船，买东西煮饭，常常挨打，爱哭，过了一会儿又唱起小调来。但是喊过五多后，也仍然得不到结果。因为听到舱里又似乎实在有声音，像人出气，不像全上了岸，也不像全在做梦。水保就偻身窥觑舱口，向暗处询问“是谁在里面”。

里面还是不敢作答。

水保有点儿生气了，大声地问："你是哪一个?"

里面一个很生疏的男子声音，又虚又怯回答说："是我。"接着又说："都上岸去了。"

"都上岸了吗?"

"上岸了。她们……"

好像单单是这样答应，还深恐开罪了来人，这时觉得有一点儿义务要尽了，这男子于是从暗处爬出来，在舱口，小心小心扳着篷架，非常拘束地望着来人。

先是望到那一对峨然巍然似乎是用柿油涂过的猪皮靴子，上去一点儿是一个赭色柔软鹿皮抱兜，再上去是一双回环抱着的毛手，满是青筋黄毛，手上有颗其大无比的黄金戒指，再上去才是一块正四方形像是无数橘子皮拼合而成的脸膛。这男子，明白这是有身份的主顾了，就学着城市里人说话："大爷，您请里面坐坐，她们就回来。"

从那说话的声音，以及干浆衣服的风味上，这水保一望就明白这个人是才从乡下来的种田人。本来女人不在船就想走，但年轻人忽然使他发生了兴味，他留着了。

"你从什么地方来的?"他问他。为了不使人拘束，水保取的是做父亲的和平样子，望到这年轻人，"我认不得你。"

他想了一下，好像也并不认得客人，就回答："我是昨天来的。"

“乡下麦子抽穗了没有?”

“麦子吗?水碾子前我们那麦子,嘿,我们那猪,嘿,我们那……”

这个人,像是忽然明白了答非所问,记起了自己是同一个有身份的城里人说话,不应当说“我们”,不应当说“我们水碾子”同“猪”。把字眼儿用错,所以再也接不下去了。

因为不说话,他就怯怯地望到水保微笑,他要人了解他,原谅他——他是一个正派人,并不敢有意张三拿四。

水保懂得这个意思的。且在这对话中,明白这是船上人的亲戚了,他问年轻人:“老七到什么地方去了?什么时候可以回来?”

这时节,这年轻人答语小心了。他仍然说:“是昨天来的。”他又告水保,他“昨天晚上来的”。末了才说,老七同掌班同五多上岸烧香去了,要他守船。因为守船必得把守船身份说出,他还告给了水保,他是老七的“汉子”。

因为老七平常喊水保都喊“干爹”,这干爹第一次认识了女婿,不必挽留,再说了几句,不到一会儿,两人皆爬进舱中了。

舱中有个小小床铺,床上有锦绸同红色印花洋布铺盖,折叠得整整齐齐。来客照规矩应当坐在床沿。光线从舱口来,所以在外面以为舱中极黑,到里面却一切分明。

年轻人为客找烟卷,找自来火,毛脚毛手打翻了身边那个贮栗子的小坛子,圆而发乌金光泽的板栗便在薄明的船舱里各处滚去,年轻人各处用手去捕捉,仍然放到小坛中去,也不知道应当请客人吃点儿东西。但客人却毫不客气，从舱板上把栗拾起咬破了吃，且说这风干的栗子真好。

“这个很好，你不欢喜吗?”因为水保见到主人并不剥栗子吃。

“我欢喜。这是我屋后栗树上长的。去年生了好多，乖乖地从刺球里爆出来，我欢喜。”他笑了，近于提到自己儿子模样，很高兴说这个话。

“这样大栗子不容易得到。”

“我一个一个选出来的。”

“你选的?”

“是的，因为老七欢喜吃这个，我才留下来。”

“你们那里可有猴栗?”

“什么猴栗?”

水保就把故事所说的“猴子在大山上住，被人辱骂时，抛下拳大栗子打人。人想得到这栗子，就故意去山下骂丑话，预备捡栗子”一一说给乡下人听。

因为栗子，正苦无话可说的年轻人，得到同情他的人了。他知道的乡下问题可多咧。于是他说到地名“栗坳”的新闻。又说到一种栗木做成的犁柄如何结实合用。这个人太需要说些家常了。昨天来一晚上都有客人吃酒烧烟，把自己关闭在小船后梢，同五多说话，五多却睡得成死猪。今天一早上，本来应当有机会同媳妇谈到乡下事情了，女人又说要上岸过七里桥烧香，派他一个人守船。坐船上等了半天，还不见人回，到后梢去看河上景致，一切新奇不同，只给自己发闷。先一时，正睡在舱里，就想这满江大水若到乡下去涨，鱼梁上不知道应当有多少鲤鱼上梁！把鱼捉来时，用柳条穿腮到太阳下去晒，正计算那数目，总算不清楚。忽然客人来到船上，似乎一切鱼都争着跳进水中去了。

来了客人，且在神气上看出来人是并不拒绝这些谈话的，所以这年轻人，凡是预备到同自己媳妇在枕边诉说的各样事情，这时得到了一个好机会，都拿来同水保谈着。

他告给水保许多乡下情形，说到小猪捣乱的脾气，叫小猪作“乖乖”。又说到新由石匠整治过的那副石磨，顺便告给了一个石匠的笑话。又提起一把失去了多久的小镰刀，一把水保梦想不到的小镰刀，他说：

“你瞧，奇怪不奇怪？我赌咒我各处都找到了。我们的床下、门枋上、仓角里，什么地方不找到？它简直躲了。躲猫猫一样，不见了。我为这件事骂老七。老七哭过。可还是不见。鬼打岩，蒙蒙眼，原来它躲在屋梁上饭箩里！半年躲在饭箩里！它吃饭！一身锈得像生疮。这东西多坏多狡猾！我说这个你明白我没有？怎么会到饭箩里半年？那是一只做样子的东西，挂到斗窗上。我记起那事了，是我削楔子，手上刮了皮，流了血，生了大气，赌气把刀那么一丢。……到水上磨了半天，还不错，仍然能吃肉，你一不小心，就得流血。我还不曾同老七说起这个，她不会忘记那哭得伤心的一回事。找到了，哈哈，真找到了。”

“找到它就好了。”水保随便那么说着。

“是的，得到了它那是好的。因为我总疑心这东西是老七掉到溪里，不好意思说明。我知道她不骗我了。我明白了。我知道她受了冤屈，因为我说过：‘找不出吗？那我就要打人！’我并不曾动过手。可是生气时也真吓人。她哭了半夜！”

“你是用它割草吗？”

“嘿，哪里，用处多咧。是小镰刀，那么精巧，你怎么说割草？那是削一点儿薯皮，刮刮箫，这些用的。小得很，值三百钱，钢火妙极了。我们都应当有这样一把刀，放到身边，不明白吗？”

水保说：“明白明白。都应当有一把，我懂你这个话。”

他以为水保当真懂得，因此再说下去，什么也说到了。甚至于希望明年来一个小宝宝，这样只合宜于同自己的媳妇睡到一个枕头上商量的话也说到了。年轻人毫无拘束地还加上许多粗话、蠢话。说了半天，水保起身要走了，他记起问客人贵姓。

“大爷，您贵姓？留一个片子到这里，我好回话。”

“不用不用。你只告她有这么一个大个儿到过船上，穿这样大靴子，告她晚上不要接客，我要来。”

“不要接客，您要来？”

“就是这样说。我一定要来的。我还要请你喝酒，我们是朋友。”

“是朋友，是朋友。”

水保用他那大而厚的手掌，拍了一下年轻人的肩膀，从船头跃上岸，走到别一个船上去了。

水保走去后，年轻人就一面等候，一面猜想这个大汉子是谁。他还是第一次和这样尊贵的人物谈话，他不会忘记这很好的印象的。人家今天不仅是和他谈话，还喊他做朋友，答应请他喝酒！他猜想这人一定是老七的熟客。他猜想老七一定得了这人许多钱。他忽然觉得愉快，感到要唱一个歌了，就轻轻地唱了一首山歌，用四溪人体裁，他唱的是“水涨了，鲤鱼上梁，大的有大草鞋那么大，小的有小草鞋那么小”。

但是等了一会儿，还不见老七回来，一个鬼也不回来，他又想起那大汉子的丰采言谈了。他记起那一双靴子，闪闪发光，以为不是极好的山柿油涂到上面，是不会如此体面好看的。他记起那黄而发沉的戒指，说不分明那将值多少钱，一点儿不明白那宝贝为什么如此可爱。他记起那伟人点头同发言，一个督抚的派头，一个省长的身份——这是老七的财神！他于是又唱了一首歌，用杨村人不庄重口吻，唱的是“山坳里团总烧炭，山脚里地保爬灰；爬灰红薯才肥，烧炭脸庞发黑”。

到午时，各处船上都已经有人在烧饭了。湿柴烧不燃，烟子各处蹿，使人流泪打喷嚏。柴烟平铺到水面时如薄绸。听到河街馆子里大师傅用铲子敲打锅边的声音，听到邻船上白菜落锅的声音，老七还不见回来。可是船上烧湿柴的本领年轻人还没有学会，小钢灶总是冷冷的不发吼。做了半天还是无结果，只有拿它放下了。

应当吃饭时候不得吃饭，人饿了，坐到小凳上敲打舱板，他仍然得想一点儿事情。一个不安分的估计在心上滋长了。正似乎为装满了钱钞便极其骄傲模样的抱兜，在他眼下再现时，把原有的和平失去了。一个用酒糟同红血所捏成的橘皮红色四方脸，也是极其讨厌的神气，保留在印象上。并且，要记忆有什么用？他记忆得到那嘱咐，是当到一个丈夫面前说的！“今晚上不要接客，我要来。”该死的话，是那么不客气地从那吃红薯的大口里说出！为什么要说这个？有什么理由要说这个？……

胡想使他心上增加了愤怒，饥饿重复揪着了这愤怒的心，便有一些原始人不缺少的情绪，在这个年轻简单的人情绪中滋长不已。

他不能再唱一首歌了。喉咙为妒忌所扼，唱不出什么歌。他不能再有什么快乐。按照一个种田人的脾气，他想到明天就要回家。

有了脾气，再来烧火，自然更不行了，于是把所有的柴全丢到河里去了。

“雷打你这柴！要你到洋里海里去！”

但那柴是在两三丈以外，便被别个船上的人捞起了的。那船上人似乎一切都准备好了，正等待一点儿从河面漂流而来的湿柴，把柴捞上，即刻就见到用废缆一段引火，且即刻满船发烟，火就带着小小爆裂声音燃好了。眼看这一切，新的愤怒使年轻人感到羞辱，他想不必等待人回船就走路。

在街尾却遇到女人同小毛头五多两个人，正牵了手说着笑着走来。五多手上拿的有一把胡琴，崭新的样子，这是做梦也不曾遇到的一个好家伙。

“你走哪里去？”

“我——要回去。”

“教你看船也不看，要回去，什么人得罪了你，这样小气？”

“我要回去，你让我回去。”

“回到船上去！”

看看媳妇，样子比说话还硬劲。并且看到那一把胡琴，明知道这是特别买来给他的，所以再不能坚持。摸了摸自己发烧的额角，幽幽地说：“回去也好，回去也好。”就跟了媳妇的身后跑转船上。

掌班大娘也赶来了。原来提了一副猪肺，好像东西只是乘便偷来的，深恐被人追上带到衙门里去，所以跑得颧骨发了红，喘气不止。大娘一上船，女人在舱中就喊：

“大娘，你瞧，我家汉子想走！”

“谁说的，戏也不看就走！”

“我们在街口碰到他，他生气样子，一定是怪我们不早回来。”

“那是我的错，是菩萨的错，是屠户的错。我不该同屠户为一个钱吵闹半天，屠户不该肺里灌了这样多水。”

“是我的错。”陪男子在舱里的女人，这样说了一句话，坐下了。对面是男子汉，她于是有意地在把衣服解换时，露出极风情的红绫胸褡。胸褡上绣了“鸳鸯戏荷”，是上月自己亲手新做的。

男子觑着不说话。有说不出的什么东西，在血里蹿着涌着。

在后梢，听到大娘同五多谈着柴米。

“怎么，我们的柴都被谁偷去了？”

“米是谁淘好的？”

“一定是火烧不燃。……姐夫是乡下人，只会烧松香。”

“我们不是昨天才解散一捆柴吗？”

“都完了。”

“去前面搬一捆，不要说了。”

“姐夫只知道淘米！”小五多一面说一面笑。

听到这些话的年轻汉子，一句话不说，静静地坐在舱里，望着那一把新买来的胡琴。

女人说：“弦早配好了，试拉拉看。”

先是不作声，到后把琴搁在膝上，查看琴筒上的松香。调弦时，生疏的音响从指间流出，拉琴人便快乐地微笑了。

不到一会儿满舱是烟，男子被女人喊出，依旧把琴拿到外面去，站在船头调弦。

到吃中饭时，五多说：

“姐夫你回头拉‘孟姜女哭长城’，我唱。”

“我不会拉！”

“我听说你拉得很好，你骗我，谎我。”

“我不骗你。我只会拉‘娘送女’流水板。”

大娘说：“我听老七说你拉得好，所以到庙里，一见这琴，我想起你，才说就为姐夫买回去吧。真是运气，烂贱就买来了。这到乡里一块钱还恐怕买不到，不是吗？”

“是的，多少钱？”

“一吊六。他们都说值得！”

五多笑着搭嘴说：“谁那么说值得？”

大娘很生气地说：“毛丫头，谁说不值得？你知道什么？撕你的嘴！”

五多把舌伸伸，表示口不关风说错了话。

原来这琴是从个卖琴熟人手上拿来，一个钱不花。听到大娘的谎话，五多分辩，大娘就骂五多。老七却笑了。男子以为这是笑大娘不懂事，所以也在一旁干笑着。

男子先把饭一骨碌吃完，就动手拉琴，新琴声音又清又亮。五多高兴到得意忘形，放下碗筷唱将起来，被大娘结结实实打了一筷子头，才忙着吃饭，收碗，洗锅子。

到了晚上，前舱盖了篷，男子拉琴，五多唱歌，老七也唱歌。美孚灯罩子有红纸剪成的遮光帽，全舱灯光红红的如过年办喜事。年轻人在热闹中心上开了花。可是不多久，有兵士从河街过身，喝得烂醉，听到这声音了。

两个醉鬼踉踉跄跄到了船边，两手全是污泥，手扳船沿，像含糊桃那么浑浑糊糊地嚷叫：

“什么人唱，报上名来！唱得好，赏一个五百。不听到吗？老子赏你五百！”

里面琴声戛然而止，沉静了。

醉鬼用脚不住踢船，砰砰砰发出钝而沉闷的声音。且想推篷，搜索不到篷盖接榫处。于是又叫嚷：“不要赏吗？婊子狗造的！装聋，装哑？什么人敢在这里作乐？我怕谁？皇帝我也不怕。大爷，我怕皇帝我不是人！我们军长师长，都是混账王八蛋，是皮蛋鸡蛋，寡了的臭蛋，我才不怕！”

另一个喉咙发沙地说道：

“骚婊子，出来拖老子上船！”

并且即刻听到用石头打船篷，大声地辱宗骂祖，一船人都吓慌了。大娘忙把灯扭小一点儿，走出去推篷。男子听到那汹汹声气，夹了胡琴就往后舱钻去。不一会儿，醉人已经进到前舱了，两个人一面说着野话，一面还要争夺同老七亲嘴，同大娘、五多亲嘴。且听到有个哑嗓子问：“是什么人在此唱歌作乐？把拉琴的抓来，再为老子唱一个歌。”

大娘不敢作声，老七也无了主意，两个酒疯子就大声地骂人：

“臭货，喊龟子出来，跟老子拉琴，赏一千！英雄盖世的曹孟德也不会这样大方！我赏一千，一千个红薯。快来，不出来我烧掉你们这只船！听着没有，老东西！赶快，莫让老子们生了气，灯笼子认不得人!”

“大爷，这是我们自己家几个人玩玩，不是外人。……”

“不！不！不！老婊子，你不中吃。你老了，皱皮柑！快叫拉琴的来！杂种！我要拉琴，我要自己唱!”一面说一面便站起身来，想向后舱去搜寻。大娘弄慌了，把口张大合不拢去。老七人急智生，拖着那醉鬼的手，安置到自己的大奶上。醉鬼懂到这个意思，又坐下了。“好的，妙的，老子出得起钱。老子今天晚上要到这里睡觉！……孤王酒醉桃花宫，韩素梅生来好貌容……”

这一个在老七左边躺下去后，另一个不说什么，也在右边躺了下去。

年轻人听到前舱仿佛安静了一会儿，在隔壁轻轻地喊大娘。正感到一种侮辱的大娘，悄悄爬过去，男子还不大分明是什么事情，问大娘：“什么事情?”

“营上的副爷，醉了，像猫。等一会儿就得走。”

“要走才行。我忘记告你们了，今天有一个大方脸人来，好像大官，吩咐过我，他晚上要来，不许留客。”

“是脚上穿大皮靴子，说话像打锣吗?”

“是的，是的。他手上还有一个大金戒指。”

“那是老七干爹。他今早上来过了吗?”

“来过的。他说了半天话才走，吃过些风干栗子。”

“他说些什么?”

“他说一定要来，一定莫留客……还说一定要请我喝酒。”

大娘想想，来做什么？难道是水保自己要来歇夜？难道是老对老，水保注意到……想不通，一个老鸨虽说一切丑事做成习惯，什么也不至于红脸，但被人说到“不中吃”时，是多少感到一种羞辱的。她悄悄地回到前舱，看前舱新事情不成样子，扁了扁瘪嘴，骂了一声“猪狗”，终归又转到后舱来了。

“怎么?”

“不怎么。”

“怎么，他们走了?”

“不怎么，他们睡了。”

“睡了——”

大娘虽看不清楚这时男子的脸色，但她很懂得这语气，就说：“姐夫，你难得上城来，我们可以上岸玩玩去，今夜三元宫夜戏，我请你坐高台子，戏是‘秋胡三戏结发妻’。”

男子摇头不语。

兵士胡闹了一阵走去后，五多、大娘、老七都在前舱灯光下说笑，说那兵士的醉态。男子留在后舱不出来。大娘到门边喊过了两次，不答应，不明白这脾气从什么地方发生。大娘回头就来检查那四张票子的花纹，因为她已经认得出票子的真假了。票子倒是真的，她在灯光下指点给老七看那些记号，那些花，且放近鼻子嗅嗅，说这个一定是清真牛肉馆子里找出来的，因为有牛油味道。

五多第二次又走过去："姐夫，姐夫，他们走了，我们来把那个唱完，我们还得……"

女人老七像是想到了什么心事，拉着了五多，不许她说话。

一切沉默了。男子在后舱先还是正用手指扣琴弦，做小小声音，这时手也离开那弦索了。

船上四个人都听到从河街上飘来的锣鼓、唢呐声音。河街上一个做生意人办喜事，客来贺喜，大唱堂戏，一定有一整夜的热闹。

过了一会儿，老七一个人轻脚轻手爬到后舱去，但即刻又回来了。显然是要讲和，交涉办不好。

大娘问："怎么了？"

老七摇摇头，叹了一口气："牛脾气，让他去。"

先以为水保恐怕不会来的，所以大家仍然睡了觉，大娘、老七、五多三个人在前舱，只把男子放到后面。

查船的在半夜时，由水保领来了。水面鸦雀无声，四个全副武装的警察守在船头，水保同巡官晃着手电筒进到前舱。这时大娘已把灯捻明了，她经验多，懂得这不是大事情。老七披了衣坐在床上，喊"干爹"，喊"巡官老爷"，要五多倒茶。五多还睡意迷蒙，只想到梦里在乡下摘三月莓！

男子被大娘摇醒揪出来，看到水保，看到一个穿黑制服的大人物，吓得不能说话，不晓得有什么严重事情发生。那巡官于是装成很有威风的神气开了口："这是什么人？"

水保代为答应："老七的汉子，才从乡下来走亲戚。"

老七补说道："巡官，他昨天才来。"

巡官看了一会儿男子，又看了一会儿女人，仿佛看出水保的话不是谎话，就不再说话了。随意在前舱各处翻翻，待注意到那个贮风干栗子的小坛子时，水保便抓了大把栗子，塞进巡官那件体面制服的大口袋里去。巡官只是笑，也不说什么。

一伙人一会儿就走到另一船上去了。大娘刚要盖篷，一个警察回来传话：

"大娘，大娘，你告老七，巡官要回来过细考察她一下，你懂不懂？"

大娘说："就来吗？"

"查完夜就来。"

"当真吗？"

"我什么时候同你这老婊子说过谎？"

大娘很欢喜的样子，使男子奇怪。因为他不明白为什么巡官还要回来考察老七。但这时节望到老七睡起的样子，上半晚的气已经没有了，他愿意讲和，愿意同她在床上说点儿家常私话，商量件事情，就傍床沿坐定不动。

大娘像是明白男子的心事，明白男子的欲望，也明白他不懂事，故只同老七打知会："巡官就要来的！"

老七咬着嘴唇不作声，半天发痴。

男子一早起身就要走路，沉沉默默的一句话不说，端整了自己的草鞋，找到了自己的烟袋。一切归一了，就坐到那矮床边沿，像是有话说又说不出口。

老七问他："你不是答应过干爹，到他家喝酒吗？"

"……"摇摇头，不作答。

"人家特意为你办了酒席！四盘四碗一火锅，大面子事情，难道好意思不领情？"

"……"

"戏也不看看吗？"

"……"

"'满天红'的荤油包子，到半日才上笼，那是你欢喜的包子！"

"……"

一定要走了，老七很为难，走出船头待了一会儿，回身从荷包里掏出昨晚上那兵士给的票子来，点了一下数目，一共四张，捏成一把塞到男子左手心里去。男子无话说。老七似乎懂到那意思了："大娘，你拿那三张也把我。"大娘将钱取出，老七又将这钱点数一下，塞到男子右手心里去。

男子摇摇头，把票子撒到地下去，两只大而粗的手掌捂着脸孔，像小孩子那样莫名其妙地哭了起来。

五多同大娘看情形不好，一齐逃到后舱去了。五多心想这真是怪事，那么大的人会哭，好笑！可是她并不笑。她站在船后梢看见挂在梢舱顶梁上的胡琴，很愿意唱一个歌，可是不知为什么也总唱不出声音来。

水保来船上请远客吃酒时，只有大娘同五多在船上，问及时，才明白两夫妇一早都回转乡下去了。

一九三〇年四月十三日作于吴淞

一九三四年七月二十一日改于北京

一九五七年三月重校

都市一妇人

◘ 一

一九三〇年我住在武昌，因为我有个做军官的老弟，那时节也正来到武汉，办理些关于他们师部军械的公事，从他那方面我认识了好些少壮有为的军人。其中有个年龄已在五十左右的老军校，同我谈话时比其余年轻人更容易了解一点，我的兄弟走后，我同这老军校还继续过从，极其投契。这是一个品德学问在军官中都极其稀有罕见的人物，说到才具和资格，这种人做一军长而有余。但时代风气正奖励到一种恶德，执权者需要投机迎合比需要学识德性的机会较多，故这个老军校的命运，就只许他在那种散职上，用一个少将参议名义，向清乡督办公署，按月领一份数目不多不少的薪俸，消磨他闲散的日子。有时候我们谈到这件事情时，常常替他不平，免不了要说几句年轻人有血气的粗话，他就望到我微笑。“一个军人欢喜《庄子》，你想想，除了当参议以外，还有什么更适当的事务可做？”他那种安于其位与世无争的性格，以及高尚洒脱可爱处，一部《庄子》同一瓶白酒，对于他都多少发生了些影响。

这少将独身住在汉口，我却住在武昌，我们住处间隔了一条长年是黄色急流的大江。有时我过江去看他，两人就一同到一个四川馆子去吃干烧鲫鱼。有时他过江来看我，谈话忘了时候，无法再过江了，就留在我那里住下。我们便一面吃酒，一面继续那个未尽的谈话，听到了蛇山上驻军号兵天明时练习喇叭的声音，两人方横横的和衣睡去。

有一次我过江去为一个同乡送行，在五码头各个小火轮趸船上，找寻那个朋友不着，后来在一趸船上却遇到了这少将，正在趸船客舱里，同一个妇人说话。妇人身边堆了许多皮箱行李，照情形看来，他也是到此送行的。送走的是一男一女，男的大致只二十三四岁，一个长得英俊挺拔十分体面的青年，身穿灰色袍子，但那副身材，那种神气，一望而知这青年应是在军营中混过的人物。青年沉默地站在那里，微微地笑着，细心地听着在他面前的少将同女人说话。女人年纪仿佛已经过了三十岁，穿着十分得体，华贵而不俗气，年龄虽略长了一点，风度尚极动人，且说话时常常微笑，态度秀媚而不失其高贵。这两人从年龄上估计既不大像母子，从身份上看去，又不大像夫妇，我以为或者是这少将的亲戚，当时因为他们正在谈话，上船的人十分拥挤，少将既没有见到我，我也就不大方便过去同他说话。我各处找寻了一下同乡，还没有见到，就上了码头，在江边马路上等候少将。

半点钟后，船已开行了，送客的陆续散尽了，我还见到这少将站在趸船头上，把手向空中乱挥，且下了趸船在泥滩上追了几步，船上那两个人也把白手巾挥着。船已去了一会儿，他才走上江边马路。我望到他把头低着从跳板上走来，像是对于他的朋友此行有所惋惜的神气。

于是我们见到了，我就告给他，我也是来送一个朋友的，且已经见到了他许久，因为不想妨碍他们的谈话，所以不曾招呼他一声。他听我说已经看见了那男子和妇人，就用责备我的口气说：

“你这讲礼貌的人，真是当面错过了一种好机会！你这书呆子，怎么不叫我一声？我若早见到你就好了。见到你，我当为你们介绍一下！你应当悔恨你过分小心处，在今天已经做了一件错事，因为你若果能同刚才那女人谈谈，你就会明白你冒失一点也有一种冒失的好处。你得承认那是一个华丽少见的妇人，这个妇人她正想认识你！至于那个男子，他同你弟弟是要好的朋友，他更需要认识你！可惜他的眼睛看不清楚你的面目了，但握到你的手，听你说的话，也一定能够给他极大的快乐！”

我才明白那青年男子沉默微笑的理由了。我说：“那体面男子是一个瞎子吗？”朋友承认了。我说：“那美丽妇人是瞎子的太太吗？”朋友又承认了。

因为听到少将所说，又记起了这两夫妇保留到我印象上那副高贵模样，我当真悔恨我失去的那点机会了。我当时有点生自己的气，不再说话，同少将穿越了江边大路，走向法租界的九江路，过了一会儿，我才追问到船上那两个人从什么地方来，到什么地方去，以及其他旁的许多事情。原来男子是湘南××一个大地主的儿子，在广东黄埔军校时，同我的兄弟在一队里生活过一些日子，女人则从前一些日子曾出过大名，现在人已老了，把旧的生活结束到这新的婚姻上，正预备一同返乡下去，打发此后的日子，以后恐不容易再见到了。少将说到这件事情时，夹了好些轻微叹息在内。我问他为什么那样一个年轻人眼睛会瞎去，是不是受下那军人无意识的内战所赐，他只答复我“这是去年的事情”。在他言语神色之间，好像还有许多话一时不能说到，又好像在那里有所计划，有所隐讳，不欲此时同我提到。结果他却说：“这是一个很不近人情的故事。”但在平常谈话之间，少将所谓不近人情故事，我听到的已经很多，并且常常没有觉得怎么十分不近人情处，故这时也不很注意，就没有追问下去。过××路一戏院门前时，碰到了我一个同乡，我们三个人就为别一件事情，把船上两个人忘却了。

回到武昌时，我想起了今天船上那一对夫妇，那个女人在另一时我似乎还在什么地方看到过，总想不出在北京还是在上海。因为忘不掉少将所说的这两夫妇对于我的未识面的友谊，且知道这机会错过去后，将来除了我亲自到湘南去拜访他们时，已无从在另外什么机会上可以见到，故更为所错过的机会十分着恼。

过了两天是星期，学校方面无事情可做，天气极好，想过江去寻找少将过汉阳，同他参观兵工厂。在过江的渡轮上，许多人望着当天的报纸，谈论到一只轮船失事的新闻，我买了份本地报纸，第一眼就看到了“仙桃”失事的电报。我糊涂了。“这只船不正是前天开走的那只吗?”赶忙把关于那只船失事的另一详细记载看看，明白了我的记忆完全不至于错误，的的确确就是前天开行的一只，且明白了全船四百七十几个人，在措手不及情形下，完全皆沉到水中去，一个也没有救起。这意外消息打击到我的感觉，使我头脑发胀发眩，心中十分难过，却不能向身边任何人说一句话。我于是重新又买了另外一份报纸，看看所记载的这一件事，是不是还有不同的消息。新买那份报纸，把本国军舰目击那只船倾覆情形的无线电消息，也登载出来，人船俱尽，一切业已完全证实了。

我自然仍得渡江过汉口去，找寻我那个少将朋友！我得告知他这件事情，我还有许多话要问他，我要那么一个年高有德善于解脱人生幻灭的人，用言语帮助到我，因为我觉得这件事使我受了一种不可忍受的打击。我心中十分悲哀，却不知我损失的是些什么。

上了岸，在路上我就很糊涂地想到：“假如我前天没有过江，也没有见到这两个人，也没有听到少将所说的一番话，我不会那么难受吧。”可是人事是不可推测的，我同这两人似乎已经相熟，且俨然早就成为最好的朋友了。

到了少将住处以后，才知道他已出去许久了。我在他那里，等了一会儿，留下了一个字条，又糊糊涂涂在街上走了几条马路。到后忽然又想：“莫非他早已得到了消息，跑到我那儿去了?”于是才渡江回我的住处。回到住处，果然就见到了少将，见到他后我显得又快乐又忧愁。这人见了我递给他的报纸，就把我手紧紧地揿住握了许久。我们一句话都不说，我们简直连互相对看的勇气也失掉了，因为我们都知道了这件事情，用不着再说了。

可是我的朋友到后来笑了，若果我的听觉是并不很坏的，我实在还听到他轻轻地在说："死了是好的，这收场不恶。"我很觉得奇异，由于他的意外态度，引起了我说话的勇气。我问他这是怎么一回事。怎么一回事？只有天知道！这件事可以去追究它的证据和根源，可以明白那些沉到水底去的人，他们的期望，他们的打算，应当受一种什么裁判，才算是最公正的裁判，这当真只有天知道了！

◘ 二

一九二七年左右时节，××师以一个最好的模范军誉，驻防到×地方的事，这名誉直到一九三○年还为人所称道。某一天师部来了四个年轻男子，拿了他们军事学校教育长的介绍信，来谒见师长。这会见的事指派到参谋处来，一个上校参谋主任代替了师长，对于几个年轻人的来意，口头上询问了一番，又从过去经验上各加以一种无拘束的思想学识的检查，到后来，四人之中三个皆委充中尉连副，分发到营上去了，其余一个就用上尉名义，留下在参谋处服务。这青年从大学校脱身而转到军校，对军事有了深的信仰，如其余许多年轻大学生一样，抱了牺牲决心而改图，出身膏腴，脸白身长，体魄壮健，思想正确，从相人术方法上看来，是一个具有毅力与正直的灵魂极合于理想的军人。年轻人在时代兴味中，有他自己的哲学同观念，即在革命队伍里，大众同志之间，见解也不免常常发生分歧，引起争持。即或是错误，但那种诚实无伪的纯洁处，正显得这种年轻人灵魂的完美无疵。到了参谋处服务以后，不久他就同一些同志，为了意见不合，发了几次热诚的辩论。忍耐、诚实、服从、尽职，这些美德一个下级军官所不可缺少的，在这年轻人方面皆完全无缺，再加上那种可以说是华贵的气度，使他在一般年轻人之间，乃如群鸡中一只白鹤，超拔挺特，独立高举。

这年轻人的日常办事程序，应受初来时节所见到的那个参谋主任的一切指导。这上校年纪有五十岁左右，一定有了什么错误，这实在是安顿到大学校去应分比安顿在军队里还相宜的人物。这上校日本士官学校初期毕业的头衔，限制了他对于事业选择的自由，所以一面读了不少中国旧书，一面还得同一些军人混在一处。天生一种最难得的好性情，就因为这性情，与人不同，与军人身份不称，多少同学同事皆向上高升，做省长督办去了，他还是在这个过去做过他学生现在身充师长的同乡人部队里，认真克己地守着他的参谋职务。

为时不久，在这个年轻人同老军官中间，便发生了一种极了解的友谊了，这友谊是维持在互相极端尊敬上面的。两人年份上相差约三十岁，却因为智慧与性格有一致契合处，故成了忘年之交。那年长的一个，能够喝很多的酒，常常到一个名为“老兵”的俱乐部去，喝那种高贵的白铁米酒。这俱乐部定名为“老兵”，来的却大多数是些当地的高级军人。这些将军，这些伟人，有些已退了伍，不再做事，有些身后闲曹，事情不多，或是上了点儿年纪，欢喜喝一杯酒，谈谈笑话，打打不成其为赌博的小数目扑克，大都觉得这是一个极相宜的地方。尤其是那些年纪较大一点儿的人物，他们光荣的过去，他们当前的娱乐，自然而然都使他们向这个地方走来，离开了这个地方，就没有更好的更合乎军人身份的去处了。

这地方虽属于高级军人所有，提倡发起这个俱乐部的，实为一个行伍出身的老将军，故取名为老兵俱乐部。老兵俱乐部在××还是一个极有名的地方，因为里面不谈政治，注重正当娱乐，娱乐中凡包含了不道德的行为，也不能容许存在。还有一样最合理的规矩，便是女子不能涉足。当初发起人是很得军界信仰的人，主张在这俱乐部里不许女人插足，那意思不外乎以为女人常是祸水，对军人特别不相宜。这意见经其他几个人赞同，到后便成为规则了。由于规则的实行，如同军纪一样，毫不含糊，故这俱乐部在××地方倒很维持到一点令誉。这令誉恰恰就是其他那些用俱乐部名义组织的团体所缺少的东西。

不过到后来，因为使这俱乐部更道德一点，却有一个上校董事，主张用一个妇人来主持一切。当时把这个提议送到董事会时，那上校的确用的是“道德”名义，到后来这提议很稀奇地通过了，且即刻就有一个中年妇人来到俱乐部了。据闻其中还保留到一种秘密，便是来到这里主持俱乐部的妇人，原来就是那个老兵将军的情妇。某将军死后，十分贫穷，妇人毫无着落，上校知道这件事后，要大家想法来帮助那个妇人，妇人拒绝了金钱的接受，所以大家商量想了这样一种办法。但这种事知道的人皆在隐讳中，仅仅几个年老军官明白一切。妇人年龄已在三十五岁左右，尚保存一种少年风度，性情端静明慧，来到老兵俱乐部以后，几个老年将军，皆对这妇人十分尊敬客气，因此其余来此的人，也猜想得出，这妇人一定同一个极有身份的军人有点古怪关系，但却不明白这妇人便是老兵俱乐部第一个发起人的外妇。

×师上校参谋主任，对于这妇人过去一切，知道得却应比别的老军人更多一点。他就是那个向俱乐部董事会提议的人，老兵将军生时是他最好的朋友，老兵将军死时，便委托到他照料这个秘密的情妇。

这妇人在民国初年间，曾出没于北京上层贵族社交界中。她是一个小家碧玉，生性聪明，相貌俏丽，随了母亲往来于旗人贵家，以穿扎珠花、缝衣绣花为生。后来不知如何到了一个老外交家的宅中去，被收留下来做了养女，完全变更了她的生活与命运，到了那里以后，过了些外人无从追究的日子，学了些华贵气派，染了些骄奢不负责任的习惯。按照聪明早熟女子当然的结果，没有经过养父的同意，她就嫁给了一个在外交部办事的年轻科长。这男子娶她也是没有得到家中同意的。两人都年轻美貌，正如一对璧人，结了婚后，曾很狂热地过了些日子。到后男子事情掉了，两人过上海去，在上海又住了些日子，用了许多从别处借来的钱。那年轻男子不是傻子，他起初把女人看成天仙，无事不遵命照办，到上海后，负了一笔大债，而且他慢慢看出了女人的弱点，慢慢地想到为个女人同家中那方面决裂实在是只有傻子才做的事，于是，在某次小小争持上，拂袖而去，从此不再见面了。他到哪儿去了呢？女人是不知道的，可是瞧到女人此后生活看来，这男子是走得很聪明，并不十分错误的。但男子也许是自杀了，因为女子当时并不疑心他有必须走去的理由，且此后任何方面也从不见过这个男子的名姓。自从同住的男子走后，经济的来源断绝了。民国初年间的上海地方住的全是商人，还没有以社交花名义活动的女子，她那时只二十岁，自然的想法是回到北京去，自然地同那个养父忏悔讲和，此后生活才有办法。因此先寄信过北京去，报告一切，向养父承认了一切过去的错误，希望老外交家给她一点恩惠，仍然许她回来。老外交家接到信后，即刻寄了五百块钱，要她回转北京，一回北京，在老人面前流点委屈的眼泪，说些引咎自责的话，自然又恢复一年前的情形了。

但女人是那么年轻，又那么寂寞，先前那个丈夫，很明显的既不曾正式结婚，就没有拘束她行动的权利，为时不久，她就又被养父一个年约四十岁的朋友引诱了去。那朋友背了老外交家，同这女子发生了不正当的关系。女子那么狂热爱着这中年绅士，但当那个男子在议会中被××拉入名流内阁，发表为阁员之一后，却正式同军阀××姨妹订了婚，这一边还仍然继续到一种暧昧的往来。女人明白了，十分伤心，便坦白地告给了养父一切被欺骗的经过。由于老外交家的质问，那绅士承认了一切，却希望用妾媵的位置处置女子，因为这绅士是知道女人根柢，以及在这一家的暧昧身份的。由于虚荣与必然的习惯，女人既很爱这个绅士，就没有拒绝这种提议，不久以后就做了总长的姨太太。

曹锟事议会贿案发觉时，牵连了多少名人要人，×总长逃到上海去了。一家过上海以后，×总长二姨太太进了门，一个真实从妓院中训练出来的人物，女子在名分上无位置，在实际上又来了一个敌人，而且还有更坏的，就是为时不久，丈夫在上海被北京政府派来的人，刺死在饭店里。

老外交家那时已过德国考察去了。命运启示到她，为的是去找一个宽广一些的世界，可以自由行动，不再给那些男子糟蹋，却应当在某种事上去糟蹋一下男子，她同那个新来的姨太太，发生了极好的友谊，依从那个妓女出身妇人的劝告，两人各得了一笔数目可观的款项，脱离了原来的地位。两人独自在上海单独生活下来，实际上，她就做了妓女。她的容貌和本能都适合于这个职业，加之她那种从上流阶级学来的气度，用到社会上去，恰恰是平常妓女所缺少的，所以她很有些成就。在她那个事业上，她得到了丰富的享乐，也给了许多人以享乐。上海的大腹买办，带了大鼻白脸的洋东家，在她这里可以得到东方贵族的印象回去。她让那些对她有所羡慕有所倾心的人，献上他最后的燔祭，为她破产为她自杀的，也很有一些人。她带了一种复仇的满足，很奢侈很恣肆地过了一些日子，在这些日子中，她成了上海地方北里名花之王。“男子是只配做踏脚石的，在那份职务上才能使他们幸福，也才能使他们规矩的。”这话她常常说到，她的哲学是从她所接近的那第一个男子以下的所有男子经验而来的。当她想得到某一人，或愚弄某一人时，她便显得极其热情，终必如愿以偿。但她到后厌烦了，一下就甩了手，也不回过头去看看。她如此过了将近十年。在这时期里，她因为对于她的事业太兴奋了一点，还有，就是在某一些情形中，似乎由于缺少了点节制，得了一种意义含混的恶病，在病院里住了好些日子。经过一段长期治疗，等到病好了点，出院以后，她明白她当前的事情应计划一下，是不是重新来立门户，还照样走原来的一条路。她感到了许多困难，无论什么职业的活动，停顿一次之后，都是如此的。时代风气正在那里时时有所变革，每一种新的风气，皆在那里把一些旧的淘汰，把一些新的举起，在她那一门事业上也并不缺少这种推移。更糟处，是她的病已把几个较亲切的人物吓远，而她又实在快老了。她已经有了三十余岁，旧习气皆不许她把场面缩小，她的此后来源却已完全没有把握，照这样情形下去，将来生活一定十分暗淡。

她踌躇了一些日子，决意离开上海，到长江中部的×镇去，试试她的命运。那里她知道有的是大商人同大傻子，两者之中，她还可以得到机会，较从容地选取其一，自由地把终身交付于他，结束了这青春时代的狂热，安静消磨下半生日子。她的希望却因为到了×镇以后事业意外的顺手而把它搁下了，为了大商人与大傻子以外，还有大军人拜倒在这妇人的脚下，她的暮年打算，暂时不得不抛弃了。

人世幸福照例是孪生的，忧患也并不单独存在。在生活中我们常会为一只不能目睹的手所颠覆，也常会为一种不能意想的妒忌所陷害。一切的境遇稍有头绪，一切刚在恢复时，一个大傻子同一个军籍中人，在她住处弄出了流血命案，这命案牵累到她，使她在一个军人法庭，受了严格的质问。这审判主席便是那个老兵将军，在她的供词里，她稍稍提到一点过去诡奇不经的命运。

命案结束后，这老兵将军成了她妆台旁一位服侍体贴的仆人。经过不久时期，她却成了老兵将军的秘密别室。倦于风尘的感觉，使她的性情发生了很大的变化。若这种改变是不足为奇的，则简直可以说她完全变了。在她这方面看来，老兵将军虽然人老了一点，却是在上一次命案上帮得上忙的人；在老兵将军方面，则似乎全为了怜悯而做这件事。老兵将军按月给她一笔足支开销的用费，一面又用那个正直节欲的人格，唤起了她点近于宗教的感情。当老兵将军过××做军长时，她也跟了过去，另外住到一个很少有人知道的地方。老兵将军生时，有两年的日子，她很可以说极规矩也极幸福。可是××事变发生，老兵将军死去了。她一定会这样问过自己："为什么我不愿弃去的人，总先把我弃下?”这自然是命运！这命运不由得不使她重新来思索一下她自己此后的事情！

她为了一点预感，或者她看得出应当在某一时还得一个男子来补这个丈夫的空缺。但这个妇人外表虽然还并不失去引人注意的魔力，心情因为经过多少爱情的蹂躏，实在已经十分衰老不堪磨折了。她需要休息，需要安静，还需要一种节欲的母性的温柔厚道的生活。至于其他华丽的幻想，已不能使她发生兴味，十年来她已饱餍那种生活，而且十分厌倦了。

因此一来，她到了老兵俱乐部。新的职务恰恰同她的性情相合，处置一切铺排一切原是她的长处。虽在这俱乐部里，同一般老将校常在一处，但她的行为是贞洁的。他们之间皆互相保持尊敬，没有亵渎的情操，使他们发生其他事故。

这一面到这时应当结束一下，因为她是在一种极有规则的朴素生活中，打发了一堆日子的。可是有一天，那个上校把他的少年体面朋友邀到老兵俱乐部去了，等到那上校稍稍感觉到这件事情做错了时，已经来不及了。

还只是那个上尉阶级的朋友，来到××二十天左右，×师的参谋主任，把他朋友邀进了老兵俱乐部。这俱乐部来往的大多数是上了点年纪的人物，少年军官既吓怕到上级军官，又实在无什么趣味，很少有见到那么英拔不群的年轻人来此。两人在俱乐部大厅僻静的角隅上，喝着最高贵的白铁米酒同某种甜酒，说到些革命以来年轻人思想行为所受的影响。那时节图书间有两个人在阅览报纸，大厅里有些年老军人在那里打牌，听到笑声同数筹码的声音以外，还没有什么人来此。两人喝了一会儿，只见一个女人，穿了件灰色绸缎青皮做边缘的宽博袍子，披着略长的黑色光滑头发，手里拿了一束红花走过小餐厅去。那上校见了女人，忙站起身来打着招呼。女人也望到这边两个人了，点了一下头，一个微笑从那张俊俏的小小嘴角漾开去，到脸上同眼角散开了。那种尊贵的神气，使人想起这只有一个名角在台上时才有那么动人的丰仪。

那个青年上尉，显然为这种壮观的华贵的形体引起了惊讶，当他老友注意到了他，同他说第一句话时，他的矜持失常处，是不能隐瞒到他的老友那双眼睛的。

上校将杯略举，望到年轻人把眉毛稍稍一挤，做了一个记号，意思像是要说："年轻人，小心一点，凡是使你眼睛放光的，就常常能使你中毒，应当明白这点!"

可是另一个有一点可笑的预感，却在那上校心中蕴蓄着，还同时混合了点轻微的妒忌，他想道，"也许，一个快要熄灭了的火把，同一个不曾点过的火把并在一处，会放出极大的光来"。这想象是离奇的，他就笑了。

过一刻，女人从原来那个门边过来了，拉着一处窗口的帷幕，指点给一个穿白衣的侍者，嘱咐到侍者好些话，且向这一边望着。这顾盼从上尉看来，却是那么尊贵的、多情的。

“上校，日里好，公事不多吧？”

被称作上校的那一个说：“一切如原来样子，不好也不坏。‘受人尊敬的星子，天保佑你，长是那么快乐，那么美丽。’”后面两句话是这个人引用了几句书上的话语，因为那是一个绅士对贵妇的致白，应当显得谦逊而谄媚的，所以他也站了起来，把头低了一下。

女人就笑了：“上校是一个诗人，应当到大会场中去读××的诗，受群众的鼓掌！”

“一切荣誉皆不如你一句称赞的话。”

“真是一个在这种地方不容易见到的有学问的军官。”

“谢谢奖语，因为从你这儿听来的话，即或是完全恶骂，也使人不易忘掉，觉得幸福。”

女人一面走到这边来，一面注目望到年轻上尉，口上却说：“难道上校愿意被称为‘有严峻风格的某参谋’吗？”

“不，严峻我是不配的，因为严峻也是一种天才。天才的身份，不是人人可以学到的！”

“那么有学问的上校，今天是请客了吧？”女人还是望到那个上尉，似乎因为极其陌生，“这位同志好像不到过这里。”

上校对他朋友看看，回答了女人：“我应当来介绍介绍：这是我一个朋友……郑同志……这是老兵俱乐部主持人，××小姐。”两个被介绍过了的皆在微笑中把头点点。这介绍是那么得体的，但也似乎近于多余的，因为爱神并不先问清楚人的姓名，才射出那一箭。

那上校接着还说了两句谑不伤雅的笑话，意思想使大家自由一点，放肆一点，同时也许就自然一点。

女人望到上校微微地笑了一下，仿佛在说着："上校，你这个朋友漂亮得很。"

但上校心里却俨然正回答着："你咧，也是漂亮的。我担心你的漂亮是能发生危险的，而我朋友的漂亮却能产生愚蠢。"自然这些话他是不会说出口的。

女人以为年轻军人是一个学生了，很随便地问："是不是骑兵学校的？"

上校说："怎么，难道我带了马夫来到这个地方吗？聪明绝顶的人，不要嘲笑这个没有严峻风度的军人到这样子！"

女人在这种笑话中，重新用那双很大的危险的眼睛，检查了一下桌前的上尉，那时节恰恰那个年轻人也抬起头来，由于一点力量所制伏，年轻人在眼光相接以后，腼腆地垂了头，把目光逃遁了。女人快乐得如小孩子一样地说："明白了，明白了，一个新从军校出来的人物，这派头我记起来了。"

"一个军校学生，的确是有一种派头吗？"上校说时望到一下他的朋友，似乎要看出那个特点所在。

女人说："一个小孩子害羞的派头！"

不知为什么原因，那上校却感到一点不祥兆象，已在开始扩大，以为女人的言语十分危险，此后不很容易安置。女人是见过无数日月星辰的人，在两个军人面前，那么随便洒脱，却不让一个生人看来觉得可以狎侮，加之，年龄已到了三十四五，应当不会给那年轻朋友什么难堪了。但女人即或自己不知自己的危险，便应当明白一个对女人缺少经验的年轻人，自持的能力却不怎么济事，很容易为她那点力量所迷惑的。可是有什么方法，不让那个火炬接近这个火炬呢？他记起了，从老兵将军方面听来的女人过去的命运，他自己掉过头去苦笑了一下，把一切看开了。

但女人似乎还有其他事情等着，说了几句话却走了。

上校见到他的年轻朋友，沉默着没有话说，他明白那个原因，且明白他的朋友是不愿意这时有谁来提到女人的，故一时也不曾作声。可是那年轻朋友，并不为他所猜想的那么做作，却坦白地向他的老朋友说："这女人真不坏，应当用充满了鲜花的房间安顿她，应当在一种使一切年轻人的头都为她而低下的生活里生活，为什么却放到这里来做女掌柜?"

上校不好怎么样告给他朋友女人所有过去的历史。不好说女人在十六年前就早已如何被人逢迎，过了些热闹日子，更不好将女人目前又为什么才来到这地方，说给年轻人知道，只把话说到别方面去："人家看得出你军校出身的，我倒分不出什么。"

那年轻上尉稍稍沉默了一下，像是在努力回想先一刻的某种情景，后来就问：

"这女人那双眼睛，我好像很熟悉。"

上校装作不大注意的样子，为他朋友倒了一杯甜酒，心里想说：“凡是男子对于他所中意的眼睛，总是那么说的。再者，这双眼睛，也许在五六年前出名的图画杂志上，就常常可以看到！”

后来谈了些别的话，年轻人不知不觉尽望到女人去处那一方，上校那时已多喝了两杯，成见慢慢在酒力下解除了，轻轻地向他朋友说：“女人老了真是悲剧。”他指的是一般女人而言，却想试试看他的朋友是不是已注意到了先一时女人的年龄。

“这话我可不大同意。一个美人即或到了五十岁，也仍是一个美人！”

这大胆的论理，略略激动了那个上校一点自尊心，就不知不觉怀了点近于恶意的感情，带了挑拨的神气，同他的年轻朋友说：“先前那个，她怎么样？她的聪明同她的美丽极相称……你以为……”

年轻上尉现出年轻人初次在一个好女子面前所受的委屈，被人指问是不是爱那个女子，把话说回来了。“我不高兴那种太……的女子的。”他说了谎，就因为爱情本身也是一种精巧的谎话。

上校说：“不然，这实在是一个稀见的创作，如果我是一个年轻人，我或许将向她说：‘老板，你真美！把你那双为上帝精心创造的手臂给了我吧。我的口为爱情而焦渴，把那张小小的樱桃小口给了我，让我从那里得到一点甘露吧。’……”

这笑话，在另一时应当使人大笑，这时节从年轻上尉嘴角，却只见到一个微哂记号。他以为上校醉了，胡乱说着，而他自己，却从这个笑话里，生了自己一点点小气。

上校见到他年轻朋友的情形，而且明白那种理由，所以把话说过后笑了一会儿。

“郑同志，好兄弟，我明白你。你刚才被人轻视了，心上难过，是不是？不要那么小气吧。一个有希望有精力的人，不能够在女子方面太苛刻。人家说你是小孩子。你可真……不要生气，不要分辩；拿破仑的事业不是分辩可以成功的，他给我们的是真实的历史。让我问你句话，你说吧，你过去爱过或现在爱过没有？”

年轻上尉脸红了一会儿，并不作答。

“为什么用红脸来答复我？”

“我红脸吗？”

“你不红脸的，是不是？一个堂堂军人原无红脸事情。可是，许多年轻人见了体面妇人都红过脸的。那种红脸等于说：别撩我，我投降了！但我要你明白，投降也不是容易事，因为世界上尽有不收容俘虏的女人。至于你，你自然是一个体面俘虏！”

年轻上尉看得出他的老友醉了，不好怎么样解释，只说：“我并不想投降到这个女人面前，还没有一个女人可以俘虏我。”

“吓，吓，好的，好的！”上校把大拇指跷起，咧咧嘴，做成“佩服高明同意高见”的神气，不再说什么话。等一会儿又说：“是那么的，女人是那么的。不过世界上假若有些女人还值得我们去做俘虏时，想方设法极勇敢地去投降，也并不是坏事。你不承认吗？一个好军人，在国难临身时，很勇敢地去打仗，但在另一时，很勇敢地去投降，不见得是可笑的！”

说着，女人恰恰又出来了，上校很亲昵地把手招着，请求女人过来：“来来，受人尊敬的主人，过来同我们谈谈。我正同这位体面朋友谈到俘虏，你一定高兴听听这个。”

女人已换了件紫色长袍，像是预备出去的模样，见上校同她说话，就一面走近桌边，一面说：“什么俘虏？”女人虽那么问着，却仿佛已明白那个意义了，就望到年轻上尉说：“凡是将军都爱讨论俘虏，因为这上面可以显出他们的功勋，是不是？”

年轻上尉并不隐避那个问题的真实：“不是，我们指的是那些为女人低头的……”

女人站在桌旁不即坐下，注意地听着，同时又微笑着，等到上尉话说完后，似乎极同意地点着头：“是的，我明白了。原来这些将军常常说到的俘虏，只是这种意思！女人有那么大能力吗？我倒不相信。我自己是一个女人，倒不知道被人这样重视。我想来或者有许多聪明体面女子，懂得到她自己的魔力。一定有那种人。也有这种人，如像上校所说‘勇敢投降’的。”

把话说完后，她坐到上校这一方，为的是好对了年轻上尉的面说话。上校已喝了几杯，但他还明白一切事情，他懂得女人说话的意思，也懂得朋友所说的意思，这意思虽然都是隐藏的、不露的，且常常和那正在提到的话相反的。

女人走后，上校望到他的年轻朋友，眼睛中正闪耀一种光辉，他懂得那种光辉，是为什么而燃烧为什么而发亮的。回到师部时，同那个年轻上尉分了手，他想起未来的事情，不知为什么觉得有点发愁。平常他并不那么为别的事情挂心，对于今天的事可不大放心得下。或者，他把酒吃多了一点也未可知。他睡后，就梦到那个老兵将军，同那个女人，像一对新婚夫妇，两人正想上火车去，醒来时间已夜了。

一个平常人，活下地时他就十分平常，到老以后，一直死去，也不会遇到什么惊心骇目的事情。这种庸人也有他自己的好处，他的生活自己是很满意的。他没有幻想，不信奇迹，他照例在他那种沾沾自喜无热无光的生命里十分幸福。另外一种人恰恰相反。他也许希望安定，羡慕平庸，但他却永远得不到它。一个一切品德境遇完美的人，却常常在爱情上有了缺口。一个命里注定旅行一生的人，在梦中他也只见到旅馆的牌子，同轮船火车。“把老兵俱乐部那一个同师部参谋处服务这一个，像两把火炬并在一起，看看是不是燃得更好点。”当这种想象还正在那个参谋主任心中并不十分认真那么打算时，上帝或魔鬼，两者必有其一，却先同意了这件事，让那次晤谈，在两个人印象上保留下一点拭擦不去的东西。这东西培养到一个相当时间的距离上，使各人在那点印象上扩大了对方的人格。这是自然的，生疏能增加爱情，寂寞能培养爱情，两人那么生疏，却又那么寂寞，各人看到对面最好的一点，在想象中发育了那种可爱的影子，于是，老兵俱乐部的主持人，离开了她退隐的事业，跑到上尉住处，重新休息到一个少壮热情的年轻人胸怀里去，让那两条结实多力的臂膀，把她拥抱得如一个处女，于是她便带着狂热羞怯的感觉，做了年轻人的情妇了。

当那个参谋上校从他朋友辞职的呈文上，知道了这件事情时，他笑着走到他年轻朋友新的住处去，用一个伯父的神气，嘲谑到他自己那么说："这事我没有同意神却先同意了，让我来补救我的过失吧。"他为这两个人证了婚，请这两个人吃了酒，还另外为他的年轻朋友介绍了一个工作，让这一对新人过武汉去。

"日子在那些有爱情的生活里照例过得是极快的。"少将对我说，"虽然我住在××，实在得过了他们很多的信，也给他们写了许多信。我从他们两人合写的信上，知道他们生活过得极好，我于是十分快乐，为了那个女子，为了她那种天生丽质十余年来所受的灾难，到中年后却遇到了那么一个年轻、诚实、富有，一切完美无疵的男子，这份从折磨里取偿的报酬，使我相信了一些平时我绝不相信的命运。

"女人把上尉看得同神话中的王子，女人近来的生活，使我把过去一时所担心的都忘掉了。至于那个没有同老友商量就做了这件冒险事情的上尉呢？不必他来信说到，我也相信，在他的生活里，所得到的体贴与柔情，应当比做驸马还幸福一点。因为照我想来，一个年纪十九岁的公主，在爱情上，在身体上，所能给男子的幸福，会比那个三十五岁的女人更好更多点，这理由我还找寻不出的。"

可是这个神话里的王子，在武汉地方，一个夜里，却忽然被人把眼睛用药揉坏了。这意外不幸事件的来源，从别的方面探听是毫无结果的。有些人以为由于妒忌，有些人又以为由于另一种切齿。女人则听到这消息后晕去过几次。把那个不幸者抬到天主堂医院以后，请了好几个专家来诊治，皆因为所中的毒极猛，瞳仁已完全失了它的能力。得到这消息，最先赶到武汉去的，便是那个上校。上校见到他的朋友，躺在床上，毫无痛苦，但已经完全无从认识在他身边的人。女人则坐到一旁，连日为忧愁与疲倦所累，显得清瘦了许多。那时正当八点左右，本地的报纸送到医院来了，因为那几天××正发生事情，长沙更见得危迫，故上校看了报纸，就把报纸摊开看了一下。要闻栏里无什么大事足堪注意，在社会新闻栏内，却见到一条记载，正是年轻上尉所受的无妄之灾一线可以追索的光明，报纸载："九江捉得了一个行使毒药的人，只需用少许自行秘密制的药末，就可以使人双眼失明。说者谓从此或可追究出本市所传闻之某上尉被人暗算失明案。"上校见到了这条新闻，欢喜得踊跃不已，赶忙告给失明的年轻朋友。可是不知为什么，女人正坐在一旁调理到冷罨纱布，忽然把瓷盘掉到地下，脸色全变了。不过在这报纸消息前，谁都十分吃惊，所以上校当时并没有觉得她神色的惨怛不宁处，另外还潜伏了别的惊讶。

武汉眼科医生，向女人宣布了这年轻上尉，两只眼睛除了向施术者寻觅解药，已无可希望恢复原来的状态。女人却安慰到她的朋友，只告他这里医生已感到束手，上海还应当有较好医生，可以希望有方法能够复元。两人于是过上海去了。

整整诊治了半年，结果就只是花了很多的钱还是得不到小小结果。两夫妇把上海眼科医生全问过了，皆不能在手术上有何效果。至于谋害者一方面的线索，时间一久自然更模糊了。两人听到大连有一个医生极好，又跑到大连住了两个月，还是毫无办法。

那双眼睛看来已绝对不能重见天日，两人决计回家了。他们从大连回到上海，转到武汉。又见到了那个老友，那个上校。那时节，上校已升任了少将一年零三个月。

三

上面那个故事，少将把它说完时，便接着问我："你想想，这是不是一个离奇的事情？尤其是那女人……"

我说："为什么眼睛会为一点药粉弄坏？为什么药粉会揉到这多力如虎的青年人眼睛中去？为什么近世医学对那点药物的来源同性质，也不能发现它的秘密？"

"这谁明白？但照我最近听到一个广西军官说的话看来，瑶人用草木制成的毒药，它的力量是可惊的，一点点可以死人，一点点也可以失明。这朋友所受的毒，我疑心就是那方面得来的东西。因为汉口方面，直到这时还可以买到那古怪的野蛮的宝物。至于为什么被人暗算，你试想想，你不妨从较近的几个人去……”

我实在就想不出什么人来。因为这上尉我并不熟悉，也不大明白他的生活。

少将在我耳边轻轻地说：“你为什么不疑心那个女人，因为爱她的男子，因为自己的渐渐老去，恐怕又复被弃，做出这件事情？”

我望到那少将许久说话不出，我这朋友的猜想，使我说话滞住了。“怎么，你以为会……”

少将大声地说：“为什么不会？最初那一次，我在医院中念报纸上新闻时，我清清楚楚，看到她把手上的东西掉到地下去，神气惊慌失措。三天前在太平洋饭店见到了他们，我又无意中把我在汉口听人说‘可以从某处买瑶人毒药’的话告给两夫妇时，女人脸即刻变了色，虽勉强支持到，不至于即刻晕去，我却看得出‘毒药’这两个字同她如何有关系了。一个有了爱的人，什么都做得出，至于这个女人，她做这件事，是更合理而近情的！”

我不能对我朋友的话加上什么抗议，因为一个军人照例不会说谎，而这个军人却更不至于说谎的。我虽然始终不大相信这件事情，就因为我只见到这个妇人一面。可是为什么这妇人给我的印象，总是那么新鲜，那么有力，一年来还不消灭？也许我所见到的妇人，都只像一只蚱蜢，一粒甲虫，生来小小的，灵便的，无思无虑的。大多数把气派较大、生活较宽、性格较强，都看成一种罪恶。到了春天或秋天，都能按照时季换上它们颜色不同的衣服，都会快乐而自足地在阳光下过它们的日子，都知道选择与有利于己有媚于己的雄性交尾；但这些女子，不是极平庸，就是极下贱，没有什么灵魂，也没有什么个性。我看到的蚱蜢同甲虫，数量可太多了一点，应当向什么方向走去，才可以遇到一种稍稍特别点的东西，使回忆可以润泽光辉到这生命所必经的过去呢？

那个妇人如一个光华炫目的流星，本体已向不可知的一个方向流去毁灭多日了，在我眼前只那一瞥，保留到我的印象上，就似乎比许多女人活到世界上还更真实一点。

一九三二年春暮作

—柏子—

把船停顿到岸边，岸是辰州的河岸。

于是客人可以上岸了，从一块跳板走过去。跳板一端固定在码头石级上，一端搭在船舷，一个人从跳板走过时，摇摇荡荡不可免。凡要上岸的全是那么摇摇荡荡上岸了。

泊定的船太多了，沿岸泊，桅子数不清，大大小小随意矗到空中去。桅子上的绳索像纠纷到成一团，然而却并不。

每一个船头船尾全站的有人，穿青布蓝布短汗褂，口里噙了长长的旱烟杆，手脚露在外面让风吹——毛茸茸的，像一种小孩子想象中的妖洞里的喽啰毛脚毛手。看到这些手脚，很容易记起“飞毛腿”一类英雄名称。可不是，这些人正是……桅子上的绳索背定活车，拖拉全无从着手时，这些飞毛腿的本领，有的是机会显露！毛脚毛手所有的不单是毛，还有类乎钩子的东西，光溜溜的桅，只要一贴身，便飞快地上去了。为表示上下全是儿戏，这些年轻水手一面整理绳索，一面还将在上面唱歌，那一边桅上，也有这样人时，这种歌便来回唱下去。

昂了头看这把戏的，是各个船上的伙计。看着还在下面喊着。左边右边，不拘要谁一个试上去，全是容易之至的事，只是不得老舵手吩咐，则不敢放肆而已。看的人全已心中发痒，又不能随便爬上桅子顶尖去唱歌，逗其他船上媳妇发笑，便开口骂人。

“我的儿，摔死你！”

“我的孙，摔死了你看你还唱！”

……

全是无恶意而快乐的笑骂。

仍然唱，且更起劲了一点儿。但可以把歌唱给下面骂人的人听，当先若唱的是“一枝花”，这时唱的便是“众儿郎”了。“众儿郎”却依然笑嘻嘻地昂了头看这唱歌人，照例不能生气的。

可是在这情形中，有些船，却有无数黑汉子，用他们的毛手毛脚，盘着大而圆的黑铁桶，从舱中滚出，也是那么摇摇荡荡跌到岸边泥滩上了。还有做成方形用铁皮束腰的洋布，有海带，有鱿鱼，有药材……这些东西同搭客一样，在船上舱中紧挤着卧了二十天或十二天，如今全应当登岸了。登岸的人各自还家，各自找客栈，各自吃喝，这些货物却各自为一些大脚婆子走来抱之负之送到各个堆栈里去。

在各样匆忙情形中，便正有闲之又闲的一类人在。这些人住到另一个地方，耳朵能超然于一切嘈杂声音以上，听出桅子上人的歌声——可是心也正忙着，歌声一停止，唱歌地方代替了一盏红风灯以后，那唱歌的人便已到这听歌人的身边了。桅上用红灯，不消说是夜里了。河边夜里不是平常的世界。

落着雨，刮着风，各船上了篷，人在篷下听雨声风声，江波吼哮如癫子，船只纵互相牵连互相依靠，也簸动不止，这一种情景是常有的。坐船人对此绝不奇怪，不欢喜，不厌恶，因为凡是在船上生活，这些平常人的爱憎便不及在心上滋生了（有月亮又是一种趣味，同晚日与早露，各有不同）。然而他们全不会注意。船上人心情若必须勉强分成两种或三种，这分类方法得另作安排。吃牛肉与吃酸菜，是能左右一般水手心情的一件事。泊半途与湾口岸，这于水手们情形又稍稍不同。不必问，牛肉比酸菜合乎这类“飞毛腿”胃口，船在码头停泊他们也欢喜多了！

如今夜里既落小雨，泥滩头滑溜溜使人无从立足，还有人上岸到河街去。

这是其中之一个，名叫柏子，日里爬桅子唱歌，不知疲倦；到夜来，还依然不知道疲倦。所以如其他许多水手一样，在腰边板带中塞满了铜钱，小心小心地走过跳板到岸边了。先是在泥滩上走，没有月，没有星，细毛毛雨在头上落，两只脚在泥里慢慢翻——成泥腿，快也无从了——目的是河街小楼红红的灯光，灯光下有使柏子心开一朵花的东西存在。

灯光多无数，每一小点灯光便有一个或一群水手。灯光还不及塞满这个小房，快乐却将水手们胸中塞紧，欢喜在胸中涌着，各人眼睛皆眯了起来。沙喉咙的歌声、笑声从楼中溢出，与灯光同样，溢进上岸无钱守在船中的水手耳中、眼中时，便如其他世界一样，反映着欢喜的是诅咒。那些不能上岸的水手，他们诅咒着，然而一颗心也摇摇荡荡上了岸，且不必冒滑滚的危险，全各以经验为标准，把心飞到所熟悉的楼上去了。

酒与烟与女人，一个浪漫派文人非此不能夸耀于世人的三样事，这些喽啰却很平常地享受着。虽然酒是酽冽的酒，烟是平常的烟，女人更是……然而各个人的心是同样地跳，头脑是同样地发迷，口——我们全明白这些平常时节只是吃酸菜、南瓜、臭牛肉以及说点儿下流话的口，可是到这时也粘粘糍糍，也能找出所蓄于心、各样对女人的谄谀言语，献给面前的妇人，也能粗粗鲁鲁地把它放到妇人的脸上去、脚上去，以及别的位置上去。他们把自己沉浸在这欢乐空气中，忘了世界也忘了自己的过去与未来。女人则帮助这些可怜人，把一切穷苦一切期望从这些人心上挪去。放进的是类乎烟酒的兴奋与醉麻。在每一个妇人身上，一群水手同样做着那顶切实顶勇敢的好梦，预备将这一月储蓄的金钱与精力，全倾之于妇人身上，他们却不曾预备要人怜悯，也不知道可怜自己。

他们的生活，若说还有使他们在另一时反省的机会，仍然是快乐的吧。这些人，虽然缺少眼泪，却并不缺少欢乐的承受！

其中之一的柏子，为了上岸去找寻他的幸福，终于到一个地方了。

先打门，用一个水手通常的章法，且吹着哨子。

门开后，一只泥腿在门里，一只泥腿在门外，身子便为两条胳膊缠紧了，在那新刮过的日炙雨淋粗糙的脸上，就贴紧了一个宽宽的温暖的脸子。

这种头香油是他所熟悉的。这种抱人的章法，先虽说不出，这时一上身却也熟悉之至。还有脸，那么软软的，混着脂粉的香，用口可以吮吸。到后是，他把嘴一歪，便找到了一个湿的舌子了，他咬着。

女人挣扎着，口中骂着：

“悖时的！我以为你到常德府，被婊子尿冲你到洞庭湖了！”

进到里面的柏子，在一盏“满堂红”灯下立定。妇人望他痴笑。这一对是并肩立着，他比她高一个头，他蹲下去，像整理橹绳那样扳了妇人的腰身时，妇人身便朝前倾。搜索柏子身上的东西。搜出的东西便往床上丢去，又数着东西的名字：“一瓶雪花膏，一卷纸，一条手巾，一个罐子——这罐子装什么？”

“猜呀！”

“猜你妈！忘了为我带的粉吗？”

“你看那罐子是什么招牌！打开看！”

妇人不认识字，看了看罐上封皮，一对美人儿画像。把罐子在灯前打开，放鼻子边闻闻，便打了一个喷嚏。柏子可乐了，不顾妇人如何，把罐子抢来放在一条白木桌上，便擒了妇人向床边倒下去。

灯光明亮，照着一堆泥脚迹在黄色楼板上。

外面雨大了。

张耳听，还是歌声与笑骂声音。房子相间多只一层薄薄白木板子，比吸烟声音还低一点儿的声音也可以听出，然而人全无闲心听隔壁。

柏子的纵横脚迹渐干了，在地板上也更其分明。灯光依然，把一对横搁在床上的人照得清清楚楚。

"柏子，我说你是一个牛。"

"我不这样，你就不信我在下头是怎么规矩!"

"你规矩！你赌咒你干净得可以进天王庙!"

"赌咒也只有你妈去信你，我不信。"

柏子只有如妇人所说，粗鲁得同一只小公牛一样。到后于是喘息了，松弛了，像一堆带泥的吊船棕绳，散漫地搁在床边上。

柏子紧紧搂住妇人，且用口去咬。咬她的下唇，咬她的膀子……一点儿不差，这柏子就是日里爬桅子唱歌的柏子。

妇人望到他这些行为发笑。

过一阵，两人用一个烟盘做长城，各据长城一边烧烟吃。

妇人一旁烧烟，一旁唱"孟姜女"给柏子听，在这样情形下的柏子，喝一口茶且吸一泡烟，像是做皇帝。

"婊子我告给你听，近来下头媳妇才标得要命!"

"你命怎么不要去，又跟船到这地方来?"

"我这命送她们，她们也不要。"

"不要的命才轮到我。"

"轮到你，你这……好久才轮到我！我问你，到底有多少日子才轮到我?"

妇人嘴一扁，举起烟枪把一个烧好的烟泡装上，就将烟枪送过去塞了柏子的嘴，省得再说浑话。

柏子吸了一口烟，又说："我问你，昨天有人来?"

“来你妈！别人早就等你，我算到日子，我还算到你这尸……”

“老子若是真在青浪滩上泡坏了，你才乐！”

“是，我才乐！”妇人说着便稍稍生了气。

柏子是正要妇人生气才欢喜的。他见妇人把脸放下，便把烟盘移到床头去。长城一去情形全变了，一分钟内局面成了新样子。

一种丑的努力，一种神圣的愤怒，是继续，是开始。

柏子冒了大雨在河岸的泥滩上慢慢地走着，手中拿的是一段燃着火头的废缆子，光旺旺地照到周围三尺远近。光照前面的雨成无数反光的线，柏子全无所遮蔽地从这些线林穿过，一双脚浸在泥水里面——把事情做完了，他回船上去。

雨虽大，也不忙。一面怕滑倒，一面有能防雨——或者不如说忘雨的东西吧。

他想起眼前的事心是热的。想起眼前的一切，则头上的雨与脚下的泥，全成为无须置意的事了。

这时妇人是睡眠了，还是陪别一个水手又来在那大白木床上做某种事情，谁知道！柏子也不去想这个。他把妇人的身体，记得极其熟悉。恰如离开妇人身边一千里，也像可以用手摸，说得出尺寸。妇人的笑，妇人的动，也死死地像蚂蝗一样钉在心上。这就够了。他的所得抵得过一个月的一切劳苦，抵得过船只来去路上的风雨太阳，抵得过打牌输钱的损失，抵得过……他还把以后下行日子的快乐预支了。这一去又是半月或一月，他很明白的。以后也将高高兴兴地做工，高高兴兴地吃饭睡觉，因为今夜已得了前前后后的希望，今夜所“吃”的足够两个月咀嚼，不到两月他可又回来了。

他的板带钱已光了，这种花费是很好的一种花费。并且他也并不是全无计算，他已预先留下了一小部分钱，作为在船上玩牌用的。花了钱，得到些什么，他是不去追究的。钱是在什么情形下得来，又在什么情形下失去，柏子不能拿这个来比较。比较有时也比较过了，但结果不消说还是“合算”。

轻轻地唱着“孟姜女”，唱着“打牙牌”，到得跳板边时，柏子小心小心地走过去，预定的“十八摸”便不敢唱了——因为老板娘还在喂小船老板的奶，听到哄孩子声音，听到吮奶声音。

辰州河岸的商船各归各帮，泊船原有一定地方，各不相混。可是每一只船，把货一起就得到另一处去装货，因此柏子从跳板上摇摇荡荡上过两次岸，船就开了。

一九二八年五月作

一九三五年改写

贵生

贵生在溪沟边磨他那把镰刀，锋口磨得亮堂堂的。手试一试刀锋后，又向水里随意砍了几下。秋天来溪水清个透亮，活活地流，许多小虾子脚攀着一根草，在浅水里游荡，有时又弓着个身子一弹，远远地弹去，好像很快乐。贵生看到这个也很快乐。天气极好，正是城市里风雅人所说“秋高气爽”的季节，贵生的镰刀如用得其法，也就可以过一个有鱼有肉的好冬天。秋天来，遍山土坎上芭茅草开着白花，在微风里轻轻地摇，都仿佛向人招手似的说：“来，割我，有力气的大哥，趁天气好磨快了你的刀，快来割我，挑进城里去，八百钱一担，换半斤盐好，换一斤肉也好，随你的意!”贵生知道这些好处。并且知道五担草就能够换个猪头，揉四两盐腌起来，十天半月后，那对猪耳朵，也够下酒两三次！一个月前打谷子时，各家田里放水，人人用鸡笼在田里罩肥鲤鱼，贵生却磨快了他的镰刀，点上火把，半夜里一个人在溪沟里砍了十来条大鲤鱼，全用盐揉了，挂在灶头用柴烟熏得干干的。现在磨刀，就准备割草，挑上城去换年货，正像俗话说的：两手一肩，快乐神仙。村子里住的人，因几年来城里东西样样贵，生活已大不如从前。可是一个单身汉子，年富力强，遇事肯动手，平时又不胡来乱为，过日子总还容易。

贵生住的地方离大城二十里，离张五老爷的围子两三里。五老爷是当地财主员外，近边山坡田地大部分归五老爷管业，所以做田种地的人都和五老爷有点儿关系。五老爷要贵生做长工，贵生以为做长工不是住围子就得守山，行动受管束，不愿意。自己用镰刀砍竹子，剥树皮，搬石头，在一个小土坡下，去溪水不远处，借五老爷的土地砌了一幢小房子，帮五老爷看守两个种桐子的山坡，作为借地住家的交换。住下来砍柴割草为生。春秋二季农事当忙时，有人要短工帮忙，他邻近五里无处不去帮忙（食量抵两个人，气力也抵两个人）。逢年过节村子里头行人捐钱扎龙灯上城去比赛，他必在龙头前斗宝，把个红布绣球舞得一团火似的，受人喝彩。春秋二季答谢土地，村中人合伙唱戏，他扮王大娘补缸匠，卖柴耙的程咬金。他欢喜喝一杯酒，可不同人酗酒打架。他会下盘棋，可不像许多人那样变成棋迷。间或也说句笑话，可从不用口角伤人。为人稍微有点子憨劲，可不至于出傻相。虽是个干穷人，可穷得极硬朗自重。有时到围子里去，五老爷送他一件衣服、一条裤子或半斤盐，白受人财物他心中不安，必在另外一时带点儿东西去补偿。他常常进城去卖柴卖草，就把钱换点儿应用东西。城里住有个五十岁的老舅舅，给大户人家做厨子，不常往来，两人倒很要好。进城看望舅舅时，他照例带点儿礼物，不是一袋胡桃，一袋栗子，就是一只山上装套捕住的黄鼠狼，或是一只野鸡。到城里有时住在舅舅处，那舅舅晚上无事，必带他上河沿天后宫去看夜戏，消夜时还请他吃一碗牛肉面。

在乡下，远近几里村子上的人，都和他相熟，都欢喜他。他却乐意到离住处不远的桥头一个小生意人的铺子里去。那开杂货铺的老板是沅水中游浦市人，本来漂乡做生意，每月一次挑货物到各个村子里去和乡下人做买卖，吃的用的全卖。到后来看中了那个桥头，知道官路上往来人多，与其从城里打了货四乡跑，还不如在桥头安个家，一面做各乡生意，一面搭个亭子给过路人歇脚，就近做过路人买卖。因此就在桥头安了家。住处一定，把老婆和一个十三岁的小女孩也接来了。浦市人本来为人和气，加之几年来与附近各村子各大围子都有往来，如今来在桥头开铺子，生意发达是很自然的。那老婆照浦市人中年妇女打扮，头上长年裹一块长长的黑色绉绸首帕，把眉毛拔得细细的。一张口甜甜的，见男的必称大哥，女的称嫂子，待人特别殷勤。因此不到半年，桥头铺子不特成为乡下人买东西的地方，并且也成为乡下人谈天歇憩的地方了。夏天桥头有三株大青树，特别凉爽，无事躺到树下睡睡，风吹得一身舒泰。冬天铺子里土地上烧的是大树根和油枯饼，火光熊熊——真可谓无往不宜。

贵生和铺子里人大小都合得来，手脚又勤快，几年来，那杂货铺老板娘待他很好，他对那个女儿也很好。山上多的是野生瓜果，栗子、榛子不出奇，三月里他给她摘大莓，六月里送她地枇杷，八九月里还有出名当地、样子像干海参、瓤白如玉如雪的八月瓜，尤其逗那女孩子欢喜。女孩子名叫金凤。那老板娘一年前因为回浦市去吃喜酒，害蛇钻心病死掉了，随后杂货铺补充了个毛伙，全身无毛病，只因为性情活跳，取名叫作“癞子”。

贵生不知为什么总不大欢喜那癞子，两人谈话常常顶板，癞子却老是对他嘻嘻笑。贵生说："癞子，你若在城里，你是流氓；你若在书上，你是奸臣。"癞子还对他笑。贵生不欢喜癞子，那原因谁也不明白，杂货铺老板倒知道，因为贵生怕癞子被招郎上门，从帮手改成驸马。

贵生其时正在溪水边想癞子会不会做"卖油郎"，围子里有人搭口信来，说五爷要贵生去看看南山坡的桐子熟了没有，看过后去围子里回话。

贵生听了信，即刻去山上看桐子。

贵生上了山，山上泥土松松的。树根蓬草间，到处有秋虫鸣叫。一下脚，大而黑的油蛐蛐，小头尖尾的金铃子各处乱蹦。几个山头看了一下，只见每株树枝都被饱满坚实的桐木油果压得弯弯的，好些已落了地，山脚草里到处都是。因为一个土塍上有一片长藤，上面结了许多颜色乌黑的东西，一群山喜鹊喳喳地叫着，知道八月瓜已成熟了，赶忙跑过去。山喜鹊见人来就飞散了。贵生把藤上八月瓜全摘下来，装了半斗笠，带回去打量捎给桥头金凤吃。

贵生看过桐子回到家里，晚半天天气还早，就往围子去禀告五爷。

到围子时，见院子里搁了一顶轿子，几个脚夫正闭着眼蹲在石碌礴上吸旱烟管。贵生一看知道城里来了人，转身往仓房去找鸭毛伯伯。鸭毛伯伯是五老爷围子里的老长工，每天坐在仓房边打草鞋。仓房不见人，又转往厨房去，才见着鸭毛伯伯正在小桌边同几个城里来的年轻伙子坐席，用大提子从黑色瓮缸里舀取烧酒，煎干鱼下酒。见贵生来就邀他坐下，参加他们的吃喝。原来新到围子的是四爷，刚从河南任上回城，赶来看五爷，过几天又得往河南去。几个人正谈到五爷和四爷在任上种种有趣的故事。

一个从城里来的小秃头，老军务神气，一面笑一面说：

“人说我们四老爷实缺骑兵旅长是他自己玩掉的。一个人爱玩，衣禄上有一笔账目，不玩见阎王销不了账，死后下一生还是玩。上年军队扎在汝南，一个月他玩了八个，把那地方尖子货全用过了，还说：‘这是什么鬼地方，女人都是尿脬做成的，要不得。一身白得像灰面，松塌塌的，一点儿无意思，还装模作态，这样那样。’你猜猜他花多少钱？四十块一夜，除王八外快不算数。你说，年轻人出外胡闹不得，我问你，你我哥子们想胡闹，成不成？一个月七块六，伙食三块三除外还剩多少？不剃头，不缝衣，留下钱来一年还不够玩一次，我的伯伯，你就让我胡闹，我从哪里闹起！”

另一高个儿将爷说：

“五爷人倒好，这门路不像四爷乱花钱。玩也玩得有分寸，一百八十随手撒，总还定个数目。”

鸭毛伯伯说：

“牛肉炒韭菜，各人心里爱。我们五爷花姑娘弄不了他的钱，花骨头可迷住了他。往年同老太太在城里住，一夜输二万八，头家跟五爷上门来取话。老太太爱面子，怕五爷丢丑，以后见不得人，临时要我们从窖里挖银子，元宝一对一对刨出来，点数给头家。还清了债，笑着向五爷说：‘上当学乖，下不为例。手气不好，莫下注给人当活元宝啃，说张家出报应！’”

“别人说老太太是怄气病死的。”

“可不是！花三万块钱争了一个大面子，再有涵养也不能不心疼！明明白白五爷上了人的当，哑子吃黄连，怎不生气？一包气闷在心中，病了四十天，完了，死了。”

“可是五爷为人有孝心，老太太死时，他办丧事做了七七四十九天道场，花了一万六千块钱，谁不知道这件事！都说老太太心好命好，活时享受不尽，死后还带了万千元宝锞子，四十个丫头老妈子照管箱笼，服侍她老人家一路往西天，热闹得比段老太太出丧还人多，执事挽联一里路长。有个孝子尽孝，死而无憾。”

鸭毛伯伯说：

“五爷怕人笑话，所以做面子给人看。因为老太太生前爱面子，五爷又是过房的，一过来就接收偌大一笔产业。老太太如今归天了，五爷花钱再多也应该。花了钱，不特老太太有面子，五爷也有面子。人都以为五爷傻，他才真不傻！若不是花骨头迷心，他有什么可愁的！”

“不多久，在城里听说又输了五千。后来想冲一冲晦气，要在潇湘馆给那南花湘妃挂衣，六百块钱包办一切，还是四爷帮他同那老婊子办好交涉的。不知为什么，五爷自己临时又变卦，去美孚洋行打那三抬一的字牌，一夜又输八百。六百给那‘花王’开苞他不干，倒花八百去熬一夜，坐一夜三顶拐轿子，完事时让人开玩笑说：‘谢谢五爷送礼。’真气坏了四爷。”

“花脚狗不是白面猫，这些人都各有各的脾气。银子到手哗啦哗啦花，你说莫花，这哪成！这些人一事不做偏偏就有钱，钱财像命里带来的。命里注定它要来，门板挡不住；命里注定它要去，索子链子缚不住。王皮匠捡了锭银子，睡时搂在怀里睡，醒来银子变泥巴。你说怪不怪？你我是穷人，和什么都无缘，就只和酒有点儿缘分。我们喝完了这碗酒，再喝一碗吧。贵生，同我们喝一碗，都是哥子弟兄，不要拘拘泥泥。”

贵生不想喝酒，捧了一大包板栗子，到灶边去，把栗子放在热灰里煨栗子吃。且告给鸭毛伯伯，五爷要他上山看桐子，今年桐子特别好，这三天就是白露，要打桐子也是时候了。哪一天打，定下日子，他好去帮忙。看五爷还有不有话吩咐，无话吩咐，他回家了。

鸭毛伯伯去见五爷禀白：“溪口的贵生已经看过了桐子，山向阳，今年霜降又早，桐子全熟了，要捡桐子差不多了。贵生看五爷还有什么话吩咐。”

五爷正同城里来的四爷谈卜术相术，说到城里中街一个杨半痴，如何用哲学眼光推人流年吉凶和命根贵贱，信口开河，连福音堂洋人也佩服得了不得。五爷说得眉飞色舞，听说贵生来了，就要鸭毛叫贵生进来有话说。

贵生进院子里时，担心把五爷地板弄脏，赶忙脱了草鞋，赤着脚去见五爷。

五爷说："贵生，你看过了我们南山桐子吗？今年桐子好得很，城里油行涨了价，挂牌二十二两三钱，上海汉口洋行都大进。报上说欧洲整顿海军，预备世界大战，买桐油油大战舰，要的油多。洋毛子欢喜充面子，不管国家穷富，军备总不愿落人后。仗让他们打，我们中国可以大发洋财！"

贵生一点儿不懂五爷说话的意思，只是带着一点儿敬畏之忱站在堂屋角上。

鸭毛伯伯说："五爷，我们什么时候打桐子？"

五爷笑着："要发洋财得赶快，外国人既然等着我们中国桐油油船打仗，还不赶快一点儿？明天打后天打都好。我要自己去看看，就便和四爷打两只小毛兔玩。贵生，今年山上兔子多不多？趁天气好，明天去吧。"

贵生说："五爷，您老说明天就明天，我家里烧了茶水，等五爷、四爷累了歇个脚。没有事我就走了。"

五爷说："你回去吧。鸭毛，送他一斤盐、两斤片糖，让他回家。"

贵生谢了五爷，正转身想走出去，四爷忽插口说："贵生，你成了亲没有？"一句话把贵生问得不知如何回答，望着这退职军官私欲过度的瘦脸，把头摇着，只是好笑。他心中想起几句流行的话语："婆娘婆娘，磨人大王，磨到三年，嘴尖尾巴长。"

鸭毛接口说："我们劝他看一门亲事，他怕被人迷住了，不敢办这件事。”

四爷说：“贵生，你怕什么？女人有什么可怕？你那样子也不是怕老婆的。我和你说，看中了什么人，尽管把她弄进屋里来。家里有个婆娘，对你有好处，你不明白？尽管试试看，不用怕。”

贵生因为记起刚才在厨房里几个人的谈话，所以轻轻地说：“一个人有一个人的衣禄，勉强不来。”随即同鸭毛走了。

四爷向五爷笑着说：“五爷，贵生相貌不错，你说是不是？”

五爷说：“一个大憨子，讨老婆进屋，我恐怕他还不会和老婆做戏！”

贵生拿了糖和盐回家，绕了点儿路过桥头杂货铺去看看。到桥头才知道当家的已进城办货去了，只剩下金凤坐在酒坛边纳鞋底，见了贵生，很有情致地含着笑看了他一眼，表示欢迎。贵生有点儿不大自然，站在柜前摸出烟管打火镰吸烟，借此表示从容：“当家的快回来了？”

金凤说：“贵生，你也上城了吧，手里拿的是什么？”

“一斤盐，两斤糖，五老爷送我的。我到围子里去告他们打桐子。”

“你五老爷待人可好？”

“城里四老爷也来了，还说明天要来山上打兔子。”贵生想起四爷先前说的一番话，咕咕地笑将起来。

金凤不知什么好笑，问贵生：“四爷是个什么样人物？”

“一个大军官，听说做过军长、司令官。一生就是欢喜玩，把官也玩掉了。”

“有钱的总是这样过日子，做官的和开铺子的都一样。我们浦市源昌老板，十个大木排从洪江放到桃源县，一个夜里这些木排就完了。”

贵生知道这是个老故事，所以说：“都是女人。”

金凤脸绯红，向贵生瞅着，表示抗议：“怎么，都是女人！你见过多少女人！女人也有好有坏，和你们男子一样，不可一概而论！”

“我不是说你！”

“你们男子才真坏！什么四老爷、五老爷，有钱都是大王，糟蹋人，不当数。”

其时，正有三个过路人，过了桥头到铺子前草棚下，把担子从肩上卸下来，取火吸烟，看有什么东西可吃。买了一碗酒，三人共同用苞谷花下酒。贵生预备把话和金凤接下去，不知如何说好。三个人不即走路，他就到桥下去洗手洗脚。过一阵走上来时，见三人正预备动身，其中一个顶年轻的，打扮得像个玩家，很多情似的，向金凤瞟着个眼睛，只是笑。掏钱时故意露出衣下扣花抱肚上那条大银链子，并且自言自语说：“银子千千万，难买一颗心。易求无价宝，难得有情郎。”话是有意说给金凤听的。三人走后，金凤低下头坐在酒坛上出神，一句话不说。贵生想把先前未完的话接续说下去，却无从开口。

到后看天气很好，方说：“金凤，你要栗子，这几天山上油板栗全爆了口。我前天装了个套机，早上去看，一只松鼠正拱起个身子，在那木板上嚼栗子吃，见我来了不慌不忙地一溜跑去，真好笑。你明天去捡栗子吧，地下多的是！”

金凤不搭理他，依然为刚才过路客人几句轻薄话生气。贵生不大明白，于是又说：“你记不记得有一年在我沙地上偷栗子，不是跑得快，我会打断你的手！”

金凤说：“我记得我不跑。我不怕你！”

贵生说：“你不怕我，我也不怕你！”

金凤笑着：“现在你怕我……”

贵生好像懂得金凤话中的意思，向金凤眯眯笑，心里回答说：“我一定不怕。”

毛伙割了一大担草回来了，一见贵生就叫唤：“贵生，你不说上山割草吗？”

贵生不理会，却告给金凤，在山上找得一大堆八月瓜，她想要，明天自己到家去拿，因为明天打桐子，他得上山去帮忙，五爷、四爷又说要来赶兔子，恐怕没空闲。

贵生走后，毛伙说：“金凤，这憨子，人大空心小，实在。”

金凤说：“你莫乱说，他生气时会打扁你。”

毛伙说：“这种人不会生气。我不是锡酒壶，打不扁。”

第二天，天一亮，贵生带了他的镰刀上山去。山脚雾气平铺，犹如展开一片白毯子，越拉越宽，也越拉越薄。远远地看到张家大围子嘉树成荫，几株老白果树向空挺立，更显得围子里正是家道兴旺。一切都像浮在云雾上头，缥缈而不固定。他想围子里的五爷、四爷，说不定还在睡觉做梦，梦里也是五魁八马、白板红中！

可是一会儿田塍上就有马项铃哯啷哯啷响，且闻人话嘈杂，原来五爷、四爷居然赶早都来了，贵生慌忙跑下坡去牵马。来的一共是十二个男女长工、四个跟随，还有几个围子里捡荒的小孩子。大家一到地，即刻就动起手来，从山顶上打起，有的爬树，有的在树下用竹竿啪啪地打，草里泥里到处滚着那种紫红果子。

四爷、五爷看了一会儿，也各捞着一根竹竿子打了几下，一会会儿就厌烦了，要贵生引他们到家里去。家中灶头锅里的水已沸腾，鸭毛给四爷、五爷冲茶喝。四爷见屋角斗笠里那一堆八月瓜，拿起来只是笑。

“五爷，你瞧这像个什么东西?”

“四爷，你真是孤陋寡闻，八月瓜也不认识。”

“我怎么不认识?我说它简直像……”

贵生因为预备送八月瓜给金凤，耳听到四爷口中说了那么一句粗话，心里不自在，顺口说道：

“四爷、五爷欢喜，带回去吃吧。”

五爷取了一枚，放在热灰里煨了一会儿，捡出来剥去那层黑色硬壳，挖心吃了。四爷说那东西腻口甜不吃，却对贵生家里一支钓鱼竿称赞不已。

四爷因此从钓鱼谈起，溪里、河里、江里、海里，以及北方芦田里钓鱼的方法如何不同，无不谈到。忽然一个年轻女人在篱笆边叫唤贵生，声音又清又脆。贵生赶忙跑出去，一会儿又进来，抱了那堆八月瓜走了。

四爷眼睛尖，从门边一眼瞥见了那女人的白首帕，大而乌光的发辫，问鸭毛"女人是谁"。鸭毛说："是桥头上卖杂货浦市人的女儿。内老板去年热天回娘家吃喜酒，在席面上害蛇钻心病死掉了，就只剩下这个小毛头，今年满十六岁，名叫金凤。其实真名字倒应当是'观音'！卖杂货的早已看中了贵生，又憨又强一个好帮手，将来会承继他的家业。贵生倒还拿不定主意，等风向转。真是白等。"

四爷说："老五，你真是宣统皇帝，住在紫禁城里傻吃傻喝，围子外民间疾苦什么都不知道。山清水秀的地方一定地贵人贤，为什么不……"

鸭毛搭口说："算命的说女人八字重，克父母，压丈夫，所以人都不敢动她。贵生一定也怕克……"正说到这里，贵生回来了，脸庞红红的，想说一句话，可不知说什么好，只是搓手。

五爷说："贵生，你怕什么？"

贵生先不明白这句话意思所指，茫然答应说："我怕精怪。"

一句话引得大家笑将起来，贵生也不由得笑了。

几人带了两只瘦黄狗，去荒山上赶兔子，半天毫无所得。晌午时又回转贵生家过午。五爷问长工今年桐子收多少，知道比往年好，就告给鸭毛，分三担桐子给贵生做酬劳，和四爷骑了马回围子去了。回去本不必从溪口过身，四爷却出主张，要五爷同他绕点儿路，到桥头去看看。在桥头杂货铺买了些吃食东西，和那生意人闲谈了好一阵。也好好地看了金凤几眼，才转回围子。

回到围子里，四爷又嘲笑五爷，以为“在围子里做皇帝，真正是不知民间疾苦”。话有所指，五爷明白意思。

五爷说：“四爷你真是，说不得一个人还从狗嘴里抢肉吃！”

四爷在五爷肩头打了一掌说：“老五，别说了。我若是你，我就不像你，把一块肥羊肉给狗吃。你不看见：眉毛长，眼睛光，一只画眉鸟，打雀儿！”

五爷只是笑，再不说话。一个人有一个人的分定，五爷欢喜玩牌，自己老以为输牌不输理，每次失败只是牌运差，并非功夫不高。五爷笑四爷见不得女人，城市里大鱼大肉吃厌了，注意野味。

这方面发生的事情贵生自然全不知道。

贵生只知道今年多得了三担桐子，捡荒还可得两三担。家里有几担桐子沤在床底下，一个冬天夜里够消磨了。

日月交替，屋前屋后狗尾巴草都白了头在风里摇。大路旁刺梨一球球黄得像金子，早退尽了涩味，由酸转甜。贵生上城卖了十多回草，且卖了几篮刺梨给官药铺。算算日子，已是小阳春的十月了。天气转暖了一点儿，溪边野桃树有开花的。杂货铺一到晚上，毛伙就地烧一个树根，火光熊熊，用意像在向邻近住户招手，欢迎到桥头来，大家向火谈天。在这时节畜生草料都上了垛，谷粮收了仓，红薯也落了窖，正好是大家休息的时候，所以日里晚上都有人在那里。天气好时晚上尤其热闹，因为间或还有告假回家的兵士，和猴子坪大桐岔贩朱砂的客人，到杂货铺来述说省里新闻，天上地下摆龙门阵，说来无不令众人神往意移。

贵生到那里，照例坐在火旁不大说话，一面听他们说话，一面间或瞟金凤一眼。眼光和金凤眼光相接时，血行就似乎快了许多。他也帮杜老板做点儿小事，也帮金凤做点儿小事。落了雨，铺子里他是唯一客人时，就默默地坐在火旁吸旱烟，听杜老板在美孚灯下打算盘滚账，点数余存的货物。贵生心中的算盘珠也扒来扒去，且数点自己的家私。他知道城里的油价好，二十五斤油可换六斤棉花，两斤板盐。他今年有好几担桐子，真是一注小财富！年底鱼呀肉呀全有了，就只差个人。有时候那老板把账结清后，无事可做，便从酒坛间找出一本红纸面的文明历书，来念那些附在历书下的“酬世大全”“命相神数”。一排到金凤的八字，必说金凤八字怪，斤两重，不是“夫人”就是“犯人”，克了娘不算过关，后来事情多。金凤听来只是抿着嘴笑，完全不相信这些斯文胡说。

或者正说起这类事，那杂货铺老板会突然向客人发问：“贵生，你想不想成家？你要讨老婆，我帮你忙。”

贵生瞅着面前向上的火焰说：“老板，你说真话假话？谁肯嫁我！”

“你要就有人。”

“我不相信。”

“谁相信天狗咬月亮？你尽管不信，到时天狗还是把月亮咬了，不由人不信。我和你说，山上竹雀要母雀，还自己唱歌去找。你得留点儿心，学‘归桂红，归桂红’‘婆婆酒醉，婆婆酒醉归’。”

话把贵生引到路上来了，贵生心痒痒的，不知如何接口说下去，于是也学杜鹃叫了几声。

毛伙间或多插一句嘴，金凤必接口说：“贵生，你莫听癞子的话，他乱说。他说会装套捉狸子，捉水獭，在屋后边装好套，反把我那只小花猫捉住了。”金凤说的虽是毛伙，事实却在用毛伙的话，岔开那杜掌柜提出的问题。

半夜后，贵生晃着个火把走回家去，一面走一面想：卖杂货的也在那里装套，捉女婿。不由得咕咕笑将起来。一个存心装套，一个甘心上套，事情看来也就简单。困难不在人事在人心。贵生和一切乡下人差不多，心上多少也有那么一点儿迷信。女的脸儿红中带白，眉毛长，眼角向上飞，是个“克”相；不克别人得克自己，到十八岁才过关！金凤今年满十六岁。因这点儿迷信，他稍稍退后了一步，杂货商人装的套不灵，不成功了。可是一切风总不会老向南吹，终有个转向时。

有天落雨，贵生留在家里搓了几条草绳子，扒开床下沤的桐子看看，已发热变黑，就倒了半箩桐子剥，一面剥桐子，一面却想他的心事。不知哪一阵风吹换了方向，他忽然想起事情有点儿险。金凤长大了，心窍子开了，毛伙随时都可以变成金凤家的驸马。此外在官路上来往卖猪攀乡亲的浦市客人，上贵州省贩运黄牛收水银的辰州客人，都能言会说，又舍得花钱，在桥头过身，机会好，有个见花不采？闪不知把女人拐走了，那才真是一个“莫奈何”！人总是人，要有个靠背，事情办好，大的小的就都有了靠背了。他想得自然简单一点儿，粗俗一点儿，但结论却得到了，就是“热米打粑粑，一切得趁早”，再耽误不得。风向真是吹对了。

他预备第二天上城去同那舅舅商量商量。

贵生进城去找他的舅舅。恰好那大户人家正办席面请客，另外请的有大厨师掌锅，舅舅当了二把手，在砧板上切腰花。他见舅舅事忙，就留在厨房帮同理葱剥豆子。到了晚上，把席面撤下时，已经将近二更，吃了饭就睡了。第二天那家主人又要办什么公公婆婆粥，桂圆莲子、鱼呀肉呀煮了一大锅，又忙了一整天，还是不便谈他的事情。第三天舅舅可累病了。贵生到测字摊去测个字，为舅舅拈的是一个“爽”字，自己拈了一个“回”字。测字的杨半仙说：“人逢喜事精神爽，若问病，有喜事病就会好。又说回字喜字一半，吉字一半，可是言字也是一半。口舌多，要办的事赶早办好，迟了恐不成。”他觉得这个杨半仙的话蛮有道理。

回到舅舅病床边时，就说他想成亲了，溪口那个卖杂货的女儿身家正派，为人贤惠，可以做他的媳妇。她帮他喂猪割草好，他帮她推磨打豆腐也好。只要好意思开口，可拿定七八成。掌柜的答应了，有一点儿钱就可以趁年底圆亲。多一个人吃饭，也多一个人补衣捏脚，有坏处，有好处，特意来和舅舅商量商量。

那舅舅听说有这种好事，岂有不快乐道理。他连年积下了二十块钱，正拿不定主意，不知道把它预先买副棺木好，还是买几只小猪托人喂好。一听外甥有意接媳妇，且将和卖杂货的女儿成对，当然一下就决定了主意，把钱“投资”到这件事上来了。

“你接亲要钱用，不必邀会，我帮你一点儿钱。”厨子起身把存款全部从床脚下砖土里掏出来后，就放在贵生手里，“你要用，你拿去用。将来养了儿子，有一个算我的小孙子，逢年过节烧三百钱纸，就成了。”

贵生哧哧地说：“舅舅，我不要那么些钱，开铺子的不会收我财礼的！”

“怎么不要？他不要，你总得要。说不得一个穷光棍打虎吃风，没有吃时把裤带紧紧。你一个人草里泥里都过得去，两个人可不成！人都有个面子，讨老婆就得有本事养老婆，养孩子。不能靠桥头杜老板，让人说你吃裙带饭。钱拿去用，舅舅的就是你的！”

两人商量好了，贵生上街去办货物。买了两丈官青布、两丈白布、三斤粉条、一个猪头，又买了些香烛纸张，一共花了将近五块钱。东西办齐后，贵生高高兴兴带了东西回溪口。

出城时碰到两个围子里的长工，挑了箩筐进城，贵生问他们赶忙进城有什么要紧事。

一个长工说：“五爷不知为什么心血来潮，派我们到城里‘义胜和’去办货！好像接媳妇似的，开了好长一张单子，一来就是一大堆！”

贵生说：“五爷也真是五爷，人好手松，做什么事都不想想。”

“真是的，好些事都不想想就做。”

“做好事就升天成佛，做坏事可教别人遭殃。”

长工见贵生办货不少，带笑说：“贵生，你样子好像要还愿，莫非快要请我们吃喜酒了？”

另一个长工也说：“贵生，你一定到城里发了洋财，买那么大一个猪头，会有十二斤吧？”

贵生知道两人是打趣他，半认真半说笑地回答道：“不多不少，一个猪头三斤半，正预备焖好请哥们儿喝一杯！”

分手时一个长工又说：“贵生，我看你脸上气色好，一定有喜事不说，瞒我们。这不成的！哥子兄弟在一起，不能瞒！”几句话把贵生说得心里轻轻松松的，只是笑嚷着：“哪里，哪里，我才不会瞒人！”

贵生到晚上下了决心，去溪口桥头找杂货铺老板谈话。到那里才知道杜老板不在家，有事出门去了。问金凤父亲什么地方去了，什么时候回来，金凤却神气淡淡地说不知道。转问那毛伙，毛伙说老板到围子里去了，不知什么事情。贵生觉得情形有点儿怪，还以为也许两父女吵了嘴，老的斗气走了，所以金凤不大高兴。他依然坐在那条矮凳上，用脚去拨那地炕的热灰，取旱烟管吸烟。

毛伙忍不住忽然失口说：“贵生，金凤快要坐花轿了！”

贵生以为是提到他的事情，眼瞅着金凤说：“不是真事吧？”

金凤向毛伙盯了一眼："癞子，你胡言乱说，我缝你的嘴！"

毛伙萎了下来，向贵生憨笑着："当真缝了我的嘴，过几天要人吹唢呐可没人。"

贵生还以为金凤怕难为情，把话岔开说："金凤，我进城了，在我那舅舅处住了三天。"

金凤低着个头，神气索寞地说："城里可好玩！"

"我去城里有事情。我和我舅舅打商量……"他不知怎么把话说下去好，于是转口向毛伙，"围子里五爷又办货要请客人，什么大事！"

"不只请客……"

毛伙正想说下去，金凤却借故要毛伙去瞧瞧那鸭子栅门关好了没有。

坐下来，总像是冰锅冷灶似的。杜老板很久还不回来，金凤说话要理不理。贵生看风头不大对，话不接头。默默地吹了几筒烟，只好走了。

回到家里从屋后搬了一个树根，捞了一把草，堆地上烧起来，捡了半箩桐子，在火边用小剜刀剥桐子。剥到深夜，总好像有东西咬他的心，可说不清楚是什么。

第二天正想到桥头去找杂货商人谈话，一个从围子里来的人告他说，围子里有酒吃，五爷纳宠，是桥头浦市人的女儿。已看好了日子，今晚进门，要大家煞黑前去帮忙，抬轿子接人！听到这消息，贵生好像头上被一个人重重地打了一闷棍，呆了半天缓不过气来。

那人走后，他还不大相信，一口气跑到桥头杂货铺去，只见杜老板正在柜台前低着头用红纸封赏号。

那杂货铺商人一眼见是贵生，笑眯眯地招呼他说：“贵生，你到什么地方去了？好几天不见你，我们还以为你做薛仁贵当兵去了。”

贵生心想：“我还要当土匪去！”

杂货铺商人又说：“你进城好几天，看戏了吧？”

贵生站在外边大路上结结巴巴地说：“大老板，大老板，我有句话和你说。听人说你家有喜事，是真的吧？”

杜老板举起那些小包封说：“你看这个。”一面只是笑，事情不言而喻。

贵生听桥下有捶衣声，知道金凤在桥下洗衣，就走近桥栏杆边去，看见金凤头上孝已撤除，一条大而乌光辫子上簪了一朵小小红花，正低头捶衣。贵生说：“金凤，你有大喜事，贺喜贺喜！”金凤头也不抬，停了捶衣，不声不响。贵生从神情上知道一切都是真的，自己的事情已完全吹了，完了。一切都完了。再说不出话。回到铺子里对那老板狠狠看了一眼，拔脚就走了。

晚半天，贵生依然到围子里去。

贵生到围子里时，见五老爷穿了件春绸薄棉袍子，外罩一件宝蓝缎子夹马褂，正在院子里督促工人扎喜轿，神气异常高兴。五爷一见贵生就说：“贵生，你来了，很好。吃了没有？厨房里去喝酒吧。”又说，“你生庚属什么？属龙晚上帮我抬轿子，过溪口桥头上去接新人。

属虎属猫就不用去，到时避一避，不要冲犯！”

贵生呆呆怯怯地说：“我属虎，八月十五寅时生，犯双虎。”说后依然如平常无话可说时那么笑着，手脚无放处。看五爷分派人做事，扎轿杆的不当行，就走过去帮了一手忙。到后五爷又问他喝了没有，他不作声。鸭毛伯伯已换了一件新毛蓝布短衣，跑出来看轿子，见到贵生，就拉着他向厨房走。

厨房里有五六个长工坐在火旁矮板凳上喝酒，一面喝一面说笑。因为都是派定过溪口接亲的人，其中有个吹唢呐的，脸喝得红嘟嘟的，信口胡说：“杜老板平时为人慷慨大方，到那里时一定请我们吃城里带来的嘉湖细点，还有包封。”

另一个长工说：“我还欠他二百钱，记在水牌上，真怕见他。”

鸭毛伯伯接口打趣他：“欠的账那当然免了，你抬轿子小心点儿就成了。”

一个毛胡子长工说：“你们抬轿子，看她哭多远，过了大坳还像猫儿那么哭，要她莫哭了，就和她说：‘大姐，你再哭，我就抬你回去！’她一定不敢再哭。”

“她还是哭你怎么样？”

“我们当真抬她回去。”

“将来怎么办？”

“再把她抬进围子里，可是不许她哭，要她哈哈大笑！”

“她不笑？”

"她不笑？我敢赌个手指头，她会笑的。"所有人都哄然大笑起来。

吹唢呐的会说笑话，随即说了一个新娘子三天回门的粗糙笑话，装成女子的声音向母亲诉苦："娘，娘，我以为嫁过去只是服侍公婆，承宗接祖，你哪想到小伙子人小心子坏，夜里不许我撒尿！"大家更大笑不止。

贵生不作声，咬着下唇，把手指骨捏了又捏，看定那红脸长鼻子，心想打那家伙一拳。不过手伸出去时，却端了土碗，哐嘟嘟喝了大半碗烧酒。

几个长工打赌，有的以为金凤今天不会哭。有的又说会哭，还说看那一双水汪汪的眼睛，就是个会哭的相。正乱着，院中另外那几个扎轿子的也来到厨房，人一多话更乱了。

贵生见人多话多，独自走到仓库边小屋子里去。见有只草鞋还未完工，就坐下来搓草编草鞋。心里实在有点儿乱，不知道怎么好。身边还有十六块钱，紧紧地压在腰板上。他无头无绪想起一些事情。三斤粉条、两丈官青布、一个猪头，有什么用？五斛桐子送到姚家油坊去打油，外国人大船大炮到海里打大仗，要的是桐油。卖纸客人做眉弄眼，"易求无价宝，难得有情郎"，有情郎就来了。四老爷一个月玩八个辫子货，还说妇人身上白得像灰面，无一点儿意思。你们做官的，总是糟蹋人！

看看天已快夜了。

院子里人声嘈杂，吹唢呐的大约已经喝个六分醉，把唢呐从厨房吹起，一直吹到外边大院子里去。且听人喊燃火把放炮动身，两面铜锣当当地响着，好像在说：“我们走，我们走，我们快走！”不一会儿，一队人马果然就出了围子向南走去了。去了许久还可听到一点儿接亲队伍傍着小山坡边走去时那唢呐呜咽声音。贵生过厨房去看看，只见几个佃户家临时找来帮忙的女人正在预备汤果，鸭毛伯伯见贵生就说：“贵生，我还以为你也去了。帮我个忙，挑几担水吧。等会儿还要水用。”

贵生担起水桶一声不响走出去。院子里烧了几堆油柴，正屋里还点了蜡烛，挂了块红。住在围子里的佃户人家妇女小孩都站在院子里，等新人来看热闹。贵生挑水走捷径必从大门出进，却宁愿绕路，从后门走。到井边挑了七担水，看看水平了缸，才歇手过灶边去烘草鞋。

阴阳生排八字，女的属鼠，宜天断黑后进门。为免得和家中人冲犯，凡家中命分上属大猫小猫的，到轿子进门时都得躲开。鸭毛伯伯本来应当去打发轿子接人的，既得回避，因此估计新人快要进围子时，就邀贵生往后面竹园子去看白菜萝卜，一面走一面谈话。

“贵生，一切真有个定数，勉强不来。看相的说邓通是饿死的相，皇帝不服气，送他一座铜山，让他自己造钱，到后还是饿死。城里王财主，原来挑担子卖饺饵营生，气运来了，住身在那个小土地庙里，落了半个月长雨，墙脚淘空了，墙倒坍了，两夫妇差点儿被压死。待到两人从泥灰里爬出来一看，原来墙里有两坛银子，从此就起了家。……不是命是什么！桥头上那杂货铺小丫头，谁料到会做我们围子里的人？五爷是读书人，懂科学，平时什么都不相信，除了洋鬼子看病，照什么‘挨挨试试’光，此外都不相信。上次进城一输又是两千，被四爷把心说活了。四爷说：五爷，你玩不得了，手气痞，再玩还是输。找个‘原汤货’来冲一冲运气看，保准好。城里那些毛母鸡，谁不知道用猪肠子灌鸡血，到时假充黄花女。横到长的眼睛只见钱，竖到长的眼睛中作伪，有什么用！乡下有的是人，你想想看。五爷认真了，凑巧就看上了那杂货铺女儿，一说就成，不是命是什么！”

贵生一脚踹到一个烂笋瓜上头，滑了一下，轻轻地骂自己：“鬼打岔，眼睛不认货！”

鸭毛伯伯以为话是骂杜老板女儿，就说：“这倒是认货不认人！”

鸭毛伯伯接着又说：“贵生，说真话，我看杂货铺杜老板和那丫头，先前对你倒很有心，旁观者清，当局者迷，你还不明白。其实只要你好意思亲口提一声，天大的事就定了。天上野鸭子各处飞，捞到手的就是菜。二十八宿闹昆阳，阵势排好了，先下手为强，后下手遭殃。你不先下手，怪不得人！”

贵生说：“鸭毛伯伯，你说的是笑话。”

鸭毛伯伯说：“不是笑话！一切都是命，半点不由人。十天以前，我相信那小丫头还只打量你同她两人在桥头推磨打豆腐！你自己拿不定主意，这怪不得人！”说的当真不是笑话，不过说到这里，为了人事无常，鸭毛伯伯却不由得笑起来了。

两人正向竹园坎上走去，上了坎，远远地已听到唢呐呜呜咽咽的声音，且听到爆竹声，就知道新人的轿子快来了。围子里也骤然显得热闹起来。火炬都点燃了，人声杂沓。一些应当避开的长工，都说说笑笑跑到后面竹园来，有的还毛猴一般爬到大南竹上去眺望，看人马进了围子没有。

唢呐越来越近，院子里人声杂乱起来了，大家知道花轿已进营盘大门，一些人先虽怕冲犯，这时也顾不得了，都赶过去看热闹。

三大炮放过后，唢呐吹“天地交泰”，拜天地祖宗，行见面礼，一会儿唢呐吹完了，火把陆续熄了，鸭毛伯伯知道人已进门，事已完毕，拉了贵生回厨房去，一面告那些拿火把的人小心火烛。厨房里许多人都在解包封，数红纸包封里的赏钱，争着倒热水到木盆里洗脚，一面说起先前一时过溪口接人，杜老板发亲时如何慌张的笑话。且说杜老板和癞子一定都醉倒了，免得想起女儿今晚上事情难受。鸭毛伯伯重新给年轻人倒酒，把桌面摆好，十几个年轻长工坐定时，才发现贵生早已溜了。

半夜里，五爷正在雕花板床上细麻布帐子里拥了新人做梦，忽然围子里所有的狗都狂叫起来。鸭毛伯伯起身一看，天角一片红，远处起了火。估计方向远近，当在溪口边上。一会儿有人急忙跑到围子里来报信，才知道桥头杂货铺烧了，同时贵生房子也走了水。一把火两处烧，十分蹊跷，详细情形一点儿不明白。

鸭毛伯伯匆匆忙忙跑去看火，先到桥头，火正壮旺，桥边大青树也着了火，人只能站在远处看。杜老板和癞子是在火里还是走开了，一时不能明白。于是又赶过贵生处去，到火场近边时，见有些人围着看火，谁也不见贵生。人是烧死了还是走开了，说不清楚。鸭毛伯伯用一根长竹子试向火里捣了一阵，鼻子尽嗅着，人在火里不在火里，还是弄不出所以然。他心中明白这件事，火究竟是怎么起的，一定有个原因。转围子时，半路上碰着五爷和新姨太太。五爷说："人烧坏了吗?"

鸭毛伯伯结结巴巴地说："这是命，五爷，这是命。"回头见金凤正哭着，心中却说，"丫头，做小老婆不开心？回去一索子吊死了吧，哭什么!"

几人依然向起火处跑去。

一九三七年三月作，五月改作于北京

一九四〇年三月二十二日校改。时大风发木，猛雨打窗

—逃的前一天—

他们在草地上约好了，明天下午六点，在高坳聚齐。各人怀着略略反常的惶恐的心转到营中去，等候这一天过去。

他坐到那庙廊下望太阳，太阳还同样很悠暇地慢慢地在天空移动。他心痴静在台阶日影上，再不能想其他的事了。

看到一群狗在戏台下打仗，几个兵在太阳下用绳索包了布片，通过来复枪的弹道，拖来拖去，他觉得人与狗同样的无聊。

他想：到后天这时候，这里就少三个人了。他知道那时候将免不了一些人着忙，书记官要拟稿行文，副官处要发公事，卫舍处要记过，军需处要因他们余饷有小小纠纷……一切一切全是好笑的事。因逃兵而起的骚扰，他是从其他人潜逃以后的情形看得出的。见过许多了，每一次都是这样子，不愿意干，就逃走。逃走，利益还似乎是营上这一边，不久大家也就忘了。军队中生活是有系统的，秩序不紊的，这整齐划一的现象，竟到了逃兵这种事上，奇怪得使他发笑了。

谁也不明白这人为什么而笑的。但人见到他在太阳下不发笑也完全不奇怪。

一个兵，笑的理由也是划一了的。他们笑，不外乎多领了津贴发了财，凭好运气在赌博上赢了钱，在排长处喝了一杯酒，无意中拾了一点儿东西。此外，不同的非猜想不可的，至多是到街上看了热闹，觉得有趣。他们是在一种为国干城的名分下，教养得头脑简单如原始人类，悲喜的事也很少很少了。他们成天很早地起床点名，吃极粗粝的饮食，做近于折磨身体的工作，服从上官，一切照命令行事，凡是人不必做的都去做，凡是人应当明白的都不必明白，慢慢地，各人自然是不会在某一新意义上找出独自发笑的理由了。

他笑着，一面听那几个擦枪的兵谈话，谈话的人也正是各自做着笑脸谈那事情的。

一个手拿机柄包在布片里扭来扭去的小子，赤着脚，脚干上贴有红布大膏药一片，把脸似乎笑扁了，说：

“哥，你不要以为我人矮，我可以赌咒——可以打赌，试验我的能耐。”

“你以为你是能骑马的人也能……”这是所谓“哥”的一个说的，他还有话继续，“宋二，我就同你打赌，今夜去试。”

“赌二十斤酒一只鸡。”

“我只有一个‘巴’，你吃不吃?”

那擦机柄的被玩弄了，就在那哥的软腰上近擂一拳。力量的沉重，使那正弯身拖动机筒的兵士踉跄了。另一个脚干上也有一张膏药的角色，放下工作，扑过来，就把矮小子扑倒了，两人立刻就缠作一团在地面滚。被打了一拳的大汉子，只笑着嚷着，要名字叫癞子的好好地捶宋二一顿。他倒很悠闲地仍然躬身擦枪，仿佛因为有职务在身，不便放弃。

他们打着，还互相无恶意地骂着丑话，横顺身上穿的是灰衣，在地上打滚也不会把衣弄脏，各人的气力用在这一件事上也算是顶有益的了，热闹得很。

第四个兵士不掺入战事，就只骂那被擒在地上的一个，用着军人中习用的字眼——“杂种”“苗狗人的”“牛”，还有比这更平民一点儿的也全采用了。似乎把这些话加到弱者的头上时，同时在别人身上的一个，就光辉满脸，有伟人奋斗之余的得意情形。

驻在此地的军队，既不打仗，他们当然就只有这样消磨日子，他也看惯了。虽看惯，仍然还很担心的，就是这种戏谑常常变得更热闹，先是玩笑，终于其一流血，其一不流血的也得伏到石地上挨二十板打屁股的处罚。人虽各是二三十岁的人，至于被惩罚以后，脸上挂着大的眼泪也是常有的事情。对着这样一般天真烂漫的同胞同志，他纵笑也还是苦笑的。

打架的还是胜负不分，骂娘者渐感疲倦，队长来了。

他望到队长来了，就站起，那几个人还不注意到，揪打的仍然揪打不休，助威的也仍然用着很好的口气援助，队长看着。他以为这几个兵士准得各在太阳下立正三十分钟了，谁知队长看了一会儿，见到另一个擒在地下的快要翻身爬起了，就大声喊：

“狗养的，你为什么不用手压到那一只手?”

队长也这样着急，是他料不到的事。原来队长是新补，完全是同这些弟兄在一堆滚过来的人，他见到那汉子对队长立定以后便说要队长晚上去棚里吃狗肉，他要笑不能，就走开了。

天气过早。

他走到庙后松树下去，几个同班的汉子正在那里打拳。还有火夫，一共是五个，各坐在大盘石上晒太阳，把衣全脱下，背上肩上充满了腻垢，脱下的衣随意堆到身旁，各人头发剃得精光，圆的多疤的各不相同的头，在日光下如菠萝。这几个火夫的脸上，都为一种平庸的然而乐观的光辉所照，大约日子已快到月底，不久就可以望支本月份四块八角的薪饷，又可以赌博吃肉了。他们也是正在用着一种合乎身份的粗鄙字眼，谈论着足资笑乐的一件故事的，他又站下来听。

原来他们讨论到的就正是头。他们大致因为各人正剃过头发，所以头是一种即景的材料了，只听到一个年纪幼小的火夫说道：

“牛巴子，你那头砍下来总有十七斤半。”

所谓牛巴子其人者，是头特大疤子特多的一位，正坐在那石上挠胸上的黑毛，听到这话也无所谓生气，不反驳。无抵抗主义是因为人上了年纪，懂到让小子们嘴上占便宜，而预备在另一时譬如吃饭上面扳本的人的。那小子于是又说道：

“牛巴子，你到底挑过多少人头，我猜你不会挑得起十个。”

牛巴子，扁扁嘴，不作声，好像他那口特是为吃红薯生长的。因为问题无大前提，牛巴子照例是无回答义务的。

另一个（这时正搂起裤子，脚干上有两张膏药）就说：

“牛伯，死人头真重，我挑过一次，一头是两个，一头是三个，挑二十里肩就疼了。”

牛巴子打了一个喷嚏。

那火夫又问：“牛伯你挑过几个？”

牛巴子说：“今天有酒喝。”这话完全像是答复他自己那一个喷嚏而言。然而，话来了，“这几天，妈妈的，不杀人，喝不成了。”

那小子又掺入了话：“牛巴子，你想喝吗？我输你，今夜一个人到箭场去提那个死人头来，只要你敢，我请你喝三百钱酒。”

“小鬼精，你又不是卖××，哪里来得许多钱？”

“卖，你是老南瓜，才值钱！”

“排长喜欢你这小南瓜了，你小心一点儿。”

“小心你的老南瓜！你妈个……”小子又向另一个说，“二喜，二喜，你知不知道老南瓜家里人同更夫的事情？饿酒的人吃尿还是有志气，老南瓜是在乡里全靠太太同人在床上打架才有酒喝的，老舅子还有意思说他太太长得标致！”

“杂种你不要强嘴，老子到夜间，就要用红苕塞你的……”

“你看老子整你！”说着，小子走过来，把一件短棉军衣罩在牛巴子的疤头上，就骑到他的肩上去，只一滚，两人就从磐石上滚到松树根边了。这一对肮脏的熊不顾一切，就在一种形式上争持到做男性的事业，看的那个名叫二喜的与另一个火夫，仍然像前次擦枪那几位，旁观呐喊助威。

他觉得这全是日子太长的缘故，不然这种人，清早天一亮就起来点名，点完名就出外挑水，挑得水就烧火，以后则淘米、煮饭、洗菜、理碗筷……事情忙到岂有此理，日子短到则连自己安闲吃一顿饭也无时间，哪里还能在这太阳下胡闹？若要怪长官，那就应当怪司务长分派这种人工作还不太多，总能让这种人找得出空闲，一有闲空，他们自然就做这些事情来了。“南瓜”“红苕”，这些使人摇头的东西，他们能巧妙地用在一种比譬上，是并不缺一种艺术元素的。他们成天所吃的就是南瓜、红苕，在他们那种教养下，年轻人并不见着低能的秉赋。

他看到这些人在那种调弄下，所得的快感并不下于另一种人另一种娱乐，他仍只能不自然地笑着走开。

天气还早。

到什么地方去呢？书记处有熟人，一个年纪四十一岁每天能吃五钱大烟的书记官，曾借给他过《水浒传》看，书是早还了，因为觉到要悄悄离开此地，恐怕不能再见到这好脾气的人了，就走到那里去。

这个人住在戏台上，平时很少下台，从一个黑暗的有尿气味的缺口处爬上了梯子的第一级，他见到楼口一个黑影子。

“副兵，到哪里去这半天?”

他听出书记官的声音了，再上了一级：“书记官，是我，成标生。”

“标标吗，上来上来，我又买得新书了。”

他就上去。到了楼上，望到书记官的烟盘上一灯尚爝然做绿光，知道还在过瘾。

“怎么，书记官，副兵又走了?”

“年轻人！一出去就是一天，还拿的有钱买橘子，大概钱输到别人手中，要到晚上才敢回来了。”

“人太好了是不行的。”

“都是说跟到出门来，好意思开除他吗?有时把我烟泼了，真想咬他一口。”

“书记官真能咬副兵倒是有趣味的事。”

“咬也不行。《三侠五义》第五章不是飞毛虎咬过他仆人一口吗?我这副兵到知道我要咬他时，早先飞走了。”

这好性情的人，是完全为烟所熏，把一颗心柔软到像做母亲的人了。就是同他说到这一类笑话时，也像是正在同小孩子学故事一样情形的。那种遇事和平的精神，使他地位永远限在五年前的职务上。同事的无人不做知事去了，他仍然在书记官的职务上，拟稿，送饷册，善意地训练初到职的录事，同传达长喝一杯酒，在司令官来客打牌的桌上配一角，同许多兵士谈谈天，不积钱也不积德，只是很平安地过着日子。在中国的各式各型人中，这种人是可以代表一型的。

因为懂相法，看过标生是有起色的相，在许多兵士中，这好性情人对他是特别有过好意的。这好意又并不是为有所希望而来，这好性情人就并不因为一种功利观念能这样做人的。

见到他上楼了，就请坐。在往天，副兵若在，应当倒茶，因为虽然是兵，但营上的兵不是属于书记官管辖。在一种很客气的款待上，他的一个普通兵应有的拘束也去掉了，就可以随便谈话、吃东西，讨论小说上各个人物的才干与性情。如今的他，原来是看看这好人，意思是近于告别的，就不即坐。

“天气好，到些什么地方玩过没有?”

“玩过了的。”

“这几天好钓鱼，我那一天从溪边过身，一条大鲫鱼拨刺，有脚板大，訇地吓了我一跳，心想若是有小朋友在，就跳下水去摸它来，可以吃一顿。”

“书记官能泅水吗?”

“咄，我小时能够打氽子过乡里大河公安殿前面!”

“近来行不行?”

“到六月间我们去坝上试试吧。吃了烟，是有十年不敢下水了，不过我威风是还在的，你不要小看我。我问你，你怎么样?”

“书记官会看相，你猜吧。”

“我看你不错，凡是生长在黄罗寨的，不会泅水也不至于一到河里就变秤砣。”

“不会水，因为家里怕淹死，不准洗澡的。”

“那为什么不逃学悄悄地去洗澡？我们小时在馆内念书，放午学时先生在每人手心上写一银朱字，回头字不见了就打板子，你说，我们怎么办？洗还是洗！六月间不洗几个澡那还成坏学生吗？我们宁愿挨打也去洗。这种精神是要的。小孩子的革命精神你说可不可佩服！”

听到书记官说这一类笑话，他不由得不笑了。但他想到的，是过几天这时的书记官，会不会同别人说到今天的自己？他又想这永远是小孩子心的人，若是知道在面前的人，就是将从营伍中逃走的人，将来逃兵名册上就应当由书记官写上一个名字，这时是不是还来说这些为小孩子说的话？

书记官是每天吃烟，喝酽茶，办公事，睡晏觉，几年也从不变更过生活的，当然这时料不到面前的人是正有着一种计划的人了。

“标标，你会上树不会？”

他摇头。

“那扯谎，我前不久就看到你同一个弟兄在后山里大松上玩。”

“我是用带子才能上树的。”

“那当然，不用带子除非是黄天霸——嘿，我忘记了，我买得许多新书了，你来看。”书记官说着，就放下了那水烟袋，走到床边去，开他那大篾箱子，取出一些石印书，“这是《红楼梦》，这是……以后有书看了，有古学了；标标，你的样子倒像贾宝玉！”

他笑着，从窗罅处望外面，见到天气仍然很早，不好意思就要走。他心上为明天的事情所缚定，对于书，对于书记官，对于书记官所说的话，全不能感生往日的兴味了。他愿意找一种机会，谈一点儿他以后的事，可是这好性情的人总不让这机会发生。

书记官谈了一阵笑了一阵以后，倒到烟盘旁预备烧烟了，他站到那里还不坐下。

“坐！”

“我要走了。”

“有什么事情？”

“没有事情。”

“没得事情不要走。回头等我副兵来，要他买瓜子去，三香斋有好葵花白玫瑰瓜子，比昨几天那个还大颗。”

“……”

“你想些什么？是不是被人欺侮了要报仇？”

“没有的事。”

“我小时候可是成天同人打架，又不中用，打输了，回家就只想学剑仙报仇，杀了这人。如今学剑不成已成仙了，仇人来我就是这样一枪！”

所谓一枪者，原来是把烟泡安置在烟斗火口妥当后，双手横递过去的一种事情。这人是真有点儿仙气的人了。他见到这书记官无人无我的解脱情形，他只能笑。书记官是大约与他无仇恨的，所以就从不曾把烟枪给他，这时的他倒很愿意向灯旁靠靠，只要书记官说一声“请”，就倒下了。

书记官自己吸了一泡烟，喝了一口茶，唱了一声“提起了此马儿来头大……”摇摇地举起了身子。

他见到这样子，如同见到那火夫相打相扑一样的难受，以为不走可不行了，就告辞。

“要走了。”

“谈谈不好吗?”

“想要到别处去看看。”

“要书看不要？这里很多，随便拿几册去。”

“不想看书，有别的事要做。”

“不看书是好的，像你这样年纪，应当做一点儿不庄重的事情，应当做点儿冒险心跳的事情，才合乎情调。告给我，在外面是不是也看上过什么女子没有？若是有了，我是可以帮忙的，我极会做媒，请到我的事总不至于失败。”

“将来看，或者有事情要麻烦书记官。”

“我很有人麻烦我服务，我的副兵是早看透了我，所以处处使我为难，也奈何他不得。”

“书记官，那再会。”

“明天会。”

“好，明天会。”

他于是从那嵌有“入相”二字匾额的门后下楼了，书记官送到楼口，还说明天再见。

他下了楼，天气仍然很早，离入夜总还有三个钟点。

今天的天气真似乎特别了，完全不像往天那么容易过去，他在太阳下再来想想消磨这半日天气的方法，又走到一个洗衣处去还账。到了洗衣服那人家，正见到书记官的小副兵从那屋里出来，像肚中灌了两三杯老酒，走路摇摇摆摆，送出大门的是那个洗衣妇人。将要分手，这小副兵望了一望，见无上司，就同妇人亲了一个嘴，妇人关上腰门，副兵赶快地走了。他才慢慢地才走过去拍门，妇人出来开门，见到来的是长得顶整齐出众的人物，满脸堆笑，问是洗了些什么衣，什么号码。

“不是衣，我来还你点儿钱，前些日子欠下的。”

“副爷要走了吗?”

“不，因为手边有钱，才想到来还你的!”

“点点儿衣服那算什么事?”

“应当要还的。”

“有什么应当不应当……”妇人一面说，一面扎裤子，裤子是松了还是故意，他是不明白的。但因为往上提的缘故，他见出这妇人穿的汗衣是紫的颜色了。

单看到这妇人眉眼的风情，他就明白书记官那不到十五岁年龄的小副兵，为什么迟迟不回营的理由了。他明白这妇人是同样地如何款待了营中许多年轻人的。他记起书记官说的笑话，对于这妇人感到一种厌烦，不再说什么话，就把应当给她的四百钱掏出，放到这人家门边一条长凳上，扬长地走了。

奇怪得很的是天气还那样早，望它即刻就夜简直是办不到的事。他应当找一点儿能够把时间忘去的事情做做，赌博以及别的如像那书记官副兵做的事，都是很不错的，可惜他又完全不熟。记起那提裤子的丑相，他就同时想起一些肮脏的、有不好气味的、稀糟的不受用的东西。

兵士的揪打，火夫的戏谑，书记官的烟枪，洗衣妇人的裤，都各有其主，非为他而预备得如此周全。在往日，这一切，似乎还与他距离极近，今天则仿佛已漠不相关了。

他数了一数板袋中所有的钱，看够不够到买半斤糖的数目，钱似乎还多，就走到庙前大街去。

大街上，南食店、杂货店、酒店、铺柜里，都总点缀了一两个长官之类，照例这种地方是不缺少一个较年轻的女当家人，陪到大爷们谈话剥瓜子的。部中人既终日无所事事，来到这种地方，随意地调笑，随意地吃红枣、龙眼以及点心，且一面还可造福于店主，因为有了这种大爷们的地方，不规矩的兵士就不敢来此寻衅捣乱，军队原是保国佑民的，如此一来岂不是两全其美！

副官、军法、参谋、交际员、军需、司务长、营副、营长、支队长、大队长……若是有人要知道驻在此地的一个剿匪司令部的组织，不必去找取职员名册，只要从街南到街北，排家铺子一问，就可以清清楚楚了。他们每天无事可做，少数是在一种热情的赌博中消磨了长日，多数是各不缺少一种悠闲的情趣坐在这铺柜子中过日子的。他们薪水不多却不必用什么钱。他们只要高兴，三五个到乡下去，借口视察地形或调查人口，团总之类总是得预备很丰盛的馔肴来款待的。他们同本地小绅士往来，在庆吊上稍稍应酬，就多了许多坐席的机会。他们皆能唱一两则京戏，或者“卖马”，或者“教子”，或者“空城计”与“滑油山”，其中嗓子洪亮的实不乏其人。在技术上，也有一着衣冠走上台去，就俨然有余叔岩装刘备的神气的。他们吃醉了酒，平素爱闹的，就故意寻衅吵一会儿，或者与一个同僚稍稍动点儿武，到明天又同台喝酒，前嫌也就冰释了。

总之他们是快乐的、健康的，不容易为忧愁打倒也不容易害都会中人杂病的。

他在一个糟坊发现了军法长，在一个干鱼店又发现了交际长同审计员，在一个卖毛铁字号却遇到三个司书生。不明白他们情形的，还会以为是这人家的中表亲，所以坐在铺子里喝茶谈天，不拘内外。

他不能不笑。

他到了他所要到的那个糖铺门前，要进去，里面就有人“喊闹”，又有人“劝”，原来正有许多人坐在堂屋中猜拳吃酒，他试装作无心的样子慢慢走过这铺子前，看到三个上司在内了，就索性走过这一家了。

一切空气竟如此调和，见不出一点儿不妥当，见不出一点儿冲突。铺子里各处有军官坐下，街上却走着才从塘里洗澡回来的鸭子，各个扁着嘴嘎嘎地笑，拖拖沓沓地在路中心散步，一振翅则雨点四飞，队伍走过处石板上留下无数三角形脚迹。全街除了每一处都有机会嗅闻得到大烟香味外，还有一个豆腐铺，泡豆子的臭水流到街上，发着异味，有白色泡沫同小工的声音。

不知从什么地方而来，来到这里递送犯人的，休息在饭馆里，三个五个全副武装的朋友蹲到灶边烘草鞋，犯人露出无可奈何的颜色，两手被绳子反缚，绳的一端绑在烧火凳上或廊柱上，饭店主人口上叼着长烟袋，睥睨犯人或同副爷谈天。

求神保佑向神纳贿的家，由在神跟前当差的巫师，头包了大红绸巾，双手持定大雄鸡的身，很野蛮地一口把鸡头咬下，红血四溢，主人一见了血，便赶快用纸钱蘸血，且拔鸡胸脯毛贴到大门上，于是围着观看的污浊小孩，便互相推挤，预备抢爆仗。

街上卖汤圆的，为一些兵士所包围，生意忙到不知道汤圆的数目，大的桶锅内浮满了白色的圆东西，只见他用漏瓢忙舀。

……

一切都快与他离开了。这一切一切，往日似乎全疏忽过去，今天见到为一种新的趣味所引起，他在一种悒郁中与这些东西告别了。

他又不买糖了，走到溪边去。果然如书记官所说，溪中桃花水新涨，鱼肥了。许多上年纪的老兵蹲在两岸钓鱼，桥头上站了许多人看。老兵的生活似乎比其他人更闲暇了，得鱼不得鱼倒似乎满不在乎，他们像一个猫蹲到岸旁，一心注意到钓竿的尖与水面的白色浮子。天气太暖和了，他们各把大棉袄解放到一旁，破烂的军服一脱，这些老兵纯农民的、放逸的、与世无关心的精神又现出了。过年了他们吃肉，水涨了他们钓鱼，夜了睡觉，他们并不觉得他们与别人是住在两个世界。

他就望到这些老兵，一个一个望去，溪的一带差不多每两株杨柳便有一个这样人物，一体的静镇，除了水在流，全没有声音。间或从一个人口里喷出一口烟，便算是在鱼以外分了这种人心的事情了。

鱼上钩了，拨着刺，看的人拍着手，惊呼着，被钩着了唇的鱼也像本来可以说话的东西，在这种情形下又开口了，在一个兵手上默默地挣扎一番，随后便被掷到安置到水边的竹篓里去，自己在篓中埋怨自己去了。

太阳又光明又暖和，他觉到不安。

他看了一阵这些用命运为注，在小铁钩蚯蚓上同鱼赌博的人，又看了看天上的太阳，还想走。

走到什么地方去?

没有可走的，他从水记起水闸，他听到水车的声音，就沿溪去看成天转动的那水磨。

他往日就欢喜这地方。这里有树，有屋，上了年纪的古树同用石头堆起的老磨坊，身上爬满了秋老虎藤，夏天则很凉快，冬天又可以看流水结成的冰柱。如今是三月，山上各处开遍映山红花，磨坊边坎上一株桃，也很热闹地缀上淡红的花朵了。他走到磨坊里面去，预备看那水磨。这东西正转动着，像兵士下操做跑步走，只听到脚步声音。小小的房子各处飞着糠灰，各处摆有箩筐。他第一眼望到的还是那个顶相熟的似乎比这屋子还年老一点儿的女主人，这个人不拘在什么时候都是一身糠灰，正如同在豆粉里打过滚的汤圆一样，她在追赶着转动的石碾，用大扫帚扑打碾上的米糠，也见到了他。

她并不歇气，只大声地说："成副爷，要小鸡不要，我的鸡孵出了!"于是，她放下扫帚了，走出了磨坊，引他到后面坪里去看鸡窠。

他笑着，跟了这妇人走上坎去。

他见到小鸡了，由这妇人干瘪瘪的手从那一个洋油箱里抓出两只小鸡来，只是吱吱地喊，穿的是崭新淡金色的细茸茸的毛衣褂，淡白的嘴巴，淡白的脚，眼睛儿光光的像水泡。这小东西就站在他手心里，不知道害怕也不知道顽皮。

“带四只回去，过五天就行了，我为你预备的有小笼。”

“……”

“它能吃米头了，可以试。”

“……”

“要花的要白的？这里是一共六只，我答应送王副爷四只，他问我要过。你的我选大的。”

他找不出话可说的。他又不说要又不说不要。他在这里，什么都是他的了。太阳、戏台、书记官、糖、狗肉、钓鱼，以至于鸡，要什么有什么。可是他到明天后天，要这些有什么用处？好东西与好习惯他不能带走，他至多只能带走一些人的好情分，他将忍苦担心走七天八天的路，就是好情分带得太多，也将妨碍了他走路的气力。

他只能对这老妇人笑。

一种说不分明的慈爱，一种纯母性的无希望的关心，都使他说不出话。此后过三天五天，到知道了人已逃走，将感到如何寂寞，他是不敢替她设想的。他只静静地望这个妇人的头发，同脸，同身体。

可怜的人，她的心枯了，像一株空了心的老树，到了春天，还勉强要在枝上开一朵花，生一点儿叶。她是在爱这个年轻人，像母亲、祖母一般地愿意在少年人心中放上一点儿温柔，一点儿体恤，与一点儿……

他望到这妇人就觉到无端忧愁。

他重复与老妇人回到磨坊。他问她可不可以让他折一枝桃花。

“欢喜折就折，过几天就要谢了。”

“今年这花开得特别好，见了也舍不得折了。”

“不折也要谢，这花树他们副爷是折了不少的，你看，那大一点儿的枝丫，我这老婆子还要什么花，要折就折，我尽他们欢喜。”

“那我来折一小枝。”

他就攀那花树，花折得了，本来不想要桃花的他权且拿着在手，道了谢。

“你什么时候来拿鸡?”

“过一会儿吧。”

老妇人就屈指数：“今天初六，初七，初八……到十一来好了，慢了恐怕他们争到要，就拿完了。”

“你告给他们说我要了，就不会强取了。”

“好好，那样吧，明天你再来看它们吃米，它们认得出熟人，当真的!”

他走了，妇人还在絮絮地嘱咐，不知什么缘故，他忽然飞跑着了，妇人就在后面大声说小心小心。

天夜了。

正如属于北方特有的严冬白雪的瑰丽，是南国乡镇季春的薄暮。

生活一切的日头落到山后去了。

太阳一没，天气就转凉了，各处是吹着喇叭的声音。站到小山上去看，就可见到从洞中，从人家烟囱里，从山隈野火堆旁，滋育了种子，仿佛淡牛奶一样的白色东西，流动着，流泻着，浮在地面，包围了近山的村落，纠缠于林木间。这是雾。自由而顽皮的行止，超越了诗人想象以上的灵动与美丽。

与大地乳色烟霭相对比的，是天边银红浅蓝的颜色，缓缓地在变。有些地方变成深紫了，因此远处的山也在深紫中消失了。

喇叭的声音，似有多处，又似只有一处，扬扬地、忧郁地、不绝地在继续。

他能想到的，是许多人在这时候已经在狗肉锅边围成一圈，很勇敢地下箸了。他想到许多相熟的面孔，为狗肉烧酒，以及大碗的白米饭所造成的几乎全无差异的面孔。他知道这时火夫已无打架的机会，正在锅边烧火了。他知道书记官这时必定正在为他那副兵讲剑仙采花的故事。他知道钓鱼的老兵有些已在用小刀刮他所得大鱼的鳞甲了。他知道水碾子已停止唱歌，老妇人已淘米煮饭了。

他望镇上，镇上大街高墙上的鸱头与烟囱，各处随意地矗起，喇叭的声音就像从这些东西上面爬过，又像那声音的来源就出于这些口中。他又望远处，什么地方正在焚柴敬神，且隐隐听到锣鼓声音。

他有一种荒山飞鸟与孤岛野兽的寂寞，心上发冷，然而并不想离开此地。

似乎不能自立，似乎不能用“志气”一类不可靠的东西把懦弱除去，似乎需要帮助或一种鼓励才能生活，他觉到了。他用右手去摸坐着的那坚硬的岩石，石头发着微温，还含着日间的余热，他笑着，把左手也放到那石上。

今天已经完了。

小兵的故事之一

一九二九年四月作

—喽啰—

“好，你做得真好！”说话的是个小伙子，脸儿白的，身个儿在他年龄上算起来是高了点，但这山竹笋子抽条样的发育，却形成了他的美观。他是在夸奖我哩。

什么样东西做得真好？我不说，看大家猜。

有人会说这是在讨论文章。不是的。关于这人同我的一切，到此时，本身已成一段故事了。让我来说这个故事吧。

那时我正在用一把笨重方头凿子雕琢一个木人头。我不瞒你们，在过去我的某一时代中，我对于一个木匠的兴趣，是比拿笔真要感到好玩许多的。若果机会给了我另一条路，也许我这个时节，已在我们乡下做了多年专门雕佛像的大师傅了。我承认我的才能若果是向雕刻那条路走去，比之于做文章也还容易见好一点的。这不是自吹。但是，到如今，你就送我一把德国式的精致方头凿，一段削得四四方方材料合式的洋橡木，我可不能雕成木傀儡的样子了。时间隔久了，我把我的手艺全丢了。如今我是只能拿笔来雕这社会各样面孔形象的一个人，且总雕得不如意。我想起过去，真有点儿惨。

我是一匹肥羊，别的人是这样硬派下来的，其实并非征求了我同意。正经话，我成了“肥羊”了。这名词，像有点滑稽。每到冬天我们住在北京不拘哪一块地方，不是都可以见到一群或一只毛长长的身体胖胖的绵羊吗？有些人，无事闲着闷得慌，走到东四、西四或别的有小馆子的门前，不是就有杀羊剥皮的热闹给瞧一个饱吗？我就是那类羊。虽然我身体还比如今瘦小很多，但人家是把我当羊看待的。不一定剥皮，也不一定要杀，但只一种，吊上山来，家中不出钱，可不成。其实照我的意思，像近来常常因了馆子不赊账的缘故，终日要挨饿，到了节期又得躲到街上去，怕见寓中掌柜的脸孔，倒不如那时在山上做肥羊，受他们喽啰善意的款待，每日用白煮鸡汤泡大米饭吃，日子好过的多多了。我相信，除了少数卖卤鸡铺子中的人或者比我多吃了些鸡以外，我敢说，我那年吃的白鸡比任何人都多！每日吃，过早是，午饭是，晚饭是，消夜也是，一直吃五个多月。若是家中不即赎我，恐怕我还要吃一百两百鸡，那是无疑的。我不明白别一个被山上大王硬派为肥羊的人，关在山上时，是不是也有这样的款待。实在说，结果，家中只花五百串钱就放我下山转回家。照近来鸡的市价来作价，以每日一公一母两只鸡来算，我就已经扳本了。就是住公寓，半年来，也不止此区区数目。还有一件事，我得在此说说的，下山回到家时，家中人见到都说我胖了许多。被人当成羊看待，渐吃渐胖也是平常事。不过我的朋友住医院三个月，出来瘦得像猴子，使我想起另一世界，又不禁神往。我是想找一句两句俏皮一点的话来批评这肥羊生活的，半天却觉得竟无一处能令人引起坏的印象。山上大王气派似乎并不比如今的军官大人使人怕；喽啰也同北京洋车夫差不多，和气得要你一见了他就想同他做拜把弟兄认亲家，这我有什么法子可想？我不是不明白我们做百姓的人，在过去，有被县太爷冤枉打了二十个板子，爬起身以后，还应叩一个头，说是“谢老爷恩”；直到如今，也有随时颂扬政府官吏的义务。讽刺了国家委任的官吏有罪，夸奖落草的英雄便有暗中宣传什么化的嫌疑。

但我没有法。当时我家中不敢请官家为我报仇，只是怕麻烦官家，并无别的用意。如今，我倒很愿意先筹这一笔款子，送到山上去，请他们收容我，伙食比先前开得稍差一点倒无妨，倘若是还有这样一个地方的话。五百串南钱，按最近北京洋价折合，约在一百二十五块钱左右，这比我住五个月公寓用的房饭钱还要少好多。就是到西山卧佛寺一类地去避暑，也未见得有那山上的凉爽。我眼前一点儿咳嗽病，一到那有大王住的山上去，也会自然而然告痊的。算起来，真是太划得来了。并且若是这种招待所在北京附近设得有，我还要劝我的几个朋友不妨也去住，因为这样一来，不单我们便利，也省得警察厅许多的麻烦——做肥羊的人一多，公寓中住的人就会少，公寓中人一少，清查容易，就不怕再隐藏革命党了。……有了，我得说我的故事，笔一纵，就溜到别的事上去，类乎在同法律开玩笑，这是不对的。要我管理一支笔，不如管理一把凿容易，我才说过了。请你们看我雕的木傀儡吧。

这是一段柚子木。我在那上面刻了一个半身像。我暗中是传照朱五哥（二大王的名称）脸孔下手的，不过脸部刻成时，我就觉得这全不像他，与田大哥（大大王的名称）反相近了。相近，也不过鼻子同眉毛部分略相近而已。然而一为三傩见到时，就大声地笑，说是“简直是大哥”。不久其他几人全知道了，围拢来看的结果，硬说是为大哥雕就的。体贴人情的本能我是存在的，我将计就计，便说是特意描着大哥刻就的，不很像，但改正一下或者就对了。

当大王让我在他吃饭的时节在他面前取样时，我把大王鼻子、耳朵、口及下唇的线全给修正了。这一来，我想着我以后会成一个雕刻家，我高兴得很。我把家中母亲同大姐二姐忘记了，只一心一意雕那段木头。我相信，设或当到那时像还不完工，家中就已派了帮工老廖来赎我，我愿不愿走还无把握的。

眼看头是大体一定了，我就用力把那段木头按到膝上去，刻画肩部的衣襟。大哥头上原是挂有一条银链子，我又小心小心去雕浮起那颈链。看的喽啰比我还出神，尤其是三傩两兄弟，都不离开我，凿子一有毛病，三傩就差派四傩去磨。一个外山喽啰来到这里时，三傩就从我手上攫过那段木头去给人家欣赏，我从这中就得一些比喊我为少爷以上的亲热体己称呼。

“三哥，你莫闹他啰！”四傩每每这样为我抵抗他三哥。这四傩，就是我所说的那个白脸小伙子。我们是同村子人，先可不相识，到山以后他却介绍他自己给我。算是监视我，实际上是比家中看牛小子还驯善，凡事同我在一起。他生来说笑的天才，却不为在山上做了喽啰而失去。就是手同脚，也一点不见得同一个普通乡下人两样。虽是破旧的却干净的衣裳，把袖子卷起到肘以上，配上那副苍白的常有笑容的脸，我想起一个表弟弟，简直全都像。这小子，我一见他心里就似不受用。若是要研究我生活的全体，我是怎样认识美同爱，我老实地说，就是他。由他身上我开了我自己生命的大门，放爱情进心中了。想来还使人忸怩。在我同他到一处，有一次，因为上树去摘林檎子，我抱了他上到树丫去，我觉得我是用抱一个妻的章法去抱他才应如此的。我私下就红了脸。至于他，是不是也在爱我，可就不知道了。

有一天，我们在堡寨门前大桐子树下雕那木人头。

“好，你真做得好!”

四傩说了，对我笑。我是高兴那称赞我以外的笑容的。

三傩正从后坡下到庙里来，两肘平平地捧了大堆杂货东西，满头满脸全是汗。四傩从他哥手上抢了一只大乌梨，扔到我脚边。

“这是大哥叫拿来的，四傩!”

“那要什么紧?”

我见到这样，恐怕三傩发他弟的气，就想起身退他那只梨。四傩拥着他的哥的背：“快走吧，告大哥，二少爷吃了一只梨子算哪样事?”

“四傩，我不渴，退他吧。”我跟上去。谁知这一来，三傩倒说要四傩再拿一只梨，且抓一些枣。

“……我这抱兜里有枣，你就为少爷抓点。”三傩是两手无空不能活动的。四傩听他哥的话，就又从三傩肚子前大皮抱兜里抓出一大捧枣来。

我把木头放下，我们一同来吃枣。天气热，太阳晒得狗发喘，我们一同坐在梧桐下让风吹，满地是枣核。吃了枣子又是梨，梨子酸得我们打牙战，谁说不是顶好的消夏方法呢？

“少爷，你的手艺真是了不得，你是可以雕观音菩萨的。”

我就始终不明白，人这东西究竟为什么，一听到同他相好的声音就心中发痒！传说普通雕匠各样佛都能雕，唯有观音菩萨的法相，那是选人的。不单是这人得虔心，就是雕匠的平素为人也有关系。雕过观音的人死后升天不算数，就是生前这人不得好妻也得养出好看女儿的。这是观音菩萨的报酬。但我心想我即雕观音，能得一个好妻就会比四傩长得更好看吗？是不敢信的。

我想到另外去了，便说错话，我说：

“四傩，我可以为你雕一个，你保佑我好吧？”

“我能保佑你吗？”四傩微微的笑我已感觉到他保佑我能得到他的永久友谊了。

“你能的，四傩。你保佑我以后能得一个妻，像——”

“像陪到观音菩萨站立的龙女。”他见我不说下去，就为我补足。

错了，我不是这个意思。“龙女配善才”，是有主儿的。我想要四傩保佑我将来能得一个同他一样好的妻，我怕说，不说了。

我们从雕像移到梨子上头去。四傩说了个故事。

他说梨，比这酸的也还有。过去不久大王同到他三哥到一个地方去请客（变一个说法是捉羊），到大路旁摘了一个梨，差点把牙齿酸掉。大王一发气，拔出刀来把那梨子砍剁得稀烂，还叫他三哥上树去摇落这一树梨子，免得后来又害人。

四傩说了四傩自己笑，我可不。

有什么可笑？四傩的话声音像唱歌。一个人，尤其是近来，我觉得一个年轻的喽啰，会有这样天赋的良善的美的一切，我不笑，一点都不笑，当时就是这么的，我为这天工的巧妙分配与奇怪的装置，我真要哭了。

我说："四傩，喽啰这事业对你真不合，你怎不去学唱戏？"

"这比唱戏好多了。"

"将来你莫要做大王吧？"

"我哥一做头子我就变成二大王——但喊是应喊四大王。"

"我可不是那样想。我想读书去做官。"

"做官比做土匪找钱容易点，是不是？"

我答应他是。当真是做官比做山上大王容易找钱点吗？这是一定的。因为山寨里，大王同喽啰，得来财物纵不是平均瓜分，也得算清数目按功劳分派，大王独吞可是办不到的事。

至于官，则从中国有官起，到如今，钱是手下人去找，享用归一人，是又不单止找钱有法律保障不怕人说了。但我当时说做官，可不想到找钱事上去。住在城中的孩子，他的人生观，做官比做大王方便一点是真的。若是我是个喽啰，一定也是只想升大王，做喽啰头子去。

麻衣相法我是从小就留心，运用到来观察四傩的将来，长的鼻子配上宽的额，是个翰林相。

“四傩，你若是读书，将来怕要点翰林，中状元哪。”

“靠不住。”

“靠得住。我会看相的。你是个翰苑相。”

他不懂“翰苑”，但知道是上京去做文官的。他说他要考武举，中武状元。只要是状元，武也好，文也好，又有什么分别呢？我就赞成他的喽啰生活了（过了两年，我去做官家的喽啰了，危险是一样，长年随同城里大王到处跑，钱可还不及四傩一半多。这只好说是我的相就不如四傩）。

这我得补说两句话，是关于我的性格的。因为爱逃学，逃到城外大河钓鱼我才被人捉上山来当肥羊。这一来，初初自然是不惯，哭哭闹闹要回家。到后看到在山比起住到家中时的自由，完全是两样，我在拘束中的放肆简直同一匹小马。对于玩感到比饮食还重要的我，就怪自然怪舒服地打住下来了。不是家中来赎我，纵让我逃走，我也不高兴去做的。地狱的名字，我看来，就是形容私塾那东西，倘若孩子们也有地狱在的话。我是被先生发气青起个脸嗾我自己搬凳子过去打屁股的刑罚吓够了的人，直到十五岁以后，遇到做梦还有时要哭，未必不就是过去的威严刻在我心上的结果！到山后，书是不必读，玩，各样野蛮粗糙的玩法，随意都可做，且有一个内行的又合式的伴，我是在我自己世界中也成了一个大王了。除了用心去找新奇一点的玩法以外一点事不做，又不怕谁个管教。人家完全把我当个客，对我很客气，按照我的生活分派算一个总账，那一时，真是一段好运气。直到如今我还是有些地方露着野马的性格，这便是那五个月自然教育的影响。只可惜时间太短了，竟使我成一个有野性而缺少那更要紧一点的呆气力的人，不然这时真去落草也并不算迟！

三傩的脸孔是个田字形，情形又像不曾耕过的山田，随意长了些头发同胡子，身体壮，田里长的东西也比别人格外粗，按时除草也像不中用啊。四傩呢，简直是个可以在打大醮迎故事时装观音的模样。那样终日怯怯的略带病样的印象，永远没法把它从我的脑中消灭！

大王那木像，雕成后，送把大王，我就不再过问了。只有四傩的像，是雕在我心上的，我将带它在身边，到老死。

一九二七年九月作完

说故事人的故事

许多人爱说别人的故事，是因为闲着无东西吃，或吃饱了以后，要寻出消化那好酒好肉的方法，所以找出故事来说。在上海地方的几个我所认识他们脸嘴的文艺复兴人物，就有这种脾气。这脾气自然是顶好的一种脾气！也因了这脾气的存在，一个二个便成了名人了。这巧妙处自然不是普通人所知道，但只要明白说话人是对自己一伙的加以夸张，伙外的加以讪笑造谣，事情便成功了。

这些人是无故事可说了。若必定有，那也总不外乎拜访名人、聚会闲谈、吃、喝，到后大家在分手时互相道过晚安，再回家去抄一点书当成创作，看看杂志来写论文而已。

笔尖，走你的路吧，把你认为是故事的故事说完好了。

我那时是收发员。年纪是十七岁。随了一个师长到龙潭。在龙潭时贺龙还是我们部队的团长，除了成天见到他来师部打两百块底的麻将牌以外，并没有看得出这伟人在嘴上生有獠牙，或者额上长角。晚近伟人真是来得不同了，本事不要，异相全无，运气一来忽然就伟大了。

那时做收发员的我，每月拿十三块六毛钱的月薪，另外到副官处领取伙食津贴三元，每天早上起来靠在那戏台看楼上用擦面牙粉刷牙，白天坐到白木案前把来去公文摘由记下，吃饭时到军需处去吃洋芋煨牛肉，晚上到河边去看看上滩的船，发薪时就到一个传达姘妇开的赌场上去把几块钱输到扑克上。钱越输扑克赌术也越精了，赌术越进步钱也越输得可怜。这样日子把我消磨了一年。到底人是年轻人，把钱输光了，出去就是看人家打牌，在住处就是用公文纸照到戏台前木雕故事画人物儿玩，日子过起来究竟还是不比如今多懊恼。

在那地方是不必花钱也可以找到玩的方法的，譬如到河里去洗澡，到山上去摘野果野花，更胡闹一点的则是跟了年长一点的人到乡下去，调戏乡姑娘，日子过起来总不算长的。

日子虽然容易混，天生是怪脾气的我，不知为什么总觉得不能与这生活相合，终于想回湘了。我在师长面前告了假（愿上帝给这个人在地下安宁）。知道我是把所得的一点薪水全输到扑克上面的上司，见到我愿意调回镇守使署，照旧做我的十二元一月的书记，就准了我所请求，还让我到军需处领三个月干薪，作为这一趟跟到他移防川东的酬劳。谢谢这好人，给了我这样多钱，使我可以坐船回家，不至于再像来时爬那个三十五里高的棉花坡。

把钱从一个矮子田军需手上领到手，尽他把我在一次一个同花顺上欠的七块账扣去，我估计我回到保靖是至少还可以剩二十块钱。得了钱，又回湘，自然是欢喜的事了，当我把一切小账还清，把护照得到，把师长为我写致镇守使的信得到以后，我只等候上船了。

谁知等了四天，还不能动身。这正像是运气中所注定，说我的钱是在川东得，绝无拿回湘西的理由，所以在一个夜间被一个本来不甚熟识的弁目牵牵扯扯到了那女人家，一坐下，四轮庄，我的钱去了一半。弁目是赢了。但见到我说非走不行时，他做出仿佛与我共一只鞋的神气，又仿佛是完全来陪我打牌的神气，所以我们就同时下场了。下了场的他，似乎不大好意思，就一定要请我过醉仙楼喝酒，是吃红，又是送行。推辞不得。我只好又跟到他去。把酒喝到三分醉，他会过四吊铜圆账以后，因为有点醉，就又要我陪他到第七旅监里去。在军队中交亲原是一场扑克一壶酒就可以拜把的。

我说："这个我绝不去了，我要睡了。"

"早！时间早，老弟，去去好。你不是常常说到还不曾见过好女人吗？跟我去，那里的包你满意。"

说不见到好女人，似乎是在牌场上说的笑话，他却记到了。

我说："不行！我不愿到牢里去看女人的。"

"女人好，在牢里看又何妨？你只要看看，包你满意。真是了不得的女人！"

我大约也稍稍有点酒意，经过他一说，也想答应了。

"什么样的女人？"

这弁目是有点踉踉跄跄的模样了，见我问到女人是什么人物，就大声地说是"土匪"，名字是夭妹。土匪中名叫夭妹的，我是在另一时曾听到人说过了。先听说已经捉到了关在西阳监牢里。许多人说过，这是女怪物，生长得像一朵花，胆量却比许多男子好，无数男子都在她手栽了跟头，好奇心的我就存了愿意见见的想望。如今是只要欢喜就可以见到了，我不能说不去了。

到了监牢的路上，我才从这弁目方面知道这女匪就是绰号夭妹的，从酉阳移来龙潭还是近几天的事，是为了追问这女匪枪支藏匿所在，所以解到这里来了。

所谓第七旅监牢者，是川军汤子模部的监牢，内中拘了不少命里有灾难的人物，也有戴罪的军人在内。守这监牢的是川军，兵士约一排，驻扎在牢外。弁目对于这守牢长官是相识的，所以能随便来去，且可以同犯人说话，因为被拘的有军人，因此更容易到犯人处了。

我就跟到这个人进了监牢的门，一直到女匪夭妹的住处。进了特为这女大王备置的屋后，隔了栅栏望着在一盏清油灯下做鞋帮的一个少妇的背影，我先还以为是营长太太一类人物。

这领带弁目进来的老妇人，把我们引到了这里，却走了。

这略有酒意的弁目，用手攀栅栏，摇动着，说：“夭妹，夭妹，有人来看你了。”

望到这女人回身的姿态，望到她在灯光下露出一个清瘦的白脸，我除了觉得这女人是适宜于做少奶奶的好女人以外，简直想不出她能带了两百支枪出没山中打家劫舍的理由来。这人不是坏人，是再明白也没有的。我且一眼看定她还是好人中的正派人呢！我就在心中想，或者这是错了，被冤了。

不过，她走过来了，她笑了，她说话了，我应当承认我的错了。

那一双眼睛，在暗中还放光，先是低垂着还见不出特别，到后一抬起，我即刻相信一切传言了。

望到了弁目又望到了我的这女人，口角边保持了向人类轻蔑的痕迹，这痕迹且混合在一种微笑中，我是从有生以来，也并不曾遇到过女人令我如此注意过的。我想说什么也说不出口，就只有对这女人做着诚实的笑容，同时我把怜悯放到眼光上，表明我对她是同情的。

弁目把手从栅栏空间伸过去，抓着了那人的一只手，说：

“夭妹，我是特意带我这个好朋友来看你的。”

女人又望望我，好像说未必是好朋友吧，那神气聪明到极点，我又只有笑。

“他是年轻人，怕羞，不必用你的眼睛虐待他。”

我对这经他说过才知道他早已认我为好朋友的朋友，醉话有点不平了，怯怯地分辩道：

“我才不怕谁！你不要喝多了乱说！”

女人是用她的微笑，表示了承认我说的是真话，一面又承认弁目所说并非酒话的。她用她那合江话清爽的音调问弁目：

“朋友贵姓？”

“要他自己答应好了。”

女人对我望，我只有告她我的姓名。

于是我们继续说话，像极其客气又极其亲切。

"衙门事情大概是忙吧?"

"不忙，成天玩罢了。"

"你们年轻人是玩不厌的。"

"也有厌倦时候，因为厌倦，倒想不久转家乡了。"

"家乡是湖南?"

"是××。"

"××人全是勇敢美貌的人。"

"哪里，地方是小地方，脚色也不中用!"

"××人是勇敢的。"这话大约不是夸奖我，完全对弁目而说。

说到这里女人用力捏了弁目一下手，我明白了是她应当同他另外有话说了，我就把头掉过去看房中的布置。望到那板床上的一床大红毯子，同一条缎面被，觉得这女人服用奢侈得比师长太太还过余，只听到女人说:"事情怎么了?你是又吃酒把事误了!"

男子就分辩，幽幽地又略含糊地说道:"酒是吃了，不过你答应我的那件事?"

"你骗我。"

"赌咒也成。我是因为商量你那件事，又想起你，人都生病了。"

"你决定了没有?"

"决定了。我可以在天王面前赌咒。你应当让我……我已同那看守人说好了。"

"我实在不相信你。"

“那我也没有话说了。”

女人不作声了，似乎是在想什么事体，我也不便回头。隐隐约约中，我能料到的，必定是弁目答应她运动出狱，她应当把藏在他处的金钱，或身体，信托给这男子。女人是在处置这件事，因而迟疑了。

使我奇怪的是，这样年轻的女人，人物又这样生长的整齐，性格又似乎完全是一个做少奶奶的性格，她不读书不做太太也总可以做娼，却在什么机会上成了土匪的首领？从她眼睛上虽然可以看出这女人是一个不平常的女人，不过行为辞色总仍然不能使人相信这是土匪！即如眼睛的特别，也不是说她所表示的是一种情欲的饱餍。我记得分明，我的好几个上司的姨太太，论一切就都似乎不及这女人更完全，更像贤妻良母。谁知她这个女人却是做过了无数大事的名人。

我心想，这个人，若说她能处治人，受处治的或者不是怕她，不过是爱她罢了。见了她以后，是连我也仿佛愿意与她更熟悉一点，帮她做点事的。

等了一阵我又听到她在说话了，问题像仍然是那一件事，弁目要她答应，她答应了。她又要弁目赶紧办那应办的事，弁目赌咒，表示必办到。

到我再走过去掺言时，女人在我眼睛中仍然是一个稳重温柔的女人了，照例我是见到这种女人话就少了的。她见我无话可说，就又找了许多话问我。她又把所做的鞋面给弁目看，我才知道鞋是为弁目做的。从鞋子事上推得出这女人与弁目的关系，是至少已近于夫妇的关系了。

大约留在这地方有一点钟时间，好奇心终敌不过疲倦，我就先离开这里，回营里睡了。当回去时，女人还要弁目把我送到师部门口，是我不愿意，这弁目才送我出守卫处就转去。

第二天一清早，我像是已把昨夜的事情忘了，正起身来洗完了脸，伏在那桌子上临帖，写到皇象的草字，这新朋友弁目把手搁到我肩上喊了我一声。回头见是他，正笑着，我的兴味转到他身上来了。我也对他笑，问他昨天什么时候回来。

这汉子缩了缩头，说："惹出祸事了。"说祸事时好像仍然不怕的。

"我不信，你除非是同她到牢里做那呆事情。"

"除非呀！不是这个祸还有谁？"

听到弁目居然同到女人在狱中做了些呆事，忽然提起我的注意了。先是我已经就有点疑心他同女人，谈论到的就是这件事，女人不放心，他赌咒，也是这件事。料不到是我走不久他就居然撒了野。不怕一切，女人也胆大到这样！

我说："告给我，怎么出乱子？"

这爽直的人，或者是昨夜我回营以后，还同女人论到我，女人要他对我亲热一点了，今天真像什么话都要对我讲。

"怎么样？就是这么样的！我把那管牢老东西用四块钱说通了，

我居然到了里面，在她的床铺上脱了这女人的上下衣，对不起，兄弟是独自用过她了。不知为什么他们知道了消息，忽然在外面嚷起来了。”

他停了一停，我并不在这时打岔。

“来人了。兵全来了。枪上了刺刀，到了我们站的那个地方，装不知道问在里面的是谁，口口声声说捉着了枪毙。这里有我所熟识的排长声音。全然是这人也打过夭妹的主意，不上手，所以这时拿到了把柄，出气来了。我才不怕他！我把身边的枪放了一夹子弹，扣了衣，说：‘朋友，多不得心，对不起，我是要走了。站在我身边的莫怪子弹不认人呵。’他们见到我那种冷静，又听到子弹上槽的声音，且在先不明白里面是谁的兵士，这时却听得出是极其熟悉的我，成天见到面，也像不大好意思假装了。过了一会儿就只听到那排长一个人生气指挥的声音。我就真出来了。我把我手枪对准了前路，还对到那排长毒毒地望了一眼，堂堂正正从这些刺刀边走过，出了大门，回家来睡了。”

一个不明白我们军队情形的人是绝不相信事情是这样随便的。但我在当时是看到类似的事情很多，全不疑惑了。说到了回家就睡，我才代为他想起这事应当告给师长晓得。

经他又一说，我才知道不但这事师长已明白，并且半夜里旅部即来了公文要人，师长却一力承担，说并无这个人在部，所以不日这弁目也要走了。

我问他究竟答应什么条件就能与这女人上手，他却不说。但他又说到这女人许多好处长处，说到女人是如何硬，什么营长什么团长都不能奈何她过，虽然生长得标致，做官的把她捉来也不敢接近她，因为自己性命要紧，女人是杀人全不露神色的。一个杀人不露神色的女人，独能与弁目好，我是仍然不免奇怪的。

我正想问他女人见他走时是什么神气，楼下一个副官却在大声喊那弁目的名字，说是师长要他到军需处拿钱。弁目听到拿钱就走了。望到这汉子走下楼梯，我觉得师长为人真奇怪。这样放纵身边人，无怪乎大家能为他出死力。但这军纪风纪以后成什么样子呢？还正在一旁磨墨一旁想到这弁目同女人结果是应当怎样，楼下忽地吹起哨子，卫兵集了合。

听到师长大声说话了，像是在生气骂人。

听到那值日副官请令了，忙忙的来去不停，大的靴子底在阶石上响。

听到弁目喊救命了。我明白领钱的意义了。

我把窗打开一看，院子中已站满了兵士，吓得我不知所措。那弁目还不等到我下楼已被兵士拥去了。一分钟以后我不但清楚了一切，并且说不出为什么胆寒起来，这说故事的人忽然成了故事，完全是我料不到的。还仿佛是目前情形，是我站在那廊下望到那女人把鞋面给弁目看，一个极纤细的身影为灯光画到墙上，也成了像梦一样的故事了。我下午就上了船。还赶不上再多知道一点两人死后的事情，我转湘西了。

这故事，完全不像当真的吧，因为理想中的女大王总应当比女同志为雄悍，小说上的军队情形也不与这个相似。不过到近来，说到这事时我被那弁目的手拍过的右肩，还要发麻，不知怎么回事。

一九二八年冬作

在别一个国度里

——关于住八蛮山落草的大王娶讨太太与宋家来往的一束信件

◘ 第一信

此信用大八行信笺，笺端印有“边防保卫司令部用笺”九字。封套是淡黄色棉料纸做就的，长约八寸，横宽四寸余。除同样印有“边防保卫司令部函”八字外，上写着即递里耶南街庆记布庄转宋伯娘福启，背面还有“限三月二十一日烧夜饭火以前送到赏钱两吊”字样。信内是这样写着：

宋伯娘大鉴：

启者今无别事，你侄男拖队伍落草为寇，原非出于本意，这是你老人家所知。你侄男道义存心爱国，要杀贪官污吏，赶打洋鬼子，恢复全国损失了的一切地盘财物，也是像读书明礼的老伯妈以及一般长辈所知而深谅的。无如命不由人，为鬼戏弄，一时不得如意，故而权处穷谷深山，同弟兄们相互劳慰，忍苦忍痛，以待将来。但看近两月来，旧票羊崽放回之多，无条件送他们归家，可以想见你侄男之用意。……

你侄男平素为人，老人家是深知道的。少小看到长大，身上几块瘢疤，老人家想来也数得清！今年五月十七满二十四岁了，什么事都没成就，对老人家也很觉得惭愧。学问不及从省城读书转来的小羊崽，只有一副打得十个以上大汉的臂膊。但说到相貌，也不是什么歪鼻塌眼，总还成个人形。如今在山上，虽不是什么长久事业，将来一有机会，总会建功立业的，这不是你侄男夸口。

大妹妹今年二十岁了，听说还没有看定人家。当到这兵荒马乱的年程，实在是值得老人家担心的事。老人家现在家下人口就少，铺面上生意还得靠到几个舅舅，万一有了三病两疼，不是连一个可靠的亲人都没有吗？驻耶的军队，又是时时刻刻在变动，一个二十来岁的大姑娘，陪到一个五六十岁上年纪的老太太身边过活，总不是稳妥的事！

你侄男比大妹妹恰好长四岁，正想找一个照料点细小家事的屋里人，大概还不致辱没大妹妹吧。其实说是照料家事，什么事也没有，要大妹妹来，也不过好一同享福罢了。

这事本来想特别请一个会说话一点的“红叶”来同老人家面谈。不巧陆师爷上旬上秀山买烟去了，赵参谋又不便进城，沈师爷是不认得老人家，故此你侄男特意写这封信来同老人家商量。

凡事请老人家把利害比较一下，用不着我来多说。

我意思，在端午节以前大妹妹就可以送上山来。太迟不好，太早了我又预备不来。若初三四上山，乘你侄男满二十四岁那天就完婚，也不必选日子，生日那天，看来是顶好。

侄男对于一切礼节布置，任什么总对得住老人家，对得住大妹妹。侄男是知道大妹妹性情的，虽然是山上不成个地方，起居用物，你侄男总能使大妹妹极其舒服，同在家中一个样子。

大妹妹是娇生惯养长大的，到山上来，会以为不惯吧，那老人家完全可以放心！这里什么东西都预备得有：花露水，法国巴黎皂；送饭的鸡肉罐头，牛肉，鱼，火腿，都多得不奈何。大妹妹会弹风琴，这里就有几架。留声机，还是外国来的，有好多片子。大穿衣镜，里耶地方是买不出的，大到比柜子还大呢！其余一切一切——总之，只要大妹妹要，开声口，纵山上一时没有，你侄男总会设法找得，绝不会使大妹妹失望！

并且赵参谋太太，军需太太，陆师爷姨太太——就是住小河街的烟馆张家二小姐，她也认得大妹妹——都住在此间。想玩就玩，打牌也有人，寂寞是不会有的事。丫头、老妈子，要多少有多少。若不喜欢生人，把大妹妹身边的小丫头送来也好。

弟兄们的规矩，比驻到街上的省军好多了，他们知道服从，懂礼节，也多半是些街上人，他们佩服你侄男懂军事学，他们都是你侄男的死勇。他们对大妹妹的尊敬，是用不到嘱咐，会比你侄男还要加倍尊敬的。……

你侄男得再说：凡事请老人家把利害来比较一下，用不着你侄男来多说，你侄男虽说立过誓，无论如何绝不因事来惊动街坊邻里，但到不得已时，弟兄们下山，也是不可免避的事！这得看老人家意思如何。

你侄男的希望，是到时由老人家雇四个小工，把大妹妹一轿子送到山脚来，你侄男自会遣派几个弟兄迎接大妹妹上山。也不必大锣大鼓，惊动街邻，两方省事，大家安宁。若定要你侄男带起弟兄，灯笼火把地冲进寨来，同几个半死不活的守备队为难，骇得父老们通宵不能安枕，那时也只能怪老人家的处世无把握！

谨此恭叩福安，并候复示！

小侄石道义行礼

三月二十日于山寨大营

送信的并非如小说上所说的喽啰神气，什么青布包头，什么夜行衣，什么腰插单刀，也许那都成了过去某一个时代的事了。这人同平常乡下人一样，头上戴了个斗篷，把眉毛以上的部分隐去。蓝布衣，蓝布裤，上衣比下衣颜色略深一点，这种衣衫，杂在九个乡下人中去，拣选那顶地道的乡下人时，总脱不了他！然而论灵精，他实在是一个山猴儿。别看他那脚上一对极忠厚的水草鞋，及腰边那一支罗汉竹的短旱烟管，你就信他是一个上街卖棉纱粉条的小生意人！他很闲适地到庆记布庄去买了三丈多大官青布，在数钱的当儿，顺便把那封信取出，送到柜上去。

“喏，三老板，看这个！”

三老板过来，封面那一行官衔把他愣住了。声音很细地问：

“打哪儿来？这——”

其实他心中清楚。然而信的内容，这次却确非三老板所料及。

“念给大太太听吧，这个，”喽啰把信翻过来，指给另一行字，“过渡时，问划船的，说刚打午炮，不会烧火煮夜饭吧。请把个收条，我想赶转到三洞桥去歇，好明早上山回信。”

“喝杯酒暖暖吧。”三老板回过头去，“怎么不拿——”正立在三老板身后想听听消息的一个学徒，给三老板一吆喝，打了个蹿，忙立定身子。

“不必，三老板不必！送个收条，趁早，走到——南街上我也还有点事。”

三老板把收条并两张玉记油号的票子折成一叠送到喽啰身边时，同时学徒也端过一杯茶放到柜上了。

“老哥，事情是怎么？”三老板把那一叠薄纸递过去，极亲昵地低声探询那喽啰。

他数点着钱票同收据，折成更小一束，插到麂皮抱肚里去，若不曾听到三老板的问话。

“是要款子?”三老板又补了一句。

“不，不，你念给大太太听时自知道。要你们二十八以前回山上一个信。……好，好。”他把斗篷戴上，“谢谢三老板的烟茶，我走了。”

来人当真很匆忙（但并不慌张）地走去了。三老板把信拿进后屋去后，柜上那个有四季花的茶杯里的茶还在出烟。

看信的是庆记布庄的管事，大妹的三舅舅，他把信念给宋伯娘听。那时大妹妹并不在旁边，她到南街吃别一个女人的戴花酒去了。

第二信

宋伯娘并不糊涂。利害虽比较了下，但比较的结果，还是女儿可贵。依她意思，对这信置之不理。然而三老板是晓事的人，男子汉见事也多，知道这是不能用“不理”来结束的事，当时就把大老板也找来，商议的结果，是极委婉地复一封信，措辞再三斟酌，并赔不是，把两千块钱写上去，求宽宥，且加上“若果照来信所说办去，只见得两方都不利”的话。然而这话实在是无证据，不过除了这样一说，要找出更其有力的话时，在但会打算盘的三老板手笔下，也不是很容易的。

信由三老板执笔，写成后，托从八蛮山脚下进城的乡下人带了去，一切一切，还不让大妹妹知道。

道义侄儿英鉴：

二十一那天得到你一个信，舅舅念我听，你意思我通晓得了。你大妹妹有那么大一个人了，我年来又总是病缠身子，也愿意帮她早早找一处合适人家的。你既喜欢你大妹妹，就把来送给你，我有什么不愿意？但你说是要送上山来，这就太使我为难了！

山上哪里是你大妹妹住的地方呢？这不但不是你大妹妹住的，也不是你长久住的！山上不是人住的地方（阿弥陀佛，我并不是说你现在住到那里，就不是人），现刻大妹妹就多病瘦弱，要她上山，就是要她速死！

况且，我们是孤儿寡母不中用的人，靠到三两个亲戚帮忙，守着你伯伯遗下这点薄薄产业，平时没有事，还时常被不三不四的滥族歪戚来欺侮，借重那些披老虎皮的军队来捐来刮。果真像你所说的话，把你大妹妹一轿子送上山去，事情一张扬，怕他们官兵不深更半夜来抄你伯妈的家吗？可怜你伯伯，从小时候受了许多苦，由学徒弟担布担子漂乡起，挨了多少风雪，费了多少心血，积下这一点薄薄产业，不能给自己受用，不能给儿孙受用，还来由你大妹妹的事丢掉！老人家地下有知，心中总也会不安吧。

这都莫说了。我们的铺子，同我这条老命，即或都不要了，但你大妹妹父亲的故土要不要？他们官兵，什么事做不出？他晓得这事，他不会用刨挖你伯伯的坟山暴尸露骨来恐吓人吗？倘若是他们同你当真这样翻脸起来，为你大妹妹一人的缘故，把手边守着的这点先人血汗一齐丢掉，还得使睡在地下安息了的老骨头暴露，让猪狗来拖，我这病到快完事了的人，一天三不知，油尽灯熄，到地下会到你伯伯，要我拿什么脸来对他？

你纵不怕官兵，我是舍不得你伯伯的故土的。照你的话，宋家的一切是完了，就是你所喜欢的大妹妹，也未必活得下去。

许多事得你照料到，即如前次抢场那一次，街上搅乱得什么样子，宅下却连一匹鸡毛也不失，我们娘女都时常求菩萨保佑你的。大概你也还记得你大妹妹的父亲在生时，对你的一些好处。如今你大妹妹的爹不在了，将来的许多事，还都要你看顾！

你年纪有那么大了，本来是应得找个屋里人，将来养儿育女，也好多有点人口。不然，你大哥又才去世，你又是这样跑四方的人，剩下个嫂嫂，躲到乡下去，抱起你大哥的灵牌子守节，总不是事！我是平素就喜欢你的为人，有作有为，胆子大，聪明强干，大妹妹的父亲在时，也时常说到你是一个将来的英雄的。你大妹妹虽说读了两句书，从小见面的，想来也不会不愿意帮助你建功立业。不过你现今走的是这样一条路，就说是暂时，且不出于本心，万一有一天事情不顺手，落到军队手上，他们能原谅你不是出于本心的暂时落草，就让你无事吗?

你能把事业放下了（大丈夫应得建功立业，从大路上走去，这是你知道的），只要你喜欢你大妹妹，大妹妹总还是你的。以后什么事也不要做，守着你大妹妹，在我身边，我是能养得活你的，只要你愿意。

或者，山上实在是寂寞，找不出个人来体贴，我这里拿两千块钱去，请人到别县去买个好一点的小妇，将来招安后，再慢慢商量也不迟！若是要用钱，我就叫人告知龙潭庄上拨付。

这信是我在你大妹妹的三舅旁边口讲，要他代写的。你看到别人欺侮我孤儿寡母，都是要来打抱不平的。我把这事情照你所说的利害，实在也比较一下了，我说这些话也不尽是为我着想，我这老骨头活到世上也活厌了，要死也很死得了。我的话实在不为你相信时，横顺人是在里耶的，你要来惊动街坊，我也没有法子。

在观音堂住的杨秃子死了，外面人都说是你们绑去撕票的。都是同街长大的人，何必作这种孽？什么地方不可以积阴功增福气？

阿弥陀佛，愿菩萨保佑你！

宋刘氏敛衽

三月二十四日

此信于二十五日早上收到。

第三信

“人来！”大王在参谋处叫人。

“嗻。”一个小喽啰在窗下应着，气派并不比一个大军官的兵弁两样。

山寨的一切，还没有说过，想来大家都愿意知道。这是一个旧庙，在不知几何年就成了无香火的庙了。化缘建庙的人，当时即让他会算，要算到这庙将来会做一个大本营，而且，神面前那一张案桌，就是特为他日大王审羊崽奸细用的案桌，怕也不近情理吧。如今是这样：正中一间，三清打坐的地方，就是大王爷同军法判案的地方。案桌上比为菩萨预备时洁净多了，上面不伦不类用一床花绒毡子盖上，绒毡上放签筒、笔架。案桌移出来了一点，好另外摆一把大王坐的“虎皮金交椅”。这正殿很大，所以就用篁子隔成了三间，左边为参谋处，右边为秘书处，大王则住在正殿对面的一个大戏台上。这三处重要地方，都用白连纸裱糊得极其干净，白天很明亮，办事方便，夜间这三处都有一盏大洋汽灯，也不寂寞。参谋处比秘书处多了一架钟，秘书处比参谋处却多了一幅大山水中堂：两处相同的是壁上都有四支盒子枪。要说及大王的卧室时，那简直是一间——简直是一间……是一间什么？我说不出！顶会做梦的人，恐怕也梦不到这么一间房来吧。房是一个戏台。南方庙中的戏台，都是一个样子，见过别的庙中戏台的，大概也就想得到这个戏台的式样，不过这戏台经大王这一装置，我们认不出它是戏台了。四四方方，每一方各有一口大皮箱，箱就搁到楼板上，像把箱子当成茶几似的，一个箱子上摆了一架大座钟，一个箱子上摆了一个大朱砂红的瓷瓶，瓶中插了一把前清分别品级的孔雀尾，瓶口边还露出一个短刀或剑的鞘尖子。其他两个箱子都不空，近他床那个箱子上，还有几本书，一本是黑色皮面的官话《新约》。大王的床在中间，占了戏台全面积之三分之一，床是漆金雕空花的大梨木合欢床，没有蚊帐，没有棉被，床上重重叠叠堆了十多条花绒毯子。两支京七响的小手枪，两支盒子炮，各悬挂于床架上之一角。戏台圆锥形顶上吊起那盏洋汽灯，像佛爷头上那大鹏金翅鸟样，正覆罩在床上。我还忘记说一进房那门帘了，那是一幅值钱的东西。红缎织金，九条龙在上面像要活了的样子。这样顶阔气的门帘，挂到这地方未免可惜，但除了这地方，谁也不配悬挂那么一幅门帘！

这庙一共是二十多间房子，师爷副官的奶奶太太住的剩下来，就都是弟兄伙所有了。至于羊崽的栖身处，那是去此间还有半里路远的一个灵官殿。

大王一个人在参谋处翻了一会儿羊崽名册，想起什么事了，把弁兵叫进后。

“把第二十三号沙村住的纪小伙子喊来——听真着了吗?”

“回司令，听真着了!”

“那快去!”

“嗻。”喽啰出去了。

不一刻，带进一个瘦怯怯的少年。

“回司令，二十三号票来了。”

大王出来时，瘦少年不知所措的脚腿想弯曲下去。

“不，不，不，不要害怕。你今天可以转去了，我放你回去，家中的款子不必送来了!”

“转去吗?”少年的眼圈红了，“我一连去了几封信，都是催我妈快一点，说是山中正要款子有用，不知他们怎么的，总不……”

“朋友，莫那么软巴巴的吧，二十岁的男子汉呀！”喽啰带笑地揶揄，“你不听司令刚说的话？今天转去了，不要你钱！”少年误会了“转去”两个字，以为是转“老家”去的意思，更伤心了。

“听我说！”大王略略发怒了，但气旋平了下来，“你看你，哭是哭得了的？我是同你来说正经话，我看你家中一时实在是找不出款来，我们山上近来也不要什么款，所以我想放你回去，就便帮我办桩事情。庆记布庄你熟吗？”

“那是表婶娘——司令是不是说宋老板娘？”

“对了，表婶娘，那我们还是亲戚咧。你下山去，你帮我去告给她说，回信我收到了。我的意思还是上一次信上的意思。我这里现放到好几万块钱，还正愁无使用处，我要她两千块钱做什么？她说得那些话说得太好听了，以为把那类话诉到我面前，我就把心收下，那是她错了！我同她好商好量她不依，定要惹得我气来，一把火烧她个净净干干，我不是不能做的。我同她好说，就是正因为宋老板以前对我的一些好处。但我也总算对得住她家了。就是这次我要做的事，也并不是想害她全家破败。若说我存心是想害她，我口皮动一下，她产业早就完了。现在你转去，就专为我当面报她个信，请她决定一下。日子快要到了，我已遣人下汉口去办应用东西去了。……你记得到我所说的话吗？”

“记得，记得，报她司令的意思还是第一次信上所说的意思，不要她那几个钱，只要她——只要她——”

“要她答应那事。”大王笑时，更其和蔼可亲。

“是，只要她答应那事，照所定的日子，司令这方面也不愿同她多谈，说的是本情话，其所以先礼后兵的意思都是为的当年宋老板对司令有些好处——”

“并且是有点亲戚关系。”大王又在旁边添了一句。

“是，并且还有，有点亲戚关系，所以才同表婶娘来好商好量。若表婶娘不懂到司令这方面的好处，不体贴司令，那时司令会发怒，发怒的结果，是带领弟兄们……”少年一口气把大王所嘱咐的使命背完了。

“对了，就是这样。你赶快走——王勇，你拿那支小令引他出司令部，再要个弟兄送他出关隘，说这人是我要他下山有事的——听到了吗?”

“听到了!”一声短劲的回答，小喽啰拉着还想叩一个头的怯少年走了。

第三封信就用怯少年口上传语，意思简单，归拢来是：大妹妹得如他所指定的期内上山，若不遵他所行办理，里耶全地方因此要吃一点亏，不单是庆记布庄。

□ 第四信

怯少年纪小伙子下山后四天，这位年轻大王，另外又写了封信送给宋伯娘，信中的话，就是嘱咐怯少年口传的一件事，不过附带中把上次那个杨秃子的事也说了点。关于杨秃子这个人，他信上说：

……至于上月黄坳杨秃子事，那是因为弟兄们恨他平日无恶不作，为人且是刻薄，吃印子钱，太混账了。有一次你侄男遣派弟兄下山缝制军服，为他所见（认得是山上弟兄的人当然很多，但你侄男对本街人总算对得住，他们也从来不相拖扯）。你侄男平日与秃子一无冤二无仇，谁知鬼弄了他，他竟即刻走到省军营中报告。到事情末了，是那两个被捉去的弟兄，受严刑拷打，把脚杆扳断，悬了半天的半边猪，再才牵去到场头上把脑壳砍下来示众。有别个弟兄亲眼所见，我们被砍的弟兄，首级砍了，还为他们省军开腔破腹，取了胆去。若非杨秃子讨好省军，走去报告，弟兄们哪能受此等惨苦？此外他还屡番屡次，到省军营中去攻讦你侄男，想害你侄男的命。虽说任他去怎么设计挖坑，你侄男是不怕怯，但这狗养的我同他有什么深仇？不是当到老人家面前敢放肆，说句不好听的话，我又不同到他妈相好过！……侥幸你侄男元宵夜里，到三门滩去“请客”，有事归来，在渡口碰到了这野杂种，才把他吊上山来。

弟兄们异口同声地说：“也不要他银钱，也不要他谷米，也不要他妻女——我们所要的是他的命！”他自己正像送到我们手边来了，再放他过去，就是我们的罪过！

的的确确，要寻他是寻不到的，如今正是他自己碰到你侄男处来！如今再不送他一点应得的苦吃，他在别一个时候，别一个地方，会有许多夸张！这夸张就是对你侄男他日见面时的下不去。不好好地整治他一番，他时他会拿你侄男来当成前次那两个进城缝衣的弟兄一样：砍了脑壳不算数，还得取出胆来给他堂客治心气痛。你侄男的胆难道是为堂客们治心气痛的东西？

依其他火性的弟兄们主张，捉他上山第二天，就要拿他来照省军处治我们弟兄的法子办了，还是你侄男不答应，说要审问他一下。到后审问他时，他哭哭啼啼，只是一味磕头。

说是平素就非常钦佩司令为人，还正恨无处进行到手下来做一个小司书，好侍候司令，见一点识面，学习点公文，把楷字也抄好，哪里还敢同司令来做对头。至于从前事情，那是他全不知情，连梦也不梦见。说是因为他的告密，致令弟兄们受刑就义，这必是别一个同他有仇的人诬冤他，而且诬冤他的总不出两个人以外：一个是同庆记布庄隔壁住家的蒋锡匠，因为蒋锡匠曾偷过他家的鸡，被发觉过。另一个是住白石滩的船夫，这人也同他不对。……

还一边磕磋头一边诉说怎样怎样的可怜，家中才得个小孩，内人又缺奶，这次到渡口去，就是告知岳丈得了小孩子，好使他放心。并向岳丈借点钱转家去，为他太太买一只鸡吃，补一补空虚。到后为个弟兄把从他身边搜索出的一卷票子同三张借据掷到他面前，他才不分辨了，然而头还在磕。看那三张字据，明写着“立借字人渡口周大，今因缺钱使用，凭中廖表嫂，借到黄村杨秃子先生名下铜圆……”一些字，另一张是吴乡约出名，另一张是吴乡约家舅子出名，一总都写的是他做借主。

“这是谁的东西?”问他他不敢说，鼻涕眼泪不知忌惮地只顾流。到末了，且说出极无廉耻的话来，愿意把屋里人收拾收拾，送上山来赎罪，且每月帮助白米十石，盐三十斤，只求全一条活命回家去，好让他自新。

你侄男同诸弟兄见他那副软弱无耻的样子，砍了他虽不难，但问弟兄们，谁都不愿用英雄的刀去砍这样一个不值价的狗！所以如他希望放了他转去，不期望临出营门时，有个火夫心里不平，以为这样轻松放他过去太便宜他了，一马刀去就砍了他一只左手。这东西就像故意似的倒到地下晕死过去了。弟兄们以为他当真死去，才拖到白狼岩边丢下岩去。谁知这条狗不晕死也不跌死，醒转来后居然还奔到家里才落气！这狗养的本来是该千门万刀剁碎拿去喂山上老鸹吃，才合乎他应得的报应的，算是他祖宗有德，能奔到家里也罢了。

昨天你侄男派了两弟兄进城探听城里的消息，据弟兄说，这次招安，不能接洽妥帖，就是因为秃子近来死去的事。他的妻竟告到营中，说是你侄男害了他，且请省军将你侄男招安以后再设法诱住法办，以图报仇。这婊子女人果真是这样做事狠心，不知死活地要来同你侄男作对，我有一天是要做个样子给她看的。招安成功不成功，你侄男一点儿都不着急，弟兄们也正同是一个意思。山上有的是油盐米酒猪牛，倘或是省军高兴，定要来到山脚下挑战，热热闹闹一番，你侄男是不必同他们客气的。喜欢理他们，要弟兄搁起劈山炮轰他几下，同他敲几枪；不喜欢他们时，关起寨门睡觉。让他们在山下愿意围几个月就围几个月。三个月也好，两个月也好，把派捐得的粮食吃尽，他们自会打起旗子吹起号转原防去！你侄男这里见样东西都有了预备，不怕他们法宝多！……

第五信

大妹妹禀承母亲的意旨，写信给驻耶军营中的书记官太太。这位太太是她的同学。三月二十一日所吃的喜酒，就是这个同学出阁做书记官太太的前一日，如今算来，又是半个多月了。

信很简单。大妹妹用她平素最天真乐观的笔调，写出亲昵的诙谐的话，信如下：

四姐：

我答应你的话，今天可应验了。我说我妈会念着你请你来我家吃饭的，果不其然呀，她早上要我写信邀你。

客并不多，除了你以外只有我，因为这是妈说的。这次算是她老人家请客，所以她把我也请到里头了——到另一次作为我请你时，我把我妈也做成一个客！

客既这样少，所以也不特别办什么菜。前次有人送来一个金华腿，我们就蒸火腿吃。此外有你我所极喜欢吃的干红曲鱼，同菌油豆腐、酸辣子（小米的）。有我所不喜欢但你偏高兴的黑豆腐乳。不少了，再添一点，就是四盘四碗，待新嫁娘也不算麻絮[1]吧。早来一点，我们午时可以吃各人自己手包的水饺子。

我妈还说有话要问你。我想，总不出“姐夫相貌脸嘴怎么样”，老人家是极关心侄女们姑爷这些事的。

我看到我三舅舅从外面进来，那一脸鬑鬑胡胡，就想到你。你一吃了早饭就快来吧，我想过细看看你的嘴巴，是不是当真印得有姐夫的胡子印记……

还要看的都在前一行点点中了，愿一切快活！

你的妹妹宋××四月七日晨

妈妈的意思，是想从书记官太太谈话中，得到些近来山上同省军议和招安的消息。这一点，写信的大妹妹却不知道，可知关于山上要她做押寨夫人的事，还在睡里梦里！

[1] 麻絮：吝啬。凤凰土语。

□ 第六信

守备队的副兵送来，从铺上取了个收据回去了。这信封面写“呈宋小姐”字样。此是请了客以后的初九日。

妹妹：

我第一句话要说的是为我谢伯妈。前天太快活了，不知不觉酒也逾了量。回去循生说我脸灼热，不久就睡了。

伯妈是请我一次了，妹妹你的主人哪一天才能做？我得时时刻刻厚起脸来问你，免得善忘的妹妹忘记。若是妹妹当真要做一次主人，我请求做主人的总莫把菌油豆腐同火腿忘掉！换别样菜我是不领情的。饺子也得同前天一样。

你报伯妈，她老人家所想知道的事，我去问循生，你姐夫说招安是一定了，但条件来得太苛，省军还要听常德军部消息才能定准。如果是两方拿诚心来商量，你姐夫说总不致再复决裂的。近来营部还有开拔消息，也就是好在招安后要山中人移驻到里耶来的缘故。……

请伯妈安心。循生今天到部里去办事，若有更可靠的信息时，再当函告。

……不久，我将为妹妹贺喜了！

你的四姐　九日

信后为妹妹贺喜的话，使大妹有点疑惑了。

……招安不成，第一吃亏的应说是全市的人。第二是守备队。第三，第三就算是落到自己家里，但招安以后，又有什么可以对我贺喜的地方？布铺的损失，未必因招安不成而更大。贺喜些什么？……

贺喜的事，大妹凭她处女的敏感，猜到一半了，她猜来必是自己的婚姻。凡是一个十六岁以上的女孩儿，你如其对她说贺喜的话时，像是一种本能，她会一想就想到自己婚事上去的，而且脸会为这话灼红。

大妹一个人研究着这“贺喜”两个字的意义，全身的重量都压在心上，脸上也觉着在烧了。

极漠茫的，在眼前幻着许多各样不同的面模来。第一个，她曾在四姐的喜事日见过的那个蚕业专门毕业的农会长，长长的瘦瘦的身个儿来在面前动着了。第二个，守备队那位副官，云南毕业的军官生，时常骑匹马到大街上乱冲，一个痞子样的油滑脸庞。第三个，亨记油号的少老板，雅里学校的学生。……还有，三舅舅的儿子，曾作过诗赞美过自己，苍白的小脸，同时也在眼前晃悠。

从婚事上出发，她又想出许多与自己像是切近过或爱慕过的男子来，万没料那个山上的大王是她的未婚夫。

自己搜索是不能得到任何结果的，到后只好把来信读给母亲听了。到最后，母亲叹了口气，又勉强地笑了一回。

大妹妹觉得母亲正用了一种极有意思的眼光在觑着她，大妹妹躲避着母亲的眼光，最后取的手段是把头低下去望自己的脚。

母亲太不体谅人了，将大妹脸灼成两朵山茶花后还在觑！

“妈这是什么意思呢?”话轻到自己亦没有听真着的地步。意思是问母亲觑她的缘故，也是四姐来信中“贺喜”两个字的用意。

“说什么?”母亲明明看到大妹口动。

大妹又缩住了。

略停，大妹又想着个假道的法子来了，说：“妈，我想此间招安以后，沿河下行必不再怕什么了。节后下长沙去补点功课，我好秋季到北京去考女子高师学校。”

“又不要你当教员，到外面找钱来养我，远远的去做什么?”

“你不是答应过我，河道清平以后，就把家搬到汉口去住吗?”

“知道哪时河道才能清平?”

“四姐的信，不是才说到招安的事？山上的人既全体可以招安，河道如何不会清平?”

“招了安我们就更不能搬走了。”

“怎么招安以后我们倒不能搬走?”这句话大妹并没说出口。把此话说后所产生的恐惧或惊喜权衡了一下，怕此时的母亲同自己都载不住，所以不再开口，把一句已在口边的话咽下了。刚来的四姐那封信，还在大妹手上。

“妈，四姐要我们再请她吃饭，定什么日子?”

“就是明天吧。她欢喜火腿，叫厨房王师傅把明天应吃的留下，剩下那半个都拿去送她。菌油也帮她送一罐去。告诉她，等到有好菌子时我另为她做新鲜的。”

“我想自己去邀她。”

母亲像知道大妹要亲自去邀请四姐的用意似的，且觉得如果大妹要明了这事，由四姐说出，比自己说好多了，就说:

“好吧，你自己去，一定要她来，我还有事请她。……”

“……”大妹有点意见想申述。

“你有什么话要说，可以同她说，等她来时，她也会告你许多你想知道的话。”

“我没有什么话可说，我看妈意思像心里有——”大妹低低地说。

“心里不快吗?不是。不是。妈精神非常好。找四姐来，她会同你说我要说的话。你们姐姐妹妹可以到另一个地方——书房也好，你自己房中也好——你们可以好好谈一回……”

“妈你怎么……”大妹见到母亲眼睛红湿了，心里极其难过。

“没有，没有。妹你今天就去吧，要你四姐今天来——这时就去也好，免得她又出门到别处去。”

“好。”大妹一出房门，就不能再止住想泻出的眼泪了。

◘ 第七信

四月十六，山上有人到城，送来一信，并一个小拜帖匣子。送信的已不是第一次送信那个喽啰了。这人长袍短褂，一派斯文样子。年纪二十多岁，白白面庞，戴顶极其好看的博士帽。脸上除了嘴巴边留了一小撮胡子外，还于鼻梁上挂了副眼镜。手上一支小方竹手杖，包有铜头，打着地剥剥地响。后面一个小孩，提了一个小皮包，又拿着一根长长的牙骨烟管。……这是个一切都表示地位尊贵的上等人。三老板一见他进铺，以为守备队的秘书，或别处来此什么委员上门做生意来了，忙立起来。那人一脸极和气的微笑，对着三老板：“阁下想来是三老板了！”同时把信陈列柜台上，另于信旁置了一张小名片。

……主任参谋

陆　钰

金玉酉阳

“哦，陆参谋！请，请，请，请到客厅坐……”

隔个柜台，那来人伸出一只手来，三老板也懂得是要行外国礼握手了，忙也伸过一只手来，相互捏了一会儿。

那人并不忙着进客厅，把袖口搂着，对布庄柜台上那个大钟拨动手表时，三老板偷瞧了一下，表是金色崭新的。

姓陆的虽曾听到三老板在谦虚中自己把“草字问珊”提出，但他竟很客气地把三老板称为亲长了。

“请亲长这边凡事预备一下。”那是姓陆的同三老板告别鞠躬时一再说了几次的话。

那日宋伯娘没有在家。来人受过吩咐，若宋伯娘不能出面，则三老板亦可以，所以就把大王所嘱预备同宋老太所谈的一概与三老板说了，那个拜帖匣中聘礼也都点交件数留下。

夜间在宋伯娘的房中，三老板念山上陆参谋捎来的书信。大妹虽说早已知道此事，但因为对此终有点羞涩，在未念信以前就走开到自己房中去了。

信中口词变了，开首已把“宋伯妈”三字改称“岳母大人”了。

信如下：

岳母大人尊鉴，敬禀者：

前数函知均达览，复示诲以自新之道，且允于招安之后，将大妹妹于归，备主中馈，尤臻爱怜，实增感激！

近来因岳母大人同大妹故，以是婿将对省方提出之条件已特别减至无可再减的地步，且容纳省方派员将部队枪支检验之律令。果无临时变化发生，谅招编事已不成问题了。

编收以后，婿之部伍将全队移住耶市，守备队下拔移驻花垣，让出防地归婿负责。

沿河一带治安，亦由婿部担任，以后有劫船情事，由婿查缉，查缉无从，则应由婿部赔偿。此条虽将婿责加重，但为地方安宁，婿固当有所牺牲也。

此后支队部（改为清乡第三支队司令），婿意拟设于天王庙，地势好点，亦可备万一别种事情发生时，退守方便。

……十六至二十，三天中，婿所部全队，即可开进耶市大街，到时再来谒见大人。

大妹喜事，婿拟照先时所约定之日举行。岳母方面，亦不必多事花费，婿知道岳母极爱热闹，到时此间有许多兵士，固能帮助一切也。

前派陆参谋来同省中代表接洽一切，并嘱其将此函并些许聘礼饰物呈达于长者。所有未尽之意，统由陆参谋面呈，此人系婿至友，亦由学校出身，祈大人略加以颜色，婿实幸甚！

谨此恭叩福安　小婿道义谨禀

附聘礼饰物单如左：

赤金钏镯一对

赤金戒四枚（二枚嵌小宝石）

赤金丝大珍珠耳环一对

赤金簪压发各一件

赤金项链一件

赤金项链一件（有宝石坠子）

净圆珍珠项链一件

金打簧手表一枚

白金结婚戒一枚

白金结婚心形胸饰一枚

白金镶钻石扣针一枚

上等法国香水两瓶（瓶悬小纸签标明每瓶价值，一值二十四元，一值六十元）

法国香粉二盒

此即大王在另一函中，曾经提过，说是派人往湖北去办的。那位老太，听着三老板把信同聘礼单念完，看看桌上那一堆各在一个小盒子里的东西，忽然放声大哭了。

这时的泪，不是觉得委屈了女儿，也不是觉得委屈了自己，或是对不住大妹的父亲。她是像把一件压在心上的石头，骤然解除，忽然想到过去的惶恐同将来的欢喜，心里载不住这两种不同的压力，不知不觉从眼眶中挤出泪了。

哭了不久，这老太就走到大妹的房中去送大妹看信。

既不怕抄家，也不怕谁来刨挖大妹父亲的坟山，在这位老太太看来，真是没有什么理由来说不愿意将大妹嫁给一个大王的话了！何况大王如今又已成了正果，所以老太太把信掷到大妹妹面前时，眼中已无些子泪痕。

/ 大妹妹的婚事 /

热闹，阔绰，出了里耶人经验以外。一切布置的煊赫，也出了宋伯娘在期待中所能猜想的以外。迎亲那日，八个黄色呢制服的人，斜斜佩着红绿绸子，骑在马上，各扛着一面绸国旗，都是副官之类。

一对喇叭，后面一队兵士；一对喇叭，后面一队兵士……

几乎近于是迎接“抚台”样，一直从天王庙支队司令部起，到宋家门前止，新的灰线布制服上佩着一朵红纸花的，是昨日的喽啰（今日的兵士）。军队是这样接接连连。满地红的小爆仗，也是那么接接连连，毫不休息。花轿过路时，喇叭嘀嘀嗒嗒吹着各样喜庆的曲子。

宋宅杀了两只猪、六只羊犒赏兵士还不够，到后还加了两只肥猪才分得开堂，即此一端，参与此番喜事的人之多可想而知了。

大王彪壮、年轻、有钱，里耶市中人尽他们所能夸赞的话拿去应用还总觉得不够，到后只好把类于妒忌的羡慕落到那宋家母女身上。

第八信

结了婚约两个月，大妹有给驻花垣守备队营中书记官太太的一封信。

四姐：

我不知要同你说些什么话，关于我的事，这时想来可笑极了。在以前，我刚知道他要强迫我妈行他所欲行的事时，我想着一切的前途，将葬送到一个满烧着魔鬼的火的窟中，伤心得几乎想自杀了。四姐你是知道的，一个女人，为一点比这小许多的事也会以死做牺牲的。但我当时还想着我妈。我妈已是这么可怜的人，若是我先死，岂不是把悲哀都推给她了吗？我想走，当时我就想走。到后又用做女儿的心再三衡量，恐怕即能走脱，他也会把我妈捉去，所以后来走也不走了。……日子一天一天过去，拼我死命，等那宣告我刑罚的可咒的五月初五来到，我身不由己地为母亲缘故跳进一个坟坑里。在期待中，想死不能时，我也是同一般为许多力量压着不能挣扎的女人样，背着母亲，在自己的房中低声地哭，已不知有过多少次了。我那时想象他，一个杀人放火无事不做的大王，必是比书上所形容那类恶人还可怕！必是黑脸或青脸，眼睛绯红，比庙中什么判官还可怕！真是除了哭没有法子。眼泪是女人的无尽宝藏，再多流一点也不会干，所以我在五月五日以前，是只知道终日以泪洗面的。……

过去的都是梦样过去：雷霆是当日的雷霆，风雨也是当日的风雨，不必同四姐说了；我只告你近来的情形。

近来要我说，我又不知怎么来说起。我不是怕羞，在四姐跟前，原是不应当再说到害羞的事的。我真不知要怎样来说一个同我先时所拟想的地狱极相反的一种生活！

你不要笑，我自己觉得是很幸福的人，我是极老实地同你说，我生活是太幸福了。幸福不是别的，是他——我学你说，是你妹夫。你妹夫以前是大王，每日做些事，是撒旦派下来的工作，手上终日染着血，吃别人的血与肉，把自己的头用手提着，随时有送给另一个人的恐惧绕在心中。但他和我所猜想的恶处离远了。他不是青脸同黑脸，他没有庙中判官那么凶恶。他样子同我三舅舅的儿子一个面样，我说他是很标致，你不会疑我是夸张。……

他什么事都能体贴，用极温柔驯善的颜色侍奉我，听我所说，为我去办一切的事。他对外是一只虎，谁都怕他；又聪明又有学识，谁都爱敬他。他在我面前却只是一匹羊，知媚它的主人是它的职务。他对我的忠实，超越了我理想中情人的忠实。……

前几天，我们俩到他以前占据的山寨看望一次，住了两天。那里还有一连人把守。四姐，你猜那里像个什么样子呢？比唱戏还可笑，比唱戏还奇怪。一切一切，你看了不会怕，不会颤抖，只有笑！不伦不类的一切一切，你从《七侠五义》一类小说上所看到的人物景致，到这里都可见到。我问你妹夫以前是怎么生活来的，他告我，有时手上抱着两支枪打盹。我们那天就到他那间奇奇怪怪的房中睡了一晚。第二天，又到各处去看，又走了半天。

……

一个女人所能得到的男子的爱，我已得到了。我还得了一些别的人不能得到的爱。若是这时是在四姐面前，我真要抱住你用哭叫来表示我生命的快适了！四姐呵，同姐夫说说，转里耶来住两天吧。我可以要他派几个人来接。我妈还会为你办菌油豆腐吃！

我妈近来也很好，你不要挂念！

你妹同你妹夫照来张相赠你，快制一个木框，好悬挂在墙上，表示你还不忘记你妹妹。你妹妹是无一时能忘记你的，就是他，这时也在我写信桌子的旁边，要我替他问你同姐夫的好。

你的妹　七月十日

□ 尾

大妹近来就是这样，同一个年轻、彪壮、有钱、聪明、温柔、会体贴她的大王生活着，相互在华贵的生活中，光荣的生活中过着恋的生活，一切如春天，正像她自己信上所说样：雷霆是当日的雷霆，风雨是当日的风雨，都不必再去说了。过去的担心、疑虑、眼泪，都找到比损失更多许多倍数的代价了。

至于那些里耶人呢，凡是在那年五月五日对宋家母女有过妒忌的心的，无用的妒忌还是依然存在。

一九二六年三月二十四日毕于西山

—三个男人和一个女人—

因为落雨，朋友逼我说落雨的故事。这是其中最平凡的一个。它若不大动人，只是因为它太真实。我们都知道，凡美丽的都常常不是真实的，天上的虹同睡眠的梦，便为我们做例。

没有什么人知道军队中开差要落雨的理由。

我们自己是找不出那个理由的。或者这事情团部的军需能够知道，因为没有落雨时候，开差的草鞋用得很少，落了雨，草鞋的耗费就多了。落雨开差对于军需也许有些好处。这些事我们并不清楚，照例非常复杂，照例团长也不大知道，因为团长是穿皮靴的。不过每次开拔总同落雨有一种密切关系，这是本年来我们的巧遇。

在大雨中作战，还需要人，在雨里开差，我们自然不应当再有何种怨言了。雨既然时落时止，部队的油布雨衣，都很完全。我们前面办站的副官，从不因为借故落雨，便不把我们的饮食预备妥当。我们的营长，骑在马上，尽雨淋湿全身，也不害怕发生疟疾。我们在雨中穿过竹林，或在河边茅棚下等候渡船，因为落雨，一切景致看来实在比平常日子美丽许多。

落了雨泥浆分外多，但滑滑地走着长路，并不使人十分难过。我们是因为落雨，所以每天才把应走的里数缩短的。我们还可以在方便中，借故走到一个有青年妇人的家里去，说几句俏皮话，打个哈哈，顺便讨取几张棕衣，包到脚上。我们因为落雨，才可以随便一点，同营长在一个小盆里洗脚。一个兵士还能够有机会同营长在一个盆里洗脚，这出乎军纪风纪以上的放肆，在我们那时节，是不怎么容易得到的机会！

队伍走了四天，到了我们要到的地点。天气是很有趣味的天气，等到队伍已经到达目的地，忽然放了晴，有太阳了。一定有许多人要笑它，以为太阳在故意同我们作对。好吧，这个我们可管不了许多。我们是移到这里来填防的，原来所驻的军队早已走了，把部队开来补缺，别人做什么无聊事我们还是要继续来做。

乘满天红霞夕阳照人时，我们有一营人留在此地了。另外一营人，今天晚上虽然也留在此地，第二天就得开拔到一个五十里外的镇上去。那些明天还要开拔的，这时节已全驻扎到各小客栈同民房，我们却各处去找寻应当驻宿的地点。因为各个部队已经分配好了，我们的旗子插到杨家祠堂，可是一连人中谁也不知道这杨家祠堂的方向，只是在街中乱抓别一连的兵士询问。

原来杨家祠堂有两个，我们找了许久，找到的还是好像不对。因为这祠堂太小、太坏，内中极其荒凉。但连长有点生气，他那尊贵的脚不高兴再走一步了。他说，这里既然是空的，就歇息一下，再派人去问吧。我们全是走了一整天长路的人，我们还看到许多兵士，在民房里休息，用大木盆洗脚，提干鱼匆匆忙忙地向厨房走去。倦了饿了，都似乎有了着落，得到解决，只有我们还在这市镇街上各处走动，像一队无家可归的游民。现在既然有了个歇脚地方，并且时间又已经快夜了，所以谁也不以为意，都在祠堂外廊下架了枪，许多人都坐在那石狮子下，松解身上的一切负荷。

一个年轻号兵不知从什么地方得来了一个葫芦，满葫芦烧酒，一个人很贪婪地躲到墙脚边喝它。有些兵士见到了都去抢这葫芦，到后葫芦被打碎，所有酒全泼在还不十分干燥的石地上了。号兵发急，大声地辱骂，而且追打抢劫他的同伴。

连长听到这个吵闹，想起号兵的用处了，就要号兵吹号探问团部。号兵爬到石狮子上去，一手扳着那为夕阳所照及的石狮，一手拿着那支紫铜短小喇叭，吹了一通问答的曲子，声音飘荡到这晚风中，极其抑扬动人。

其时满天是霞，各处人家皆起了白白的炊烟，在屋顶浮动。许多年轻妇人带着惊讶好奇的神气，身穿新浆洗过的月蓝布衣裳，胸前挂着扣花围裙，抱了小孩子，远远地站在人家屋檐下看热闹。

那号兵，把喇叭吹过后，就得到了驻在山头庙里团部的回音。连长又要号兵用号声，询问是不是本连就在这祠堂歇脚。那边的答复还是不能使我们的连长满意。于是那号兵，第三次又鼓着那嘴唇，吹他那紫铜喇叭。

在街的南端来了两只狗，有壮伟的身材，整齐的白毛，聪明的眼睛，如两个双生小孩子，站在一些人的面前。这东西显然是也知道了祠堂门前发生了什么事情，特意走来看看的。

这对大狗引起了我们一种幻想。我们的习惯是走到任何地方看到了一只肥狗，心上就即刻有一个杀机兴起，极难遏止的。可是另外还有更使人注意的，是听到有一个女子的声音喊“大白”“二白”，清朗而又脆弱，喊了两声，那两只狗对我们望望，仿佛极其懂事，知道这里不能久玩，返身飞跑去了。

天快晚了。满天红云。

我们之间忽然发生了一个意外的变故。那号兵，走了一整天的路，到地后，大家皆坐下休息了，这年轻人还爬上石狮子去吹了好几次号。到后脚腿一发麻，想从石狮子上跳下时，谁知两脚已毫无支持他那身体的能力，跳到地下就跌倒不能爬起，一双脚皆扭伤了筋，再也不能照平常人的方便走路了。

这号兵是我同乡，我们在一个堡寨里长大，一条河里泅水过着夏天，一个树林子里拾松菌消磨长日。如今便应当轮到我来照料他了。

一个二十岁的人，遭遇这样的不幸，那有什么办法可言！因为连长也是同乡，号兵的职务虽不革去，但这个人却因为这不幸的事情，把事业永远陷到号兵的位置上了。他不能如另外号兵，在机会中改进干部学校再图上进了，他不能再有资格参加作战剿匪的种种事情了，他不能再像其他青年兵士，在半夜里爬过一堵土墙去与本地女子相会了。总而言之，便是这个人做人的权利，因为这无意中的一摔，一切皆消灭无余，无从补救了。

我因为同乡缘故，总是特别照料到这个人。我那时是一个什长，我就把他放在我那一棚里。这年轻人仍然每早得在天刚发白时候爬起，穿上军衣，弄得一切整齐，走到祠堂外边石阶上去，吹天明起床号一通。过十分钟，又吹点名号一通。到八点又吹下操号一通。到十点又吹收操号一通……此外还有许多次数，都不能疏忽。军队到了这里，半月来完全不下操，但照规矩那号兵总得尽号兵的职责。他每次走到外边去吹他的喇叭时，都得我照料他。我或者没有空闲，这差事就轮着班上一个火夫。

我们都希望他慢慢地会转好，营部的外科军医，还把十分可信的保证送给这个不幸的人。这年轻人两只腿被军医都放过血，揉搓过许久，且用药烧灼过无数次，末了还用杉木板子夹好。日子一天一天地过去，还是得不到少许效验，我们都有点失望了，他自己却不失望。

他说他会好的，他只要过两个月就可以把杉木夹板取去，可以到田里去追赶野兔了。听到这个话老军医便笑着，因为他早知道这件事是青年人永远无可希望的事情，不过他遵守着他做医生的规则，且法律又正许可这类人说谎，所以他约许给这个号兵种种利益，有时比追兔子还夸张得不合事实。

过了两个月，这年轻人还是完全不济事。伤处的肿已经消了，血毒症的危险不会有了，伤部也不至于化脓溃烂了，但这个号兵，却已完全是一个瘸脚人了。他已经不要人照料，就可以在职务上尽力了。他仍然住在我那一棚里，因为这样，我们两人之间，建立了一种最好的友谊。

我们所驻在的市镇，并不十分热闹，但比起湘边各小城市，却另有一种风味。这里只四条大街，中央一个鼓楼操纵全城。这里如其他地方一样，有药铺同烟馆，有赌博地方同喝酒地方。我每天差不多都同这个有残疾的号兵在一处过活，出去时总在一块，喝酒两人帮忙，赌博两人拉伴平分。

若果部队不开拔，这年轻人仍然有一切当兵人的幸福。凡是一个兵士能做到的事，他仍然可以有份儿。他要到那些有年轻妇人的住处去，妇人们都不敢得罪他。他坐上桌子赌五十文一注的二十一点扑克，别人也不好意思行使欺骗。他要吹号，凡是在过去没有赶得过他的，如今还是不会超过他。大家知道这个号兵的不幸，都不约而同地帮助这个人。

但他的性情，在我看来，有些地方却变了。他是一个号兵，照例一个号兵，对于他的喇叭应当有一种特殊嗜好，无事时到各处走去，喇叭总不能离身。他一定还是一个动作敏捷活泼喜事的人。他可以在晨光熹微中，爬到后山头或城堡上去试音，到了夜里，还要在月光下奏他的曲子，同远远的另一连互相唱和。别的连上的号手，在逢场时节，还各人穿了整齐的制服，排队到场上游行，成列地对本城人有所炫耀，说不定其中就有意外的幸运发生，给那些藏在腰门后面，露出一个白白额角同黑亮眼睛的妇女们注了意。还有，他若是行动自由而且方便，拿喇叭到山上去吹，会有多少小孩子，带着微微的害怕，围拢来欣赏这大人物的艺术，他就可以同那些小孩子建立一种友谊。慢慢地，他就得到许多小朋友了。

属于号兵分外的好处，一切都完了。他仅有的只是一点分内的职务。平时好动喜事的他，有点儿阴郁，有点儿可怜。他的脚已经瘸了。连长当人面前就大声地喊瘸子。为了一种方便，为了在辨别上容易认出，自从这号兵一瘸，大家都在他的号兵名字上加了“瘸子”两字，连火夫也有了这一种权利对这个人存轻视心，轻轻地互相批评这不幸的人，且背地里学这人的行动作为娱乐。

在先，对于号兵的职务，他仍然如一个好人一样，按时站在祠堂门外，或内面殿堂前石阶上，非常兴奋地吹他的喇叭。后来因为本连补下一个小副手，等到小号兵已经能够较正确地吹完各样曲子时，他就不常按时服务了。

他同我每天都到南街一个卖豆腐的人家去，坐在那大木长凳上，看铺子里年轻老板推浆打豆腐。这铺子对面是一个邮政代办所，一家比本城各样铺子还阔气的房子，从对街望去，看得见铺子里油黄大板壁上挂的许多字画，许多贴金洒金的对联。最初来的那一天，我们所见到的那两只白色大狗，就是这人家所豢养的东西。这狗每天蹲在门前，遇熟人就站起身来玩一阵，后来听到一个人的叫唤，便显得匆匆忙忙，走到有金鱼缸的门里天井去了。

我们难道是靠着白吃一碗豆浆，就成天来赖到这铺子里面吗？我们难道当真想要同这年轻老板结拜兄弟，所以来同这个人要好吗？

我们来到这里有别的原因。但是，两个兵士，一个是废人，一个虽然被人家派为什长，站班时能够走出队伍来喊报名，在弟兄中有一种权利，在官长方面也有一种权利，俨然是一个预备军官，更方便处是可以随意用各样稀奇古怪的名称，辱骂本班的火夫，作为脾气不好时节的泄气方法。可是一到外面，还有什么威武可说？一个班长，一连有十个或十二个，一营有三十六个，一团就有一百以上。什长的肩领章，在我们这类人身上，只是多加一层责任罢了。一个兵士的许多利益，因为是班长，却无从得到了。一个兵士有许多放肆处，一个班长也不许可了。若有人知道作战时班长同排长的责任，谁也将承认班长的可怜悯了。我到这儿是不以班长自居的，我擅用了一个兵士的权利，来到这豆腐铺。虽然我们每天总不拒绝由那个单身的强健的年轻人手里，接过一碗豆浆来喝，但我们可不是为吃豆浆而上门的。我们两人原来都看中了那两只白狗，同那狗的女主人了。癞蛤蟆想吃天鹅肉，这句话恰像为我们说的。

说起这女人真是一个标致的动物！在我生来还不曾见到有第二个这样的女子。我看过许多师长的姨太太，许多女学生。第一种人总是娼妓出身，或者做了太太，样子变成娼妓。第二种人壮大得使我们害怕，她们跑路、打球，做一些别的为我们所猜想不到的事情，都变成了水牛。她们都不文雅，不窈窕。至于这个人呢，我说不出完全合意的是些什么地方，可是不说谎，我总觉得这是一朵好花，一个仙人。

我们一面服从营规，来时服从自己的欲望，在这城里我们不敢撒野，我们却每天到这豆腐铺子里来坐下。来时同年轻老板谈天，或者帮助他推磨、上浆、包豆腐，一面就盼望那女人出门玩时，看一看那模样。我们常常在那二门天井大鱼缸边，望见白衣一角，心就大跳，血就在全身管子里乱窜乱跑。我们每天想方设法花钱买了东西，送给那两只狗吃，同它们要好。在先，这两个畜生竟像知道我们存心不良，送它们的东西嗅了一会儿就走开了。但到后来这东西由豆腐铺老板丢过去时，两条狗很聪明地望了一下老板，好像看得出这并不是毒药，所以吃下了。

为什么我们要在这无希望的事业上用心？我们自己也不知道。按照我们的身份，我们即或能够同这个人家的两条狗要好，也仍然无从与那狗主人接近。这人家是本地邮政代办所的主人，也就是这小城市唯一的绅士，他是商会的会长，铺子又是本军的兑换机关。时常请客，到此赴席的全是体面有身份的人物，团长同营长、团副官、军法、军需，无不在场。平常时节，也常常见营部军需同书记官到这铺子里来玩，同那主人吃酒打牌。

我们从豆腐铺老板口上，知道那女人是会长最小的姑娘，年纪还只十五岁。我们知道一切无望了，还是每天来坐到豆腐铺里，找寻方便，等候这娇生惯养的小姑娘出外来，只要看看那明艳照人的女人一面，我们就觉得这一天太快乐了。或者一天没有机会见到，就是单听那脆薄声音，喊叫她家中所豢养狗的名字，叫着大白、二白，我们仿佛也得到了一种安慰。我们总是痴痴地注想到那鱼缸，因为从那里常常可见到白色或葱绿色衣角，就知道那个姑娘是在家中天井里玩。

时间略久，那两只狗同我们做了朋友，见我们来时，带着一点谨慎小心的样子，走过豆腐铺来同我们玩。我们又恨这畜生又爱这畜生，因为即或玩得很好，只要听到那边喊叫，就离开我们走去了。可是这畜生是那么驯善，那么懂事！不拘什么狗都永远不会同兵士要好的，任何种狗都与兵士做仇敌，不是乘隙攻击，就是一见飞跑；只有这两只狗竟当真成了我们的朋友。

豆腐铺老板是一个年轻人，强健坚实，沉默少言，每天愉快地做工，同一切人做生意，晚上就关了店门睡觉。看样子好像他除了守在铺子面前，什么事情也不理，除了做生意，什么地方也不去，初初看来竟不知道这人什么时候吃饭，什么时候去买办他制豆腐的黄豆。他虽不大说话，可是一个主顾上门时节，他总不致疏忽一切的对答。我们问他所有不知道的事情时，他答应得也非常满意。

我们曾邀约他喝过酒，等到会钞时，走到柜上去算账，却听说豆腐老板已先付了账。第二次我们又请他去，他就毫不客气地让我们出钱了。

我们只知道他是从乡下搬来的，间或也有乡下亲戚来到他的铺子里，看那情形，这人家中一定也不很穷。他生意做得不坏，他告诉我说，他把积下的钱都寄回乡下去。问他是不是预备讨一个太太，他就笑着不说话。他会唱一点歌，嗓子很好，声音调门都比我们营里人高明。他又会玩一盘棋，人并不识字，“车”“马”“象”“士”却分得很清楚。他做生意从未用过账簿，但赊欠来往数目，都能用记忆或别的方法记着，不至于错误。他把我们当成朋友看待，不防备我们，也不谄谀我们。我们来到他的铺子里，虽然好像单为了看望那商会会长的小姑娘，但若没有这样一个同我们合得上的主人，我们也不会不问晴雨到这铺子里混了！

我同到我那同伴瘸脚号兵，在他豆腐铺里谈到对面人家那姑娘，有时免不了要说出一些粗话、蠢话，或者对于那两只畜生，常常做出一点可笑的行为，这个年轻老板总是微笑着，在他那微笑中我们虽看不出什么恶意，却似乎有点秘密。我便说："你笑什么？你不承认她是美人吗？你不承认这两只狗比我们有福气吗？"照例这种话不会得到回答。即或回答了，他仍然只是忠厚诚实而几乎还像有点女性害臊神气的微笑。

"为什么还好笑？你们乡下人，完全不懂美！你们一定欢喜大奶大臀的妇人，欢喜母猪，欢喜水牛。这是因为你不知道美，不知道好看的东西。"

有时那跛子号兵，也要说："娘个狗，好福气！"且故意窘那豆腐铺老板，问他愿不愿意变成一只狗，好得到每天与那小姑娘亲近的机会。

照例到这些时节，年轻人便红着脸一面特别勤快地推磨，一面还是微笑。

谁知道这是什么意思？谁又一定要追寻这意思？

我们的日子可以说是过得很快乐。因为我们除了到这里来同豆腐铺老板玩，喝豆浆看那个美人以外，还常常去到场坪看杀人。我们的团部，每五天逢场，总得将从各处乡村押解来到的匪犯，选择几个做坏事有凭据的，牵到场头大路上去砍头示众。从前驻扎在怀化，杀人时，若分派到本连护卫，派一排押犯人，号兵还得在队伍前面，在大街上吹号。到场坪时，队伍取跑步向前，吹冲锋号，使情形转为严重。杀过人以后，收队回营，从大街上慢慢通过，又得奏着得胜回营的曲子。如今这事情跛脚号兵已无分了。如今护卫的完全归卫队，就是平常时节团长下乡剿匪时保护团长平安的亲兵，属于杀人的权利也只有这些人占有了。我们只能看看那悲壮的行列，与流血的喜剧了。我也不能再用班长资格，带队押解犯人游街了。可是这并不是我们的损失，却是我们的好处。我们既然不在场护卫，就随时可以走到那里去看那些杀过后的人头，以及灰僵僵的尸体，停顿在那地方很久，不必须即时走开。

有一次，我们把豆腐铺老板拉去了，因为这个人平素是没有胆量看这件事的。到那血迹殷然的地方，四具死尸躺在土坪里，上衣已完全剥去，恰如四只死猪。许多小兵穿着不相称的军服，脸上显着极其顽皮的神气，拿了小小竹竿，刺拨死尸的喉管。一些饿狗远远地蹲在一旁，眺望到这里一切新奇事情，非常出神。

号兵就问豆腐铺老板，对于这个东西害不害怕。这年轻乡下人的回答，仍然是那永远神秘永远无恶意的微笑。看到这年轻人的微笑，我们为我们的友谊感觉喜悦，正如听到那女子的声音，感觉生命的完全一个样子。

因为非常快乐，我们的日子也极其容易过去了。

一转眼，我们守在这豆腐铺子看望女人的事情就有了半年。

我们同豆腐铺老板更熟了些，同那两只狗也完全认识了。我们有机会可以把那白狗带到营里去玩，带到江边去玩，也居然能够得到那狗主人的同意了。

因为知道了对女人毫无希望（这是同豆腐铺老板太熟悉了，才从他口中探听到不少事情的），我们都不再说蠢话，也不再做愚蠢的企图了。仍然每天到豆腐铺来玩，帮助这个朋友，做一切事情。我们已完全学会制作豆腐的方法，能辨别豆浆的火候、认识黄豆的好坏了。我们还另外认识了许多本地主顾，他们都愿意同我们谈话，做我们的朋友。主顾是营里兵士时，我们的老板，总要我多多地给他们豆腐，且有时不接受主顾的钱。我们一面把生活同豆腐生意打成一片，一面便同那两只白狗成了朋友，非常亲昵，非常要好。那小姑娘的声音，虽仍然能够把狗从我们身边喊叫回去，可是有时候我们吹着哨子，也依然可以嗾使那两条狗飞奔着从家中跑出来。

我们常常看见有年轻的军官，穿着极其体面的毛呢军服，白白的脸庞，带着一点害羞的红色，走路时胸部向前直挺，用那有刺马轮的长筒黑皮靴子，磕着街石，堂堂地走进那人家二门里去，就以为这其中一定有一些故事发生，充满了难受的妒意。我到底是懂事一点的人，受了这个打击，还知道用别的方法安慰到自己，可是我的同伴瘸脚号兵，却因此大不快乐。我常常见他对那些年轻官佐，在那些人背后，捏起拳头来做打下的姿势。又常常见他同豆腐铺老板谈一些我不注意到的事情。

有一次在一个小馆子里，各人皆喝多了一点酒，忘了形，我说过这样的话，我向那跛脚的残废人说："你是废人，我的朋友，我的庚兄，你是废人！一个小姐是只嫁给我们年轻营长的。我们试去水边照照看，就知道这件事我们无分了。我们是什么东西？四块钱一月，开差时在泥浆里跑路，驻扎下来就点名下操，夜间睡到稻草席垫上给大臭虫咬，口是吃牛肉酸菜的口，手只捏那冰冷的枪筒……我们年轻，这有什么用！我们只是一些排成队伍的猪狗罢了，为什么对于这姑娘有一种野心？为什么这样不自量？……"

我那时的确已有了点醉意，不知道应当节制语言，只是糊糊涂涂，教训这个平时非常听好话的朋友。我似乎还用了许多比喻，提到他那一只脚。那时只是我们两个人在一处，到后，不知为什么理由，这朋友忽然改变了平常的脾气，完全像一只发疯了的兽物，扑到我的身上来了。我们于是就揪打成一堆，各人扭着对方的耳朵，各人毫不虚伪地痛痛地打了一顿。我实在是醉了，他也是有点醉了。我们都无意思地骂着闹着，到后有兵士从门外过身，听到里面吵闹，像是自己人，才走进来劝解，费了许多方法才把我们拉开。

回到连上，各人呕了许多，半夜里，我们酒醒了，各人皆因为口渴，爬起来到水缸边拿水喝。两人喝了好些冷水，皆恍恍惚惚记起上半夜的事情，两人都哭起来。为什么要这样斗殴？什么事使我们这样切齿？什么事必须要这样做？我们披了新近领下的棉军服，一同走到天井去看快要下落的月亮，如一个死人的脸庞。天空各处有流星下落，做美丽耀目的明光。各处有鸡在叫。我们来到这里驻防，我这个朋友跌坏了腿的那时，还是四月，如今已经是十月了。

第二天，两人各望着对方浮肿的脸，非常不好意思。连上有人知道了我们的殴打，一定还有人担心我们第二次争斗，可料不到昨夜醉里的事情，我们两人早已忘记了。我们虽然并不忘却那件事，但我们正因为这样，友谊似乎更好了些。

两人仍然往豆腐铺去，豆腐铺老板初初见到，非常惊讶，以为我们之间一定发生了重大的事故。因为我们两人的脸有些地方被抓破了，有些地方还是浮肿，我们自己互相望到也要发笑。

到后还是我来为我们的朋友把事情说明，豆腐铺老板才清楚这原委。我告诉他说，我恍惚记得我说了许多糊涂话，我还骂他是一只瘸脚公狗，到后，不知为什么两人就揉在一处了。幸好是两人都醉了，手脚无力，毫不落实，虽然行动激烈，却不至于打破头。

这时那个姑娘走出门来，站在她的大门前，两只白狗非常谄媚地在女人身边跳跃，绕着女人打圈，又伸出红红的舌头舔女人的小手。

我们暂时都不说话了，三个人望到对面。后来那女人似乎也注意到我们两人脸上有些蹊跷，完全不同往日，便望着我们微笑，似乎毫不害怕我们，也毫不疑心我们对她有所不利。可是，那微笑，竟又显然像知道我们昨晚上的胡闹，究竟是为了一些什么理由。

我那时简直非常忧郁，因为这个小姑娘竟全不以我们为意，在那小小的心里，说不定还以为我们是为了赚一点钱，同这豆腐铺老板合股做生意，所以每天才来到这里的。我望了一下那号兵，他的样子也似乎极其忧郁，因为他那只瘸腿是早已为人家所知道了的，他的样子比我又坏了一点，所以我断定他这时心上是很难受的。

至于豆腐铺老板呢，我不知道他是有意还是无意，这时节正露着强健如铁的一双臂膊，扳着那石磨，检查石磨的中轴有无损坏。这事情似乎是第三次了。另一回，也是在这类机会发现时，这年轻、诚实、单纯的男子，也如今天一样检查他的石磨。

我想问他却没有开口的机会。

不到一会儿，人已经消失到那两扇绿色贴金的二门里不见了。如一颗星，如一道虹，一瞬之间即消逝了。留在各人心灵上的是一个光明的符号。我刚要对着我的瘸腿朋友做一个会心的微笑，我那朋友忽然说："二哥，二哥，你昨晚上骂得我很对，骂得我很对！我们是猪狗！我们是阴沟里的蛤蟆！……"

因为号兵那惨沮样子，我反而觉得要找寻一些话语，安慰这个不幸的废人了。我说："不要这样说吧，这不是男子应说的话。我们有我们的志气，凭这志气，凡事都无有不可以做到。万丈高楼平地起，我们要做总统，做将军，一个女人，算不了什么稀奇。"

号兵说："我不打量做总统，因为那个事情太难办到。我只要做一个人，娘个东西，我这双脚！……"

"谁不许你做人？你脚将来会有法子弄好的，你还可以望连长保荐到干部学校去念书。你可以同他们许多学生一样，凭本领挣到你的位置。"

"我是比狗都不如的东西。我这时想，如果我的脚好了，我要去要求连长补个正兵名额。我要成天去操坪锻炼……"

"慢慢地自然可以做到。"我转头向豆腐铺老板望着，因为这年轻人已经把石磨安置妥当，又在摇动着长木推手了，"我们活下来真同推磨一样，简直无意思。你的意思以为怎么样？"

这汉子，对于我说的话好像以为同我的身份不大相称，也不大同他的生活相合，还是同别一时节别一事情那样向我微笑。

我明白了，我们三个人同样地爱上了这个女子。

十月十四，我被派到七十里外总部去送一件公文，另外还有些别的工作，在石门候信住了一天，路上来回消磨了两天。

回转本城把回文送过团部，销了差，正因为这一次出差，得了六块钱奖赏，非常快乐，预备回连上去打听是不是有人返乡，好把钱寄四块回去办冬天的腊肉。回连上见到瘸子，我还不曾开口，那号兵就说："二哥，那个女人死了！"

这是什么话？

我不相信，一面从容俯下身去脱换我的草鞋。瘸子站在我面前，又说是“女人死了”，使我不得不认真了。我听清楚这话的意义后，忽然立起，简直可说是非常粗暴地揪着了这人的领子，大声询问这事的真伪。到后他要我用耳朵听听，因为这时节远处正有一个人家办丧事敲锣打鼓，一个唢呐非常凄凉地颤动着吹出那高音。我一只脚光着，一只脚还笼在湿草鞋里，就拖了瘸子出门。我们同救火一样向豆腐铺跑去，也不管号兵的跛脚，也不管路人的注意。但没有走到，我已知道那唢呐锣鼓声音，便是由那豆腐铺对面人家传出。我全身发寒，头脑好像被谁重重地打击了一下，耳朵发出轰轰的声音。我心想，这才是怪事！才是怪事……

我静静地坐在那豆腐铺的长凳上时，接过了朋友给我的一碗热豆浆。豆腐铺对面这个人家大门前已凭空多了许多人，门前挂了丧事中的白布，许多小孩子头上缠了白包头，在门外购买东西吃。我还看到那大鱼缸边，有人躬身焚着纸钱银锭，火光熊熊向上直冒，纸灰飞得很高。

我知道这些事情都是真实，就全身拘挛，然而笑了。

我看看那豆腐铺老板，这个人这时却不如往天那样乐观，显然也受了一种打击，有点支持不住了。他作为没有见到我的样子，回过脸去。我又看号兵，号兵却做出一种讨人厌烦的样子。不知道为什么我这时真有点厌烦这跛脚的人，只想打他一拳，可是我到底没有做过这种蠢事。

到后我问，才知道这女子是昨天吞金死的。为什么吞金，同些什么人有关系，我们当时一点也不明白，直到如今也仍然无法明白（许多人都是这样死去，活着的人毫不觉得奇怪的）。女人一死，我们各人都觉得损失了一种东西，但先前不会说到，却到这时才敢把这东西的名字提出。我们先是很忧郁地说及，说到后来大家都笑了，分手时，我们简直互相要欢喜到相扑相打了。

为什么使我们这样快乐可说不分明。似乎各人皆知道女人正像一个花盆，不是自己分内的东西；这花盆一碎，先是免不了有小小惆怅，然而当大家讨论到许多花盆被一些混账东西长久占据，凡是花盆终不免被有权势的独占，唯有这花盆却碎到地下，我们自然似乎就得到一点安慰了。

可是，回转营里，我们是很难受的。我们的生活被破坏无余了。从此再也不会为一些事心跳，在一些梦上发痴了。我们的生活，将永远有了一个看不见的缺口、一处补丁，再也不是完全的了。

其实这样的女人活在世界上同死去，对于我们有什么关系？假使人还是好好地活下，开差移防的命令一到，我们还有什么希望可言？我们即或驻扎在这里再久，一个跛脚的号兵，一个什长，这两个宝贝，还有什么机会？除了能够同那两只狗认识以外，有何种伟大企图？

第二天，两人很早地就起来，互相坐在铺上对面，沉默无话可说。各人似乎在努力想把自己安置到空阔处去，不再给过去的记忆困扰。各人都要生气，却不知道为什么忽然脾气就坏到这样子。

“为什么眼睛有点发肿？你这个傻瓜！”

号兵因为我嘲笑他，却不取反攻姿势，只非常可怜地望到我。

我说：“难道人家死了，你还要去做孝子吗？”

他还是那样，似乎想用沉默做一种良心的雄辩，使我对于他的行为引起注意。

我了解这点，但是却不放弃我嘲骂他的权利。

“跛子，你真是只癞蛤蟆，吃虫蚁，看天上。”

末了他只轻轻地问我：“二哥，你说，是不是死了的人还会复活？”因为这一句痴话我又数说了他好一顿。

两人到豆腐铺时，却见对面铺门极其冷清，门前地下剩余一些白纸钱。我们的朋友，那个年轻老板，人坐在长凳上，用手扶了头，人家来买豆腐时，就请主顾自己用刀铲取板上的豆腐。见我们来了，他有了一点点生气，好像是遮掩自己的伤痕，仍然对我们微笑着。他的笑，说明他还依然有个健康的身体和善良的人格。

“为什么？头痛吗？”

“埋了，埋了，一早就埋了！”

“早上就埋了吗？”

“天还不大亮就出门了的。”

“你有了些什么事情，这样不快乐？”

“我什么也不。”

他说了后，忙着为我们去取碗盏，预备盛豆浆给我们吃。

坐在那豆腐铺子里望着对面的铺子，心中总像十分凄凉，我同号兵坐了一会儿，就离开这个豆腐铺子，走向一个本地妇人处打牌去了。我们从那里探听得这女人所埋葬的地点，在离城两里的鲢鱼庄上。

不知为什么我一望到那号兵忧郁样子，就使我非常生气要打他骂他。好像这个人的不欢喜样子，侮辱我对那小姑娘的倾心一样。好像他这样子，简直是在侮辱我。我实在不愿意再同他坐在一个桌上打牌了，就回到连上躺在草垫上睡了。

这夜里跛子竟没有回到连上来。他曾告我不想回连上去睡，我以为他一定在那妇人处过夜了，也不觉得稀奇。第二天，我还是不愿意出门，仍然静静地躺在床上。到下午来我的头有点发烧，全身也像害了病，不想吃喝。吃了点姜糖草药，因为必须蒙头取汗，到全身被汗水透湿人醒来时，天已经夜了。

我起身到大殿后面去小便，正是雨后放晴，夕阳斜挂屋角，留下一片黄色。天空有一片薄云，为落日烘成五彩。望到这个暮景，望到一片在人家屋上淡淡的炊烟，听到鸡声同狗声、军营中的喇叭声，我想起了我们初来此地那一天发生的一切事情。我想起我这个朋友的命运，以及我们生活的种种，很有点怅惘，有点悲哀。有一个疑问的符号隐藏在心上，对于这古怪人生，不知做何解释，我的思想自然还可以说是单纯而不复杂。

我到后仍然回去睡了，不想吃饭，不想说话，不想思索。我睡下去，不知道有多久时间，只是把棉被蒙了头颅，隐隐约约听到楼上兵士打牌吵闹的声音，迷迷糊糊见过许多人，又像是我们已经开了差，已经上了路，已经到了地。过去的事重复侵入我的记忆，使我重新看见号兵跌倒时的神气。醒回时好像有人坐在我的身边。把被甩去，才知道灯已熄灭了，只靠着正殿上的大油灯余光，照得出有一个人影，坐在我身边不动。

“癞子，是你吗?”

“是我。”

“为什么这时节才回来?”

他把脸藏在黑暗里，没有作声。我因为睡了许久，出了两次汗，头昏昏的，这时候究竟已经是什么时候，也依然不很分明，就问他这是什么时候。他还是好像不曾听到我的话样子，毫无动静。

过了一会儿，他才说：“二哥，真是祖宗有灵，天保佑，放哨的差一点一枪把我打死了。”

“你不知道口令吗?”

“我哪里会知道口令?”

“难道已经是十二点过了吗?”

“我不知道。”

“你今晚到些什么地方去，这时才回来?”

他又不作声了。我看见放在米桶上兵士们为我预备的一个美孚灯，灯头弄得很小，还可以使它光亮，就要他捻一下灯。他先是并不动手，我第二次又请他做这件事。

灯光大了一点，我才望明白这号兵，全身黄泥，极其狼狈。脸上正如刚才不久同人殴打过的样子，许多部分都牵掣着显著受伤的痕迹。我奇异而又惊讶，望到这朋友，不知道如何问他这一天来究竟到过些什么地方，做了些什么事情。我的头脑这时也实在还是有点糊涂，因为先一时在迷糊中我还梦到他从石狮上滚下地的情形，所以这时还仿佛只是一个梦。

他轻轻地轻轻地说："二哥，二哥，那坟不知道被谁挖掘了。"

"谁的坟呢?"

"好像是才挖掘不久的，我看得很清楚。"他的话，带着顽固神气，使我疑心他已经发了狂。

"我说，你说的是什么人的坟？在什么地方，你怎么知道?"

"我怎么知道？我听人说那大辫子埋在鲢鱼庄，我要去看看。我昨天到过一次，还是很好的。我今天晚上又去，我很分明记到那一条路，那座坟，不知道已经被谁挖了。"

如不是我有点发狂，一定就是我这个朋友发了狂。我明白他所指的坟是谁埋葬在那里了。我像一个疯人，跳了起来："你到过她的坟上吗？你到过她的坟上吗？你存什么心？你这畜生……"

这朋友，却毫不惊讶，静静地幽悄地说，"是的！我到过她的坟上，昨天到过，今天又到过。我不是想做坏事的人！我可以赌咒，天王在上，我并不带了什么家伙去。我昨晚上还看到那个土堆，一个上好的土馒头，今天晚上全变了。我可以赌咒，看到的是昨晚那座坟，完全不是原来样子。不知谁做了这样的事情，不知谁把她从棺木里掏出，背走了。”

我听到这个吓人的报告，却忽然想起一个人来了。但我并不说出口，因为这个人还只在我的心上一闪，就又即刻消失了。我起了一个疑问，以为是这个女子还魂，从棺木中挣扎奔出，这时节或者已经跑回家中同她的爹爹妈妈说话了。我又疑心她的死是假的，所以草草地埋葬，到后另外一个人就又把她掘出，把她救走了。我又疑心这事一定在我这个朋友有了错误，因为神经错乱，忘记了方向和地位，第一次同第二次并不是在同一地方，所以才会发生这种误会，我用许多空想去解释，以为这件事并不完全真实。

后来我问他为什么要到坟边去。他很虚怯，以为我疑心这事他一定已经知道，或者至少事后知道这主谋人是谁，他一连发了七种誓言，要求各样天神做证，分辩他并无劫取女尸的意思。他只是解释他并不预先带有何种铁器做掘墓的人犯。他极力分辩他的行为。他把话说完了，望见我非常阴沉，眼睛里含有一种疑惧神色，如果我当时还不能表示对他的信托，他一定可以发狂把我扼死。

我的病已被完全吓走了，我计算应当如何安置这个行将疯狂另一时又必然疯狂的朋友。我用许多别的话为他解说，且找出许多荒唐故事安慰这个破碎心灵。他的血慢慢地冷静，一切兴奋过去后，就不断地喃喃地骂着一句野话。他告给我他实在也有过这种设想，因为听人说吞金死去了的人，如果不过七天，只要得到男子的偎抱，便可以重新复活。他又告我，第一天他还只是想象他到了坟边，听得到有呼救声音，便来做一次侠义事，从墓中把人救出。第二天，他因为听人说到这个话，才又过那里去，预备不必有呼救声音，也把女人掘出。可是到了那里一看坟头已经完全变了样子，棺盖掀在一旁，一个空棺张着大口等候吃人。他曾跳进棺里去看过，除了几件衣服以外什么也不见。一定是有人在稍前一些时候做了这事情，这人一定把坟掘开，便把女子的尸身背走了。

他已经不再请天神做他的伪证了。他诚实而又巨细无遗地同我说到过去一切，我听完了他这些话，找不出任何话来安慰他了。我对于这件事还是不甚相信；我还是在心中打量，以为这事情一定是各人都身在梦中。我以为即或不是完全做梦，到了明天早上，这号兵也一定要追悔今晚所说的话语，因为这种欲望谁也无从禁止，行诸事实仍然不近人情。他因为追悔他的行为，把我杀死灭口也做得出。我这样想着，不免有所预防，可是，这个人现在软弱得如一个妇人，他除了忏悔什么也不能做了。我们有一个问题梗到心上来了，就是我们对于这件事应当如何处置。是不是要去禀告一声，还是尽那个哑谜延长？两人商量了一会儿，靠着简单的理智，认为这发现我们无权利去过问，且等天明到豆腐铺看看。走了许多夜路的号兵，一双瘸腿已经十分疲倦了，回来又谈了许久，所以到后就睡了。我是大白天睡了一整天的人，这时无论如何也不能再睡了。在灯影下望着这个残废苦闷的脸、肮脏的身，我把灯熄了，坐到这朋友身边，等候天明。

到豆腐铺时间已经不早了，却不见那年轻老板开门。昨晚上我所想起的那件事，重新在我心上一闪。门既从外边反锁，分明不是晏起或在家中发生何等事故了。我的想象或将成为事实，我有点害怕，拉了号兵跑回连上，把这估计告给了那起过非凡野心的他。他不甚相信事情一定就是这样子，一个人又跑出了许久，回来时，脸色哑白，说他已经探听了别一个人家，知道那老板的确是昨天晚上就离开了他的铺子的。

我们有三天不敢出去，只坐在草荐上玩骨牌。到后有人在营里传说一件新闻，这新闻生着无形的翅翼，即刻就全营皆知了。“商会会长女儿新坟刚埋好就被人抛掘，尸骸不知给谁盗了。”另外一个新闻却是“这少女尸骸有人在去坟墓半里的石洞里发现，赤光着个身子睡在洞中石床上，地下身上各处撒满了蓝色野菊花”。

这个消息加上人类无知的枝节，便离去了猥亵转成神奇。

我们给这消息愣住了。我们知道我们那个朋友做了一件什么事情。

从此以后我们再也不曾到那豆腐铺里去，坐在长凳上喝那年轻朋友做成的豆浆，再也不曾见到这个年轻诚实的朋友了。至于我那个瘸子同乡，他现在还是第四十七连的号兵，他还是跛脚，但他从不和人提起这件事情。他是不曾犯罪的，但另外一个人的行为，却使他一生郁郁寡欢。至于我，还有什么意见没有？……我有点忧郁，有点不能同年轻人合伴的脾气，在军队中不大相容，因此来到都市里，在都市里又像不大合式，可不知再往哪儿跑。我老不安定，因为我常常要记起那些过去的事情。一个人有一个人的命运，我知道。有些过去的事情永远咬着我的心，我说出来时，你们却以为是个故事，没有人能够了解一个人生活里被这种上百个故事压住时，他用的是一种如何心情过日子。

一九三〇年八月二十四日完成

节日

落了一点儿小雨，天上灰蒙蒙的，这个中秋的晚上，在×城已失去了中秋的意义。

一切皆有点儿朦胧，一切皆显得寂寞。

街道墙角的转折处，城市里每人的心中，似乎皆为这点儿雨弄得模糊暗淡，毫无生气。

城中各处商人铺子里，仍然有稀稀疏疏的锣鼓声音，人家院落里有断续的鞭炮声音，临河楼上有箫笛声音，每一家也皆有笑语声音。这些声音在细雨寒风里混合成一片，带着忧郁的节日情调，飘扬到一个围墙附近时，已微弱无力，模模糊糊，不能辨别它来处方向了。

雨还在落。因为围墙附近地方的寂静，雨俨然较大了一些。

围墙内就是被×城人长远以来称为花园的牢狱。往些年份地方还保留了一种习惯，把活人放在一个木笼里站死示众时，花园门前曾经安置过八个木笼。被站死人给它一个雅致的口号，名为“观花”。站笼本身也似乎是一个花瓶，因此×城人就叫这地方为“花园”。现在这花园多年来已经有名无实，捉来的乡下人，要杀的，多数剥了衣服很潇洒方便地牵到城外去砍头，木笼因为无用，早已不知去向，故地方虽仍然称为花园，渐渐地也无人明白这称呼的意义了。

花园里容纳了一百左右的犯人，同关鸡一样，把他们混合地关在一处。这些从各个乡村各种案件里捕捉来的愚蠢东西，多数是那么老实，那么瘦弱，糊里糊涂地到了这个地方，拥挤在一处打发着命里注定的每个日子。有些等候家中的罚款，有些等候衙门的死刑宣布，在等候中，人还是什么也不明白，只看到日影上墙，黄昏后黑暗如何占领屋角，吃一点儿粗糙囚粮，遇闹监时就拉出来，各爬伏到粗石板的廊道上，卸下了裤子，露出一个肮脏的屁股，挨那么二十三十板子。打完了，爬起来向座上那一个胡子，磕一个头，算是谢恩，仍然又回到原来地方去等候。

牢里先是将整个院落分成四部，各处用大木柱做成的栅栏隔开，白日里犯人可以各处走动。到了晚上，典狱官进牢收封点名时，犯人排成一队站好。典狱官拿了厚厚的一本点名册，禁卒肩上搭了若干副分量不等的脚镣手梏，重要的，到时把人加上镣梏，再把铁锁锁定到木栅栏柱旁一个可以上下移动的铁环上，其余则各自归号向预定的草里一滚，事情就已完毕，典狱官同禁卒便走去了。此后就是老犯来处置新犯，用各样刑罚敲诈钱财的时候了。这种风气原是多年以来就养成了的。到后来，忽然有一天，许多乡下人在典狱官进监以后，把典狱官捆着重重地殴打了一顿，逃跑了一些犯人，因此一来，这狱里就有了一种改革。院中重新在各处用铁条隔开，把院中天井留出了一段空地，每日除了早上点名出恭时，各犯人能到院中一次以外，其余时节所有犯人皆各在自己所定下的号内住下，互相分隔起来。院中空地留为典狱官进监点名收号来去的道路，从此典狱官的危险也少了。新的改革产生一种新的秩序，铁条门做好后，犯人们皆重新按名编号，重新按名发给囚粮，另外也用了一种新的规矩，就是出了一点儿小事时，按名加以鞭打。因为新的管狱方法不同了一点儿，管狱员半夜里还可以来狱中巡视，老犯的私自行刑事情也随同过去制度消失了。

新狱规初初实行时，每一个犯人在每早上皆应在甬道上排队点名，再鱼贯而行依次到那个茅房去出恭，再各归各号。大多数犯人皆乡下农民，不习惯这件事，因此到时总大家挤着推着，互相用那双愚蠢的畜生一般的眼睛望着同伴微笑，有镣梏的且得临时把它解开，所以觉得非常新奇有趣。到后久一点儿，也就十分习惯自然了。

这狱中也如同别的地方别的监狱一样，放了一批，杀了一批，随即又会加上一批新来的人。大家毫无作为地被关闭到这一个地方，每日除了经过特许的老犯，可以打点儿草鞋以外，其余人什么事也不做，就只望到天井的阳光推移，明暗交替打发掉每一个飘然而来倏然而逝其长无尽的日子。

所有被拘留的人皆用命运作为这无妄之灾的注释。什么人被带去过堂了，什么人被打了，什么人被释放了，什么人恭喜发财牵去杀头了，别的人皆似乎并不十分关心，看得极其自然。

每天有新来的人。这种人一看就可以明白，照例衣服干净一点儿，神气显得慌张焦灼，一听到提人时就手足无措。白天无事，日子太长，就坐到自己的草荐上，低下头一句话不说，想念家中那些亲人同所有的六畜什物。想到什么难受起来时，就幽幽地哭着。听人说到提去的什么人要杀头了时，脸儿吓得焦黄，全身发抖，且走过去攀了铁条痴痴地望着。坐牢狱稍久一点儿，人就变愚呆了，同畜生差不多，没有这种神经敏锐了。

老犯自由行刑的权利，虽因为制度的改革，完全失去，可是到底因为是老犯，在狱里买酒买肉，生活得还是从从容容。狱里发生什么小争持时，执行调解的也总是这一类人。

老犯同城市中的犯人，常常酗酒闹事，互相殴打，每到这种事件发生时，新来的乡下犯人，多吓怕得极其厉害，各自远远地靠墙根躺着，盼望莫误打到身边来。结果则狱吏进来，问讯是谁吵闹，照例吵闹的不肯说出，不吵闹的谁也不敢说出，于是狱吏的鞭子，在每人身上抽一两下，算是大家应得的待遇。

因为过节的习惯，在×城还好好地存在，故在这种地方，犯人们也照例得到了些过节的好处。各人把那从上面发下来的一片肥肉，放在糙米饭团上，囫囵吃下后，各人皆望到天空的黄昏雨景，听到远处的各种市声，等候狱官来收封点名。到后收号的来了，因为过节，狱官们的团圆酒还喝得不够量，马马虎虎地查看了一下，吩咐了几句照例的话，就走去了。

到了二更左右，有些人皆蜷成一团卧在稻草里睡着了，有些人还默默地思索到花园外边的家中节日光景，有些人不知道为什么原因，忽然吵闹了起来了。先是各人还各自占据到一个角隅里，在黑暗中互相辱骂，到后越说越纷乱不清，一个抛了一只草鞋过去，另一个就抛了一件别的东西过来。再到后来，两个人中有一个爬了起来赶过去理论，两个人即刻就在黑影里厮打起来了。

只听到肉与肉撞触的钝声，拳头同别的东西相碰的声音，木头、瓶子、镔铁锅，以及其他抛掷的声音。骨节嘎嘎发声，喘息，辱骂，同兽类咬牙切齿时那种相似沉默的挣扎，继续着，不知在什么时节才可以告一段落。显然的，这里也有一些人，为了这个节日喝了不少酽洌的烧酒，被烧酒醉倒，发生着别的世界也会同样发生的事情了。

两个醉醺醺的犯人在一个角隅里翻天覆地地扑闹时，一时节旁边事外的人皆不说话。只听到一个卷着舌头的人，一面喘息一面辱骂：

“×你的娘，你以为我对不起你！婆娘们算个什么？婆娘们算个什么？……”

似乎这个人正被压在下层，故话还在说着，却因为被人压定，且被人嘴边打了一拳，后来的话就含糊不清了。

另外黑暗一隅有上了点儿年纪的人喊着：“四平，四平，不要打出人命，放清醒点儿！”

又有人说：“打死一个就好了，打死一个，另一个顶命，这里就清静了。”

又有人说：“管事的头儿快来了，各人四十板，今天过节，我们不能为你们带累领这种赏！”

还有人为别的事说别的话，似乎毫不注意身边附近殴打的。

说话的多是据守屋角没有酒喝的人物。在狱中喝酒是有阶级身份的。

一会儿，只听到一种钝声，一个人哎地喊了半个字，随后是一个打草鞋用的木榔槌，远远地摔到墙边铁条上复落在院子中的声音。于是一切忽然静寂了。

两人中有一个被打晕了。

于是就听到有人挣扎着，且一面含含糊糊地骂着：

“×你的娘，你以为我对不起你！婆娘们算个什么？要你莫扼喉咙你不相信，你个杂种，一下子就相信了。你个杂种。……让开点儿，你个杂种。”

这仍然是那个卷舌头醉鬼说话的声音。名为四平的醉鬼，这时还压在他的身上，可是因为已经被那一榔槌敲晕了，这压在下面的醉鬼，推了一阵，挣扎了一阵，仍然爬不起来，一面还是骂着各样丑话粗话，一面就糊糊涂涂，把脸贴在湿霉的砖地上睡着了。

稍静寂一会儿。

黑暗中许多人又说话了，大家推论着。

“打死了一个。下面那个打死上面那个了。”

“四平打不死的，若打死，早在堂上被夹板折磨断气了。”

“一个晕了，一个睡了。”

“杂种！成天骂杂种，自己就是杂种！”

“把烧酒放烟头的才真是杂种！”

“轻说点儿，酒店老板阎王来了。”

各处有嘘嘘的声音，各处在传递知会，有些犯人就了悬在院中甬道上油灯的微弱灯光，蹲着在地面下田字棋，有些做别的事情，怕管事一来知道，皆从这知会中得到了消息，各人就躺在原来所据的地面草堆里，装成各已安睡的样子，让管事的在门外用灯照照，且用长杆子随意触撞一两个草堆里那一团东西，看看是不是还在那里。管事的一切照例地做着，一面照例地骂着许多丑话，一面听着这些丑话，于是这人看看甬道上的油灯，检查一下各个铁门上的锁钥，皮靴橐橐地又走了。

当真阎王来了。

一个大眉、大眼、方脸、光头、肥厚的下颌生了一部络腮胡子，身高六尺的人物，手上拿了一个电筒，一根长长的铁杖，踉踉跄跄地走过来，另外一个老年人提了一盏桅灯，似乎也喝了一杯，走路时见得摇摇晃晃。提灯的虽先开了门，到里面甬道时却走在后面一点儿，因为照规矩阎王应走在前面。

这人在外边开了一个酒铺，让靠近西城的下等人皆为他那种加有草烟头的烧酒醉倒，也让这烧酒从一些人手中巧妙地偷运送到狱中来，因此就发了一点儿小财。照××当地的风气，一切官吏的位置皆可以花钱买得，这人为了自己坐过一阵监狱，受过了一些拷打，故买了一个管狱位置。这人做官以后，每每喝了一肚子自己所酿的烧酒，就跑到这地方来巡查，乘了酒性严厉地执行他的职务，随意地鞭打其中任何一个人。有时发现了一些小小的危险东西，或是一把发锈的小刀，或一根铁条，或一枚稍大的钉子，追究不出这物件的主人时，就把每人各打二十下，才悻悻地拿了那点儿东西走去。

这人的行为似乎只是在支取一种多年以前痛苦的子息，×城人是重在复仇的，他就在一切犯人的身上，索回多年以前他所忍受的那点儿痛苦。

阎王来时，大家皆装睡着了。各处有假装的鼾声，各人皆希望自己可以侥幸逃避一次灾难。

这人把电筒扬起，各处照了一下，且把铁条从铁栏外伸过去，向一个草堆里戳了几下，被戳的微微一动，这人便笑着，再用力戳了一下。

“该死的，你并不睡，你并不睡。你装睡，你在想你的家中，想月亮，想酒喝，你是抢犯，你正在想你过去到山坳里剥人衣服的情形。……不要想这些，明天就得割你的头颅，把你这个会做梦的大头旋到田中去，让野猪吃你!”

那个缩在草堆里成一团的乡下人，一点儿不明白他所说的意思，只是吓得把鼻头深深地埋到草里，气也不敢向外放出。尽铁条戳了两下，又在臀部脊部各打击了两下，也仍然不作声，难关过去了，因为这铁条又戳到第二个人身上去了。

第二个又被骂“把头丢到田里”，又被重重地抽了两下。

如此依次下去，似乎每一个人皆不免挨两下。

大家皆知道阎王今天一定多喝了两杯，因为若不多喝两杯酒，查验不会如此苛刻。还没有被殴打辱骂的，皆轻轻地移动了卧处的地位，极力向墙边缩进去，把头向墙边隐藏，把臀部迎向那铁条所及一面，预备受戳受打。

到第五个时，那先前一时互相殴打，现在业已毫无知觉重叠在一堆的两个醉人便被阎王发现了。

阎王用电筒照了一下，把铁条在上面那个人身上戳了一下。

“狗×的。你做什么压到别人身上？你不是狗，你是猪。我知道你们正在打架，我听到吵闹的声音，你见我来了，来不及把两个人拉开，就装成吃醉了睡觉的样子，狗×的，你装得好！”

一、二、三、四……

这人一面胡胡乱乱地算着数目，一面隔了铁条门，尽是把那个压在上面失了知觉的犯人用力打着，到了四十后又重新再从一、二、三、四算下去。

打了一阵还是不见有什么声息。

其余的人皆知道那是永远打不醒了的，但谁也不敢作声。

跟同阎王来的老狱卒，把灯提得高高地照着，看看尽打不醒，觉得这样打下去也无什么意思了，就说：

“大老，他醉了，今天过节。一定醉了，算了吧。”

阎王把老狱卒手中的灯抢过手来，详详细细照了一下老狱卒的面孔。

“你这家伙说什么？你以为我不知道吗？你以为我不明白他们送你的节礼吗？好，今天过节，既然醉了，多打两下也不会痛楚的，再打十下，留五十明天再说。”

一、二、三、四打了十下。不行，又一、二、三、四打了十下。

第六个刚被戳了一下时，老狱卒在旁边又说话了。

“大老，你不要再打他们，你也打倦了，明天一总算账吧。”

“明天算账，明天算账，明天加一倍算账!”

阎王一面说一面又抢了老狱卒手中的灯，照了老狱卒的面孔一会儿，似乎想认清楚说话的人是不是这个人。口中哼哼的，仍然在那第六个的犯人身上重重地戳了一下，打了一下，才离开了铁栅栏，站到甬道中央去，大声地骂着一个已经被绞死了多年的老犯人名字。

阎王走了，只听到外面牢门落锁的声音，又听到不知什么原因，在外边大声骂人的声音，但不久一切就平静了，毫无声音了。

黑暗中有人骂娘的声音，有逃过了这种灾难，快乐地纵声大笑的声音，有模仿了先前管狱人的腔调来说话的。

“妈的个东西，刀砍的，绳子绞的，妈的个东西……”

有人同鬼一样咕咕地笑着。

有人嘶了个嗓子说着：

“你妈的，你上天去，你那个有毒的烧酒终有一天会打发你上天去的!”

远远的，什么地方响了一声枪，又随即响了两声。

大家睡了。大家皆知道烧酒已经把狱官打倒，今天不会再挨打了。

半夜里有人爬起走向栅栏角上撒尿的，跌倒到两个重叠在一处的醉鬼身旁，摸摸两个人的鼻子，皆冷冷的已经毫无热气。这人尿也不敢撒了，赶忙回去蜷卧在自己的草窠里，拟想明天早上一定有人用门板抬人出去，一共得抬两次。这是一个新来花园不久的乡下人，还不明白花园的规矩，在狱中毙死的，是应得从墙洞里倒拖出去的。

城中一切皆睡着了，只有这样一个人，缩成一团地卧在草里，想着身旁的死人，听着城外的狼嗥。

×城是多狼的，因为小孩子的大量死亡，衙门中每天杀人，狼的食料就从不如穷人的食料那么贫乏难得。

黔小景

三月间的贵州深山里，小小雨总是特别多，像快出嫁时乡下姑娘们的眼泪一样，用不着什么特殊机会，也常常可以见到。春雨落过后，大小路上烂泥如膏，远山近树皆躲藏在烟里雾里，各处有崩坏的坎，各处有挨饿后全身黑黢黢的老鸦，天气早晚估计到时常常容易发生错误，许多小屋子里，都有憔悴的妇人，望到屋檐外的景致发愁了。

官路上，这时节正有多少人在泥里雨里奔走。这些人中有做兵士打扮送递文件的公门中人，有向远亲奔事的人，有骑了马回籍的小官，有行法事的男女巫师，别忘记，这种人有时是穿了鲜明红色缎袍，一边走路一边吹他手中所持镶银的牛角，招领到一群我们看不见的鬼神走路的。单独地或结伴地走着。最多的是商人，这些活动的分子，似乎为了一种行路的义务，长年从不休息，在这官路上来往。他们从前一辈父兄传下的习惯，用一百八十的资本，同一具强健结实的身体，如云南小马一样，性格是忍劳耐苦的，耳目是聪明适用的：凭了并不有十分把握的命运，按照那个时节的需要，三五成群地负扛了棉纱、水银、白蜡、倍子、官布、棉纸，以及其他两地所必须交换的出产，长年用这条长长的官路，折磨到那两只脚，消磨到他们的每一个日子中每人的生命。

因为新年的过去，新货物在节候替移中，有了巨量的出纳，各处春货皆快要上市了，加之雪后的春晴，行路方便，这些人，皆在家中先吃得饱饱的，睡得足足的，选了好的日子上路。官路上商人增加了许多，每一个小站上，也就热闹了许多。

但吹花送寒的风，却很容易把春雨带来。春雨一落后，路上难走了。在这官路上做长途跋涉的人，因此就有了一种灾难。落了雨，日子短了许多，许多心急的人，也不得不把每日应走的里数缩短，把到达目的地的日子延长了。

于是许多小站上的小客舍里，天黑以前都有了商人落脚。这些人一到了站上，便像军队从远处归了营，纪律总不大整齐，因此客舍主人便忙碌起来了。他好为他们预备水、预备火，照料到一切，若客人多了一点儿，估计到坛中余米不大敷用时，还得忙匆匆地到别一家去借些米来。客人好吃喝时，还得为他们备酒杀鸡。主人为客烧汤洗脚，淘米煮饭，忙了一阵，到后在灶边矮脚台凳上，辣子、豆腐、牛肉、干鱼排了一桌子，各人喝着滚热的烧酒，嚼着粗粝的米饭。把饭吃过后，就有了许多为雨水泡得白白的脚，在火堆边烘着，那些善于说话的人，口中不停说着各样在行的言语，谈到各样撒野粗糙的故事。火光把这些饶舌的或沉默的人影，拉得长短不一，映照到墙上去，过一会儿，说话的沉默了。有人想到明早上路的事，打了哈欠，有人打了盹，低下头时几乎把身子栽到火中去。火光也渐渐熄灭了，什么人用火铁箸搅和着，便骤然向上卷起通红的火焰。外面雨声或者更大了一点儿，或者已结束了，于是这些人，觉得应当到了睡的时候了。

到睡时，主人在屋角的柱上，高高地悬着一盏桐油灯，站到一个凳子上，去把灯芯拨亮了一点儿，这些人，到门外去方便了一下，因为看到外面极黑，便说着什么地方什么时节豹狼吃人的旧话，虽并不畏狼，总问及主人，这地方是不是也有狼咬人颈项的事情。一面说着，各在一个大床铺的草荐上，拣了自己所需要的一部分，拥了发硬微臭的棉絮，就这样倒下去睡了。

半夜后，或者忽然有人为什么声音吼醒了。这声音一定还继续短而洪大地吼着，山谷相应，谁个听来也明白这是老虎的声音。这老虎为什么发吼，占据到什么地方，生谁的气，这人是不会去猜想的。商人中或者有贩卖虎皮狼皮的人，听到这个声音时，他就估计到这东西的价值，每一张虎皮到了省会客商处，能值多少钱。或者所听到的只是远远的火炮同打锣声音，人可想得出，这时节一定有什么人攻打什么村子，各处是明明的火把，各处是锋利的刀，无数用锅烟涂黑的脸，在各处大声喊着。一定有砍杀的事，一定有妇人，哭哭啼啼抱了孩子，忙匆匆地向屋后竹园跑去的事，一定还有其他各样事情，因为人类的仇怨，使人类做愚蠢事情的机会实在太多了。但这类事同商人又有什么关系？这事是绝不会到他们头上来的。一切抢掠焚杀的动机，在夜间发生的，多由于冤仇而来。听一会儿，锣声止了，他们也仍然又睡着了。

……

有一天，有那么两个人，落脚到一个孤单的客栈里。一个扛了一担做账簿用的棉纸，一个扛了一担染色用的五倍子。他们因为在路上耽误了些时间，掉在了大帮商人后面几里路，不能追赶上去，落雨的天气照例断黑又极早，年纪大一点儿的那个人，先一日腹中作泻，这时也不愿意再走路了，所以不到黄昏，两人就停顿下来了。

他们照平常规矩，到了站，放下了担子，等候烧好了水，就脱下草鞋，在灶边一个木盆里洗脚。主人是一个老男子，头上发全是白的，走路腰弯弯的如一匹白鹤。今天是他的生日，这老年人白天一个人还念叨这生日，想不到晚上就来那么两个客人了。两个客人一面洗脚，一面就问有什么吃的。

这老人站到一旁好笑，说："除了干红豆，什么也没有了。"

那个年轻商人说："你们开铺子，用红豆待客吗?"

"平常有谁肯到我们这里住？到我这儿坐坐的，全是接一个火吃一袋烟的过路人。我这红豆本来留到自己吃的，你们是我这店里今年第一个客。对不起你们，马马虎虎吃一顿吧。我们这里买肉，远得很，这里隔寨子，还有二十四里路，要半天工夫。今天本来预备托人买点儿肉，落了雨，前面村子里就无人上市。"

"除了红豆就没有别的吗?"客人意思是有没有鸡蛋。

老人说："有红薯。"

红薯在贵州乡下人当饭，在别的什么地方，城里人有时却当菜，两个客人都听到人说过，有地方，城里人吃红薯是京派，算阔气的行为，所以现在听到说红薯当菜就都记起“京派”的称呼，以为非常好笑，两人就很放肆地笑了一阵。

因为客人说饿了，这主人就爬到凳子上去，取那些挂在梁上的红薯，又从一个坛子里抓取红豆，坐到大门边，用力在筛心木板上，轧着那些红豆条。

这时门外边雨似乎已止住了，天上有些地方云开了眼，云开处皆成为桃红颜色，远处山上的烟好像极力在凝聚，一切光景在到黄昏里明媚如画，看那样子明天会放晴了。

坐在门边的主人，看到天气放了晴，好像十分快乐，拿了筛子放到灶边去，像小孩子的神气说着：“晴了，晴了，我昨天做梦，也梦到今天会晴。”有许多乡下人，在落春雨时都只梦到天晴，所以这时节，一定也有许多人，在向另一个人说他的梦。

他望到客人把脚洗完了，赶忙走到房里去，取出了两双鞋子来给客人。那个年轻一点儿的客，一面穿鞋一面就说：“怎么你的鞋子这样同我的脚合适！”

年长商人说：“穿别人的新鞋非常合适，主有酒吃！”

年轻人就说：“伯伯，那你到了省城一定请我喝。”

年长商人就笑了：“不，我不请你喝。这兆头是中在你讨媳妇的，应当喝你的喜酒。”

“我媳妇还在吃奶咧。”同时他看到了他伯伯穿那双鞋也似乎十分相合，就说，“伯伯，你也有喜酒吃。”

两个人于是大声地笑着。

那老人在旁边听到这两个客人的调笑也笑着，但这两双鞋子却属于他在冬天刚死去的一个儿子所有的。那时正似乎因为两个商人谈到家庭儿女的事情，年轻人看到老头子孤孤单单地在此住下，有点儿怀疑，生了好奇的心思了。

“老板，你一个人在这里吗?”

“我一个人。”说了又自言自语似的，“嗳，是一个人。”

“你儿子呢?”

这老头子这时节，正因为想到死去的儿子，有些地方很同面前的人相像，所以本来要说“儿子死了”，但忽然又说：“儿子做生意去了。”

那年长一点儿的商人，因为自己儿子在读书，就问老板：“在前面过身的小村子里，有一个学塾，是‘洋学堂’还是‘老先生’?”

这事老板是不明白的，所以不作答，就走过水缸边去取瓢，因为他看到锅中的米汤涨腾溢出，应当榨取米汁了。

两个商人趿了鞋子，到门边凳子上坐下，望到门外黄昏的景致。望到天，望到山，望到对过路旁一些小小菜圃（油菜花开得黄澄澄的，好像散碎金子），望到踏得稀烂的路（晴过三天恐怕还不会干）。一切调子在这两个人心中引起的情绪，皆没有同另外任何时节不同，而觉得稍稍惊讶。到后倒是望到路边屋檐下堆积的红薯藤，整整齐齐地堆了许多，才诧异老板的精力，以为在这方面一个生意人比一个农人不如了。他们于是说，一个商人不如一个农人好，一个商人可是比一个农人高。因为一个商人到老来，生活较好时，总是坐在家里喝酒，穿了庞大的山狸皮袄子，走路时摇摇摆摆，气派如一个大官。但乡下人就完全不同了。两叔侄因为望到这干藤，到此地一钱不值，还估计这东西到城里能卖多少钱。可是这时节，黄昏景致更美丽了，晚晴正如人病后新愈，柔和而十分脆弱，仿佛在笑着，又仿佛有种忧愁，沉默无言。

这时老板在屋里，本来想走出去，望到那两个客人用手指点对面菜畦，以为正指到那个土堆，就不出去了。那土堆下面，就埋的有他的儿子，是在这人死过一天后，老年人背了那个尸身，埋在自己所挖掘成就的坑里，再为他加上土做成小坟的。

慢慢地夜就来了。

屋子里已黑暗得望不分明物件，在门外边的两个商人，回头望到灶边一团火光，老板却在灶边不动。年轻人就喊他点灯，这老人才站起来，从灶边取了一根一端已经烧着的枝子，在空中划着，借到这个光去找取屋角的油瓶，因为这人近来一到夜时就睡觉，不用灯火也有好几个月了。找着了贮桐油的小瓶，把油倒在灯盏里去后，他就把这个烧好的灯，放到灶头上预备炒菜。

吃过晚饭后，这老人就在锅里洗碗，两个商人坐在灶口前，用干松枝塞到灶肚里去，望到那些松枝着火时，訇然一轰的情形，以为快乐的事。

到后，洗完了碗，只一会儿，老头子就说，应当去看看睡处，若客人不睡，他想先睡。

把住处看好了，两个商人仍然坐到灶边，称赞这个老年人的干净，以为想不到床铺比别处大店里还好。

老人说是要睡，已走到他自己那个用木头隔开的一间房里睡去了，不过一会儿，这人却又走出来，说是不想就睡，傍到两个商人一同在灶边坐下了。

几个人谈起话来，他们问他有六十几，他说应当再加十岁去猜。他们又问他住到这里有了多久，他说，并不久，只二十多年。他们问他还有多少亲戚，在些什么地方，他就像骗哄自己一般，把一些已经毫无消息了的亲戚，一一地数着，且告诉他们，这些人在什么地方，做些什么事。他们问他那个在别处做生意的儿子，什么时候来看他一次，他打量了一下，就说冬天过年来过一次，还送了他多少东西。

说了许多他自己都不明白的话，自己为什么有那么多话可说，使他自己也觉得今天有点儿奇怪。平常他就从没有想到那些亲戚熟人，也从不想到同谁去谈这些事，但今天很显然的，是不必谈到的也谈到，而且谎话也说得很多了。到后，商人中那个年长的，提议要睡了，这侄儿却以为时间太早了一点儿，所以他还不消化，要再缓一点儿。因此年长商人睡后，年轻商人还坐到那条板凳上，又同老头子谈了许久。

到末了，这年轻商人也睡去了，老头子一面答应着明天早早地喊叫客人，一面还是坐在灶边，望到灶口，不即起身。

第二天天明以后，他们起来时，屋子还黑黑的，到灶边去找火媒燃灯，稀奇得很，怎么老板还坐在那凳上，什么话也不说。开了大门再看看，才知道原来这人死了。

……

这两个商人自然到后又上路了。他们已经跑到邻近小村子里，把这件事告给了别人，且在住宿应把的数目以外，加了一点儿钱。那么老了一个人，自然也很应当死掉了，如今恰恰在这一天死去，幸好有个人知道，不然死后到全身爬得满是蛆时，还恐怕才会被人发现。乡下人那么打算着，这两个商人，自然就不会再有什么理由被人留难了。在路上，他们又还有路上的其他新事情，使他们很自然地也就忘掉那件事了。

他们在路上，在雨后崩坍的土坎旁，新新的翻起的土上，印有巨大的山猫的脚迹，知道白天这样是人走的路，晚上却是别的东西走的路，望了一会儿，估计了一下那脚迹的大小，过身了。

在什么树林子里，一个稀奇的东西，悬到迎面的大树枝丫上，这用绳索兜好的人头，为长久雨水所淋，失去一个人头原来的式样，有时非常像一个女人的头。但任何人看看，因为同时想起这人就是先一时在此地抢劫商人的强盗，所以各存戒心默默地又走开了。

路旁有时躺的有死人，商人模样或军人模样，什么原因，在什么时候死到这里，无人敢去过问，也无人敢去掩埋。

在这官路上，有时还可碰到二十三十的兵士，或者什么县警备队，穿了不很整齐的军服，各把长矛子同快枪扛到肩膀上，押解了一些满脸菜色受伤了的人走着。同时还有一眼看来尚未成年的小孩子，用稻草扎成小兜，担着四个或两个血淋淋的人头，若商人懂得这规矩，不必去看那人头，也就可以知道那些头颅就是小孩的父兄，或者是这些俘虏的伙伴。有时这些奏凯而还的武士，还牵的有极肥的耕牛，挑的有别的杂用东西。这些兵士从什么地方来，到什么地方去，奉谁的命令，杀了那么多人，从什么聪明人领教，学得把人家父兄的头割下后，却留下一个活的来服务，这是谁也不明白的。

商人在路上所见的虽多，他们却只应当记下一件事，是到地时怎么样多赚点儿钱，因为这个理由，所以他们同税局的稽查验票人，在某一种利益相通的事情上，好像就有一种稀奇的友谊必须成立，如何成立这友谊，一个商人常常在路上也很费思索的。

一九三一年十月十日

／一个母亲／

◘ 序

因为生存的枯寂烦恼，我自觉写男女关系时仿佛比写其他文章还相宜。对于这方面，我没有什么经验。写这问题，可没有和我平时创作的态度两样，在男女因情感所起的冲突中，我只尽我的观察，理解，解释这必然的发展变化。我并不在几个角色中有意加以责备或袒护的成见，我似乎也不应当有。我并不如据说在国内称为“批评家”权威辈说的成心在那里赞美情欲或讥讽绅士。只是以我的客观态度描写一切现实，而内中人物在我是无爱憎的。倘若还有人还要把这个引为“同道”或“异端”，想以他个人的趣味做我文章的尺度，我觉得这人是在极其可笑情形中白费了他的气力，实在为他可惜。因为我这作品并不是为等待这些毁誉而写成，我劝他还是去介绍他熟人一本新著，得到认可和赞许的机会可多一点。我这种试验性的作品，说真话，还不值得批评！

在技术上，我为我作品，似有说明必要的，是我自己先就觉得我走的路到近来越发与别人相远。与别人不同，这成败是不可知的，因为最好的批评家是时间。时间延展，虽其中免不了侥幸，但无论如何，把作品付之于时间，是比付之于现在由书业中大老板所支配指定的批评者手中为可靠的。既是后话可不题。至于目下，我得承认我工作是完全失败了。看到一般人，对于章回体看来不费脑力的作品感到倾心，我不承认我的失败是不行的。在许多近人名家作品中，对于他们的作品使我感到佩服的，是他们空话之多。他们真不愧为在那里创造理想中人物，不过似乎常常是理想过高，因此结果从这些作品中反映出的人物都同平常人两样，虽然他们还自夸是“高度写实”，人的脸也像是用尺寸规划出来的，不走丝毫。因为把字数延长，他们就令每一个书中人都经常喋喋不休，说上一些没有关系的空话。因为有“思想”，他们有时就借一个厨子的口来说明“国际联盟”以及不下于国际联盟那么与二十世纪中国某公馆厨子毫不相干的问题。他们想到革命，就写革命，想到恋爱非三角不行，本来只有两个，也就想方设法勉强再凑上一位。他们表现理想中人物的人格，却依赖这纸上的英雄独唱，毫不悭吝一切豪华美丽的言语，只以为一说出来一切问题就从作品中人物言谈行动上得到了正确解决。他们所谓“抓着时代”，在时代中产生时代作品，那种态度和方法，其实还是中国往日名士诗人“即兴”一样，自然他们各人都有理由说某一方面才认为是可以讥诮的“即兴”，某一方面是“忠于时代”。到底这些人是聪明人，在一切方便中他们是轻轻易易就完全成功了的。中国当然是需要一种继续章回传奇与《聊斋志异》侦探香艳小说的作品，天才名家，应运而生，没有什么可怪处。他们能得大众的了解与同情，是他们把习惯的一套给了时代，可不像是时代真正给了他们什么。

上面我说的话，是偏于对表现技术而连带及思想意识我个人的态度，我愿意也有人相信我的话不完全是个人的牢骚。时下名作家们，是有以疏忽此点反而成功的事实做证明足以自傲。批评家们又以“通顺可做中学教本”的话而奖励了这种作品而做成普遍推广宣传的。这些人完全是“聪明人”。

我的见解是明知自己失败，却找不出对成功者以尊敬机会。在走不去的荆棘塞途的僻路上，将凭我执拗顽固的蠢处，完成我自己所能走的一段路。我以为一件作品对外景只在说明充实背景的需要而存在。说明上文字的节制是必须的，这是我有意疏于写景的一种解释。我以为表现一个理想或讨论一种问题，既然是附丽到创作中，那么即或形式是小说的形式，在对话动作种种事情方面，适当节制为势所必须，过分的铺张应当是一样忌讳，观察详细又不可缺少，一切应当从需要做考虑。这是我在描写上不能夸张复有琐碎的一种解释。

假若有人问道：作品中的孩子，结论到底是怎么样？对于这样的疑问，我一时还找不到适当回答。因为孩子还是一个孩子，年纪只是一岁或三岁，有一个日益发胖温和“伟大”的父亲，同时又有一个

“富于人性慈爱”的母亲，就正是一般孩子在幼小时所需要的一种家庭。一个正常家庭的情形，使孩子能好好地活到世界上，不寒不饥，有病时可以及时吃药，疲倦时能睡到母亲怀抱内，或极精美安适的摇床内，也就可以说是孩子所希望的合理结论了。

第一章

/ 一 /

“在他们间居然有了孩子……”一些不很知道他们生活，又略与他们夫妇相熟的人，当孩子出世以后，是曾那样用着稍稍奇怪的意义，把这孩子出世的消息议论到的。

孩子满了周岁，外祖母远自三千里外，托了来京的便人，把许多小孩子的衣帽玩具装满一箱寄来。同时为这做母亲的女儿写了长长的信，信上充满了这老人家自觉的幸福，还用一些略带骄傲的语气，说如何把寄去的相片给了亲戚们看，如何做梦梦到这小孩子的长大成人，牵了外祖母的手走路，如何……凡是可以使老年人高兴的一切全写到了。

一对夫妇结了八年婚，对于小孩子似乎是无望了，忽然使一个人做了外祖母，这做外祖母的心情忽然增了若干孩气是当然了。

来信的时节，正是母亲把孩子换了白色的干净衣服，放到白色藤制小卧车中，预备推向公园去的时节。草草读完信的母亲，把箱开了，一件件取出那些小孩子的东西来，小鞋、小帽、皮球、口琴、喇叭裤褂……一面向小孩子逗着，把每一件东西都给放在小孩子手上，一刻又取去丢到一旁，一面又向站在身旁的王妈笑，奇怪乡下的老太，亏她想得到会这样那样塞了这一箱子。

“看，小菩萨也拿来了！”说时她把一个泥佛拿在手上。“这是送我的，我小时候就只想得这样一个泥佛玩。做梦也这样打算，到大王寺偷他一个来放到枕头下当宝物。瞧，老太不知到什么地方得到这东西。上面有字，是庙里来的，真好笑！”

她把那小泥佛给孩子，孩子不知道这东西用处，就放到口边去。她又把它从孩子手中抢回。“嗨，这是糖吗？这也吃得吗？应当归我，宝宝，你只能玩糖做的菩萨。王妈，把这个放到我镜台上去。你瞧，这个手工，不平常，你小心莫掉到地下！”她谨谨慎慎地把泥佛交给了妈子，第二次拣出了一个球，放到孩子手上，“宝宝，你吃得下这个就吃。”

把每一件东西取出，她总用那又惊讶又欢喜的口吻，或者说：“这外祖母才好笑！”或者说：“这也拿来！”或者说：“全是送我的，宝宝没有份儿!”

本来已经二十六岁的母亲，到这时只像十八岁的姑娘。远地的来信同东西，把外祖母一方面做母亲的爱全带来，使孩子的母亲也成为大孩子了。

听到外面卖花的喊花，她想起应当去公园，太晏了，太阳会大，所以才胡乱地把箱子中物件放下，推了小孩的车离了家。

到了公园树荫下，她望到孩子的脸，目光不忍一刻离开。孩子一岁了，肥壮、干净、活泼，白的小脚板使做母亲的只想放到嘴边，全身都有一种香甜气息。

孩子还会咧了小小的口做笑样子，还会喊妈妈爸爸，在世界上他有他的地位，在母亲的心中地位更看不出他的渺小。

公园中这几日来因为天气太热，树木都像很疲倦，园中每早都有小工拿了水龙头各处洒水。望到这些洒水人做事情形，在平时，她总想起一件可笑的事，就是小时候看求雨的人扛着草扎的龙，到人家门前，各人把满瓢的水向头上浇去的情形。她为什么只想到这件事，那是奇怪得很，因为这草龙，这满瓢的水，同自己有着大的关系在，而孩子，也有份儿。不过过去的事如过去的春天，只要一成了过去，仿佛所余就只是一个梦了，所以纵孩子还在身边，孩子小小的脸貌和那种顾盼神气，都可以使母亲想起一些应当流泪的故事。但因为目前生活的平静，心情成为纯然母性的心情，不能把另一时的事扰乱自己目下的心，见到水龙想起其余的一切，她也只当成一个可笑的联想了。

今天仍然见到小工在那坪里做事，水从龙头喷出，在朝日下成虹彩。水中有虹彩在，外祖母的信，在后面，似乎还赞美了孩子的相貌。“水中有虹”，这样想，她有点不自在了。

信就在袋中，她把它取出重新来看。

来信说：他们说孩子叫奇生，是谁取的？他们说孩子像妈，不像父亲。都说孩子长得太好，我听到这话有一千次了，自然你可以笑我是有一千次把他的相给人看的缘故，才会听到这样多赞美。我为他到万佛林许得有愿。我为他算命，据说比他父亲还聪明。信上完全说孩子，也完全好像只有孩子口中才说得出的话，看到后来这母亲忽然站起来想避开孩子，有到另一个无人地方哭一次的需要了。她用两只手把一叠信纸扭成一根绳，走到离开小孩有一丈以外地方去，望着天上的白云，颜色沮败，如害了病。

云在蓝天做衬的空中缓缓地飞。

缓缓移动的云像是非常蕴藉的用那飘逸的姿态，说明自己是无事不知，只不开口。聪明的人既能仰目欣赏，当能追忆过去任何时天上的云所看到地下的事。

这母亲感到孤独了。她需要援助，但更怕望那小孩所在的一方。

她想：这奇怪，忽然有这样心情。

她想：自己真是可怜的人，生到这世界上。

她想：这一年来是为小孩子而活；这时，为自己，所以，重新来做呆子，不快活了。

虽然怎样自己解释，用各样辩解对自己加以饶恕，用好的未来原谅了自己不愉快的过去，仍然是为一些东西咬在心上不放，有一种说不分明的苦痛纠缠。她为了设法保持自己前一时的那样心上和平，就仍然鼓了勇气走到孩子车边来逗孩子。

孩子见了母亲就笑。母亲也勉强笑。

低头看孩子的笑，在这天真纯洁的生命上，反映出的是母亲蕴藉于心中深处的罪孽的自责。

她不能不想一些与小孩子有关的事情。

“孩子不像爸，像妈。”

她记着在糊涂情形中的外祖母这话，再去详细望孩子，她望得出许多地方孩子是既不像妈也不像爸有另一种风度存在的。鼻子，耳，长的眼，向上略竖的眉，以及笑时口角带媚的垂线，全是那个人。这母亲，两年前，就因为这种笑，使自己冒了一种险，勇敢地做了一些自己在另一时想来也颇吃惊的事。命运的作弄成为人们追悔的根由，一时稍稍任性，一切的事一眨眼又成为过去，不能稍稍凝固，逝去了。人事随时间逝去，仍然凝固下来仿佛做成了生命上一种嘲弄表记的就是这孩子。但直到如今，情形是就是那名义上做父亲的人，也似乎毫不对于他自己的地位加以疑惑，因而感到苦闷的。正因为外祖母、父亲，以至于熟人，都有这信任，没有人愿意对他自己亲权加以一份疑惑，所以母亲才能看到这孩子长大。孩子如今是出了世的第一周年，孩子的来由，是两年前的事了。

事虽是两年前事，但她想来又像是许久许久以前的事了。若非今天孩子的外祖母的来信，虽是纵把孩子抱在手上也不至于再去想起孩子出世因缘的。

她想起她的秘密，重新温习当时的任性的行为，对于孩子，就生了另外一种怜悯，极温柔地把孩子抱到怀中，把小手放在自己的嘴边。坐到树荫木椅上了。

一朵白云在头上过去。母亲指云给小孩看。

“宝宝，这是云。”

孩子就说“云”。

“云是宝宝的爸爸。”

小孩子就又说“爸爸”。

“云是爸爸。”

“云——爸爸。”

一个名字叫作云的青年在母亲印象中涌起，母亲独自做着无望无助的微笑。

她笑了，她心中，为自己这微笑感到严肃，她第二次还是微笑。

/ 二 /

到了十二点钟，那“父亲”从一个信托公司回到家中来吃午饭了。母亲同孩子是早已转家了的。母亲仍然在孩子身边，清理外祖母为孩子寄来的那一箱各样东西。孩子坐在小椅上，拿了球又拿了喇叭，还想要葫芦。这孩子性情有一种遗传——不知节制地贪多。

父亲回来衣还不曾脱，就到孩子身边去，抱了孩子把孩子高高举起。

“呀，宝宝，什么人送宝宝的这样多!”

那母亲仍然用在公园中那意义微笑，且轻巧地说：“娘寄了一箱子东西来，早上送来的。”她把箱中物件指点给那父亲看，“这里，宝宝小帽子；这里，皮鞋；这里，短衣，绣花的，费好大功夫呀！还有这些。”她指的是一堆玩具。

“母亲真是有趣味，够她的收集!”

“还有奇怪的哩。”

她忽然想起了那泥佛。“王妈，拿那菩萨来。”王妈正预备走进房去，这母亲忽又自己争到去拿，一会儿这泥佛就在父亲手上欣赏了。

母亲把泥佛当第二个孩子那样珍重，她见到孩子父亲在检查那佛座下的小字，就用着同王妈先时说到的神气，告给孩子的父亲，小泥佛如何给自己在小时增加了幻想的种种。她又说：“这是送我的，娘知道我欢喜这东西，所以才找来。”

对于孩子母亲的嗜好，孩子的父亲似觉得稍稍奇异，他望到与孩子争玩具的母亲温柔的笑。

那父亲说：“素，我早知道你欢喜这个，我可以到庙会买十个。”

“因为是我小时欢喜的我才爱。”

“我看你从有了小孩以后就成了小孩子，完全不像大人。”

母亲不作声，转头问王妈，为什么不把老爷的漱口水拿来，不扭手巾给老爷擦脸。妈子听到了，才记起忘了告老爷今天有红烧鱼头上桌，把话说了还不曾走去拧手巾，因为照例说到鱼头父亲有话说，那父亲就说：“王妈，你烧鱼头总是太甜。”

那妈子乖巧地答：“因为您爱甜。”

“我只欢喜淡。”母亲说了不自然地笑。

“有些人欢喜用醋，我顶恨醋。”父亲就表明身份似的说着对于鱼头的意见。

听到这话的母亲，背了身轻轻地咬牙齿。

那父亲又问：“今天有信来没有?”

“就只娘有一封信。”

妈子把手巾拧了给主人抹脸，母亲有意避开这谈话，就不说信，只问妈子菜好了没有。

告她说快了，母亲又问妈子，孩子的衣缝了四天还不拿来是怎么回事。

她接着同孩子亲嘴，同孩子的父亲谈公司里姓王的同事结婚送礼，又谈天气热买冰，说孩子的身体重量。

她提出许多不必提的问题来同父亲讨论，尤其是关于孩子的。

她比平时更母性了一点，这是父亲觉到的。

看到这情形的父亲，心中想，这真是一个模范母亲。

这母亲到无话可说，且看到父亲教给孩子喊爸爸，忽然感到一点慌张，就走到厨房去炒菜去了。不久把菜拿上桌子，又问父亲是失败了还是成功了。

她的一切行为全为解释在公园中时心情的反照。

为了想忘记一些事，她才高高兴兴来做一些事。

他们于是吃饭了。

父亲喝酒。喝酒不是习惯，兴致特别好时才喝点。他一面看到孩子，一面看到孩子的母亲，不能不为庆祝一家人康健尽杯了。

母亲是知道这喝酒意义的，她笑。

掩饰心中由自己所刻画的残酷记号，没有比笑更为自然了。

两人在吃饭时谈的是外祖母，又谈到外祖母的信。孩子的父亲问信上说些什么，母亲才记起这信已被自己绞成一卷放到孩子的卧车里皮垫下，就叫王妈去看，是不是在那里。王妈把信取来了，孩子的父亲对这纸折皱的信毫不有所奇异，俨然这是应当像这样子的。在饭桌前把信看过，仍然吃饭。

母亲在父亲看信时节心中自然有一种小小波浪。她虽然明知道信上凡是使自己心跳的话未必使父亲也同样心跳，她直到父亲把信看完才把含在口中的饭咽下。父亲每一提到孩子，母亲就如中恶，心身微微发抖。她虽能永远是用那使人看不分明意义所在的微笑来掩饰自己；她对于这父亲，坦白的几乎可以称为呆子的态度，是抱了一种说不分明的怜悯心情的。她的口时时微动，似乎只差一点就要大声地喊这孩子父亲作呆东西。但呆东西那种对孩子的希望却并不下于外祖母，因此她的自白的机会，就永不会在什么时候得到了。

把饭吃过不久，父亲仍然夹了他的大皮包到公司办公去了，家中就剩下孩子同孩子母亲。

做母亲的因为不许自己想起那些不是聪明人做的事，她把小孩子放到身边，自己看书。她往日也这样把日子消磨的，只是往日没有像今天那样勉强。在丈夫面前，她还可以像一个孩子，就因为丈夫把她当孩子。但是只她一人在自己孩子面前时，她是一个完全的母亲。一个母亲对于孩子同孩子的父亲，当是整个的爱，没有别的成分掺入，才能使这母亲完成母性的伟大。如今的孩子，仔细地分析，一个负疚的赘疣罢了。

她一面看书，一面想起在三千里外为这外孙光荣未来做估计的外祖母，就低低地叹了气。

她从所看到的一本女人之忏悔上摘出许多仿佛为自己而说的话。

这是罪孽吗？隐瞒下去，一直到死。正因为孩子，许多人才感到月的全圆。正因为孩子，家庭才完全无缺。这秘密的深伏，正如人类整个生命秘密的深伏，爱情所透过的应比日光还深……

想着，还是叹气。

她觉得人是太懦弱的人。

她的叹息同她的笑，包含的是一样成分。

/ 三 /

到晚上，从信托公司回到家来的孩子父亲，特为母亲买了十个泥佛，做一包，拿回来时没有把包皮取去，就要母亲猜。

她猜了十样物件，完全不对。

到后内容发现了，比外祖母给孩子的还精巧玲珑。

她吃惊地望着孩子的父亲。

这父亲，真像是为孩子的缘故把这东西买来给母亲，以为得到这泥佛的她当无量欢喜了。

他说："我看你像孩子，我就买这个来给你玩。"

做母亲的笑。他又说："这是纪念母亲对于孩子的周年。"

她脸上忽失了色。他还不觉到，又说："这是纪念我们的爱情。"

她稍过了一阵，伏到床上睡了。

时间还早，他怕是因为孩子苦了她，不让她这时就睡，邀她去公园玩，不带孩子，说是有话要同她说。她想了一会儿，摇头，说懒。

她不去，叹叹气，但是站起了身。

"不爽快，为什么事？"

"不为什么。"

"我们去玩玩，会好。"

"我不去。"

“我有话要到那里说。”

“当真吗?”

“我并不说过谎。”

她凝眸望到这可怜的父亲，望了一会儿，眼睛有了潮湿，赶忙借故走到后面房间去看孩子。

他们不久就到了公园。

“夜里的公园，是年轻情人的地方，我们好像已不合式了。”

他这样当笑话说着，挽了默默无言的她从一条夹竹桃编成的窄路上走到水池边。树下的人影重叠，似乎正在那里享受这美景良宵。池旁四围也有不少的人，各人像都在咬耳朵说着那使听者一方面心跳的话。间或一尾塘鱼拨刺在水面一响，大家又才把精神转移到水面来。

“这里仍然无聊，走别处去。”

女人不置可否，随了他走上一个假山。到了山上，看满园的灯，在树梢，本来非常有趣，他就站到那里各处望。她也各处望，心却不在灯。

“素，你为甚不愉快?”

“……”她摇头。

“是不是病了?”

“……”她摇头。

“白天我看你极高兴，到晚上为什么就这样子?”

“……”仍然是摇头。

她没有想到这时的难受。她简直想逃走了。

但是他，虽然看得出她的不愉快，可不知道为什么。这好丈夫绝不至于想到提起孩子就使她心上起一种骚扰。

他想变更一个方法，提起他们共同所有的孩子，谁知刚刚说出孩子两字，她仿佛触了电，一直冲下假山去了。

到山脚下，他把她追上了，他拦住了她。他的态度是沉重的，他的言语同态度一样。他说："为什么？什么事把我们的生活扰乱到这样了？我做错了什么事？你听别人说到什么？我欺骗了你吗？"

"不！"

"你只是不，要我怎么办？"

"要你吗？"她想着，把话凝住。她故意做笑样子。

他迫她说明白。他说无论怎么都行，只要说明白。

她还是没有说明白了什么，她只告他完全是因为自己，若是他能离开她，或者让她独自回家，不要用温柔来虐待她，她到明天就把一切不快消失了。

这话听来自然免不了使他稍稍生气。但他到后仍然照她办，让她回去，答应他一个人去看电影，看完电影就不回家，到同事的家去住一晚。

他们走出公园，他预备送她回家她也不要。

"你去吧，我自己回去。你明白我的脾气，必定能够原谅我。"

说是原谅，那也只不过是无办法那种情形，待到目送任性的妻走去，他感觉到一种凄凉，叫街车到××电影场去了。

她回到家中就躺到床上去哭。

她哭的时间很久。她不需要什么，只肆无忌惮地流泪。直到小孩子在后房啼哭了，她才去看视小孩。

她笑，叹气，流泪，都不是另外人能知道的。

第二天，一夜不安宁的父亲，七点钟即回到家来，孩子正在母亲怀中吃奶。

孩子喊爸爸，爸爸看到母亲脸上有笑容，也笑了。

第二章

/ 一 /

十八年以前，这母亲还只有八岁。在生长的×县，过的是平常中户人家儿女的生活。家中有爸妈，一个外祖母，一个未出嫁的姑母，两个弟妹，还有一个女用人。

冬天，陪外祖母在火炉边烤火，得便又同弟妹悄悄地走到后院雪地去印罗汉。或者敲下缸中的冰，用草管吹一眼，将绳子穿过，提起当锣。或者在灶肚热灰中烧红薯，烧板栗。在这些日子中正事是纺车，把成条棉花纺细纱，一切学到大人做。春天来了，照本地人春天的娱乐，消磨了一个春天。夏天秋天全如此过去。她已经是八岁了。那时家中叫她大妹，因为在孩子中年纪顶大。这大妹那时知道一年四季，春夏秋冬，迎冬，过年，端午节，吃新，中秋节，重阳节，冬至节，腊八佛生日。各样佳节循序而来，每遇到这种日子，家里就做各样好东西吃，孩子们年纪就再长，对于这些事看来是顶容易记到也当然了。

她孩子时代过得并不很坏。

那年六月，本地天干无雨，田禾干成枯草。照中国内地半开化民族习惯，落雨的权柄操在天上玉皇与河中龙王手中。天上玉皇可以随意颁雨，河中龙王也能兴云作雨。不知何年何月，地方上居然有聪明人想得出这样好计策，有方法使玉皇落雨了。这方法又分软求与反激两种：软求为设坛打醮，全城封屠，善男信女派代表磕头，坛外摆斋素筵席七天，给众首事僧道吃，贴黄榜，升桅，燃天蜡，施食，以至于在行香时各家把所有宝物用托盘托出，满城走，像开展览会（行香中少不了观音一座），据说因此一来本地就风调雨顺国泰民安了。求雨的反激办法可就简便洒脱多了，只要十个本地顽皮的孩子同一只狗、一张凳、一副破烂锣鼓就行。他们把狗用草绳绑到椅上，把狗头上戴一杨柳圈，两三人抬着这体面的首领满街走，后面跟随了喧阗的锣鼓。孩子们全是赤膊，到各家门前讨雨，每家都把满瓢满桶的水往这一群孩子同高居首席的公狗浇去。天上玉皇见了这情形，似乎以为地下有革命行为，想推翻玉皇，有大阴谋在，所以就动怒落雨了。

至于使龙王落雨呢？办法不同了。这仍然是孩子们的事，因为本地方大人只知道磕头、吃斋、赚钱三件事。孩子们用草扎龙，或者五节，或者三节七节，大小看能力所在。把草龙扎成，仍然是用敲锣打鼓，先到河中请水，请了水，就到各家去讨雨。一面因为天热，这些平时成天泡到河中消遣的顽童，对于水的淋头淋身，也具有一种比打醮首事人还诚心的需求，所以各个人家都不能吝惜缸中的清水。他们有时还把龙舞到郊外四乡去，因为乡下人礼节除了款待他们的清水外还预备得有点心吃，所以草龙下乡成为一种必需的事。

六月无雨。五月已打过了清醮，檀香降香据说用了不少，当地还是每天赤日当空，毫无雨意。打过醮，当磕头的磕头，当吃斋的吃斋，还有那当赚钱的也并不放过好机会赚了一些钱，到后来还不落雨，当地官绅学各界便毫无办法了。孩子们明白了地方上有身份的人责任已尽，轮到他们头上来了，就出现了不少草龙。在白日汤汤的大街小弄上，各处皆不缺少热闹欢喜的声音。孩子们勇敢不凡，各具赴汤蹈火的气概，成天在街上来去。

街上各处全湿了。洒过水后的街，为天空太阳所晒，石板上发烟，行路人皆俨然有行雨初过的感觉。

属于南门城沿一街的草龙一条，各处走，到后到了本文那大妹的家中院子里停住了，孩子们同声嘶嚷，请赏雨。皮面为水所湿的鼓作声嘭嘭，孩子们无水不能出门。

孩子们全出来看。

“龙来了，要水。”

大妹同一个幼弟就重复跑进屋。

“龙来了，要水！”

“水来了！”

果然来了，女用人提了水桶从厨房走来，大妹拿葫芦做成的小瓢，舀桶中的水，向院中龙身浇去。

“这是不行的，要大雨。”

“你们转，我浇一天。”

“要大雨，龙口干，这样不行！”

大妹稍稍生了气，喊张嫂，拿大瓢出来。张嫂用大瓢浇，大妹还是用小瓢。

浇了一桶不够，还要第二桶。

到后又是第三桶。

到后舞龙头的人，看出用小瓢浇水的是上月装观音的人了，这发现，使他惊讶。

“这是观音，这是观音，你们看！”

大家都认出大妹是观音了。大妹害了羞，把瓢摔到地下跑了。孩子们撒起赖来，非观音再浇水一桶不行。站到石阶上口含京八寸烟管的是大妹父亲，先是不作声，看，这时他见到这些孩子太放肆了，就走到水桶边来把水桶提起，把半桶水倾到做龙头的那孩子头上去。

在本地方，称人为美人，不说像仙人，是只说够得装观音菩萨的。

大妹的确在那年五月清醮曾装过观音一次。

/ 二 /

生长得标致苗条，是有理由给本地方老太太们以“太好看了只怕短寿”那样批评的方便的。但不消说，凡是老太太们说的话都是罔诞的话，见到了大妹，是无一个老太太不想把她娶过家来做媳妇的。

本地方小孩子，是也以把观音定做未婚妻为乐事的，所以在家娇养一点的孩子，遇到家中问他是不是愿意要观音做妻时，纵红脸走去，不愿答应，但心中已十分满意了。

过了十年，这观音便成了一个老太太的媳妇，一个青年汉子的妻了，结婚情形一如本地风俗，杀猪挂红，摆席请客，两个吹唢呐的人穿破烂红彩衣服，歪戴起插有鸡毛的执事帽，坐到门外，睁着仿佛发了瘾的眼睛，在每一个客人进门时节都鼓胀了腮帮，吹他那一套庆升平欢迎调子。

大妹的丈夫呢，是当年舞草龙头那孩子，如今正赶中学毕业，把太太娶来，凑成双喜，结果使自己忙得不成样子，把家中人心中塞满了幸福。款待客人，用了将近一千块钱，得了一堂屋红绸红纸喜幛喜对，来的客人不曾吃酒，无事做，就把赏鉴这礼物当消遣。

十年来国家换了无数坐朝的人，本地方也影响到了闹房比先前更坏的样子了。虽仿佛男女皆为新时代人物，当晚上，丈夫当年的同志，想起了往年的事，还是非逼到做新郎的仍然做草龙的头让新娘子泼茶到头上不可。这高雅的游戏还得了少数上了年纪而有童心平时以礼教自持的人的赞助。一切做过，客人应当感到无聊了，这观音才能同龙头对面坐下。观音坐在床边，大的新的木床，漆的颜色是朱红，在新人背后是叠到六层的红绿颜色锦被。

她不害羞，不怕，是因为在数年前订下婚以后常常见到的缘故，他在联合中学念书，而她也在坤范女中上课。但她有一种拘束，她明白这不是一个平常日子。

他问她："倦了没有?"

她不作声。

"你今天真像观音。"

她不作声，笑。

“累死我了，一些讨厌东西。”

她又笑了。

“笑什么?”

她低低地说：

“我笑你做龙头那年，被爹把一桶清水倒到头上打发出门的事。”

“是正因为那天才有今天的。”

“那时你是一个小痞子。”

“你今天才真是观音。”

她不作声，他又说：“观音下凡，你想我多快活!”

“我只怕因为成天在你面前，就是活观音也有使你厌烦的一天的。”

“蜡烛还燃，我可以赌咒。”

“可是今天还不是赌咒的日子，不许说这样话。”

“今夜只许说你真好看，我知道。”

“说谎话骗自己，同说谎话骗人是很少分别的。”

“我是在骗我自己吗？我不承认!”

“凡是这时否认的另一时都会自然承认。”

他不说话了，心里有点微寒。

她看到他情形，心中好笑。

过一会儿，她自言自语地说：“一桶水还不够，一瓢水就痴了，还要赌咒!”

“我真不是了解女人的人。”

“不了解女人的人，不一定是不好的丈夫。”

这就轮到他笑了。

这丈夫，当真是缺少了解女人的天才，而在过后生活中不失其为好丈夫的。

新妇的美丽成为本地人品评女人谈话的标准。

能够在丈夫跟前做一个好妻的人，照例算不得一个家中好媳妇，所以他们结婚一年，丈夫在××升了一个会计学校，这观音也随了丈夫在××住下，与家中分开了。两方面家中都可以每年供给一点钱，所以他们到××后日子过得并不很窘。

因为没有小孩子累赘，她到××也进了一个女子中学读书，白天上学，晚上仍然回家来住在一处。可是到丈夫从会计学校毕业以后，不知何故她还只是中学三年级学生。丈夫旋即被那亲戚介绍到信托公司做职员，她率性就不再读书了。

生活的转向，是为了丈夫的事业。丈夫一有了事业，她一出了学校，便常常同到一些同事的太太们过从，照例这些太太们是除了养孩子管家以外，每天都得邀同伴四位打一点麻雀牌，她因此到了××数年以后，性情变成与一般太太们一样，把出嫁时聪敏女儿心情完全消失，成为过着平常日子也似乎非常幸福的妇人了。

丈夫虽有时也察觉到像结婚一年中妻的可爱处已无从找寻，但这是谁的过失？而且他，这在事业中只知道安定为人生幸福，每到月底便往公司会计股签名拿薪水回家的好丈夫，所需要的也就正是一个目下情形的主妇。她是正如应他的需要，把自己成为那样各处全不难发现的妇人型的妇人了。

本来是清瘦的她到后是稍稍显得肥胖了。

在平稳生活中过着日子的他们，所有可以间或稍稍扰乱到心上的只是缺少一个小孩。在××的几年中大事可以记下的是她的父亲死了，妹出嫁了，使她有时想起在远处生活的母亲因而流泪。不过纵有流泪的事在生活中搅扰，她没有办法可以使丈夫在某一时节不带笑地说“你真胖了”的。

/ 三 /

某一年，家中还只是两个人。时间是冬天，××落雪，雪特别大，每天早上丈夫出门都得用皮领大衣蒙了颈上车，她在这样日子中只成天在家中炉子边烤火，因为天气太冷，出门打牌也不常有了。

在这样大冷天气的一个星期日，丈夫不办公，也不出门，两人围炉谈了一些小绅士所知道的范围以内的闲话。然他想要邀她到一个城南的××公园去玩，她也正有这样意思，就穿了她缝就不久的新狐皮外套，两人坐车到××公园去。

这次出门带了一个意外的欢喜回家，在园中看梅，他们遇见了一个人。这人是在当这夫妇结婚那一年吃过喜酒，把时间再回溯上去，又是某一年热天扎草龙求雨时舞过龙尾的。

他们是老朋友。没有遇到他以前，这夫妇不知道他在什么地方去了，他却也没有听人说到这夫妇是在××。他才来××不久，还没有从别处打听到他们住在此处的消息，无意中，在公园却碰头了。

当时这夫妇是不认识他了的。他倒容易认得到这夫妇。因为他听到他们说话，看到他们的脸貌，还有一些痕迹可以找出这过去两人的轮廓，他冒失地打了招呼。

大海中的叶子，因为风也有漂在一处的时候。他们是同叶子一样晤了面聚在一起的。

当天这夫妇就把这客人款待到家中。客人原来是从哈尔滨一个机关派来往××，作为办事处代表的。各人道及一切，各人才知道过去近十年来的事情。在客人眼光中，主人夫妇，已仿佛完全不是印象中的夫妇了。然而对于她，客人当然是另外就感到一种亲昵又另外感到一种惆怅的，因为客人还是独身，在这一个家庭中当然有一点反省的惆怅，这惆怅又似乎只是主人所给，而从主妇方面做客，可以取回。

在客人面前，这做主人的处处显示好丈夫的风度，客人为此总有点不安。他虽然是同他们吃饭谈天，他想到一些事都据说是聪明人不应想的事。他依稀觉到这女人已没有保留在他印象中的完全，对于美人迟暮自不免兴一种感伤，但他若想想他自己，也到了一礼拜不修脸就不成样子的人，他就觉得未来生活渺茫，把自己安顿到一极可笑的故事的拟想上了。

那好丈夫在晚上把客人陪送到客人自己的住处回来后，还是同她谈客人小时的故事。因为这故事，半是丈夫自己的，半是她很高兴议论到的，所以她没有把他的兴味减少，还帮助了他一些记忆。

谈到草龙的故事，丈夫说出这样的话："当年他赌了咒，说不把你讨到家中不是人。我同他在路上还谈到这个话，他笑。他当真没有结婚，但当然不是为你。"

这话是附到被她浇水以后草龙出门时说的。在丈夫的感觉上，世界上完全是好人，朋友则是好人中的好人，说到这话，不过是间接证明这好朋友的可爱罢了。一个不懂爱情的人虽结婚多年，对于恋爱的知识，是正如药剂师对药瓶间的知识一样，知道药可以使人生死，却并不很分明医理知道某类病人所需药的分量的。

她呢，她听到丈夫的话也只有笑。使未来的生活陡临断崖，惊心怵目，她不能负多少责任。一个女子是在给予，她是在尽了丈夫所给她爱情的力保护自己，到后也给了她所能给的给丈夫这朋友了。

"他不应当说这种话。"在过后，她虽没有把自己所做的事责任推卸到丈夫所说的话上心思，但若他不曾说过前面那故事，她为保护自己，会比她所能做过的还见坚定。客人到后来其所以与她做了些任性的事，直到留下这污点——一个小小生命，仍然不是她一人的罪过！

/ 四 /

好丈夫不在身边，家中只有客人同主妇，这是每天的事。

时间是春天。

春天的下午。在客厅中可以望到院中的丁香，还可以望到新绿的草木，也嗅得到土的芬芳气息。

似乎因为客人的缘故她比起往日来年轻了许多。这青春的回复，是客人同丈夫皆已于无意中发现，而自己在一些琐碎事情上感到趣味也可以做这证明的。

客人每天来谈话，在家中等候那好丈夫从公司回来，一同在家中吃饭，或者一同到公园去消磨美丽动人的黄昏。

在女人心中客人所占的位置，从客人方面已觉得与“客”稍稍两样了。

但客人为受过高等教育的人，不缺做人的理智、热情的控制，有时说来真还可以使人佩服。像客人性格那样的男子，却并不是世俗所谓走冒险路径的男子。如果不是这好丈夫，他是不至于忽然失去这力量，可以在生活上始终保持一种可尊敬的谨纯印象给所遇到的一切人的。就是任何时候，这好丈夫，也就从不至于对这朋友的人格有所疑惑，他没有想到这个朋友是做得出惊人事业的朋友。他见到朋友的拘谨，有时觉得很可怜，还劝过她应当在一种亲洽中把这朋友的拘谨除去才是。他这样说时不消说是见到她的窘态，还以为自己的话没有得到女人的了解，很可惜。他料想不到的是他们同时把他没有提及的也做到了。

因为单是两人谈话也成为每日的事，所以所有可以谈到的话在他们之间是无有不谈了。他们谈到生活，谈到各种各样的生活。他们谈到生活的意识，与社会意识，以及个人对生活的态度。他们把旁人的生活引为谈话的主题。他们有时又谈到婚姻在每一个人身上所有不同的意义。两人正因为似乎得到丈夫的信任，所以本来应稍存节制的地方也没做，到某一时候，两人才吃惊似的互相各自检查自己，所发现的却是单为了这苦痛的担负，各人皆没有否认这恋爱的勇气，终于不能自拔一同下沉到一个深渊中去了。

直到经过这孩气的行为顶点以后，两人再互相各自检查自己，又才觉得他们都不可补救地破坏了一些东西，在生活上生出了一个见不到的罅隙了，他们就带着悔恨，仍然更放肆地过了一个春天。

做女人的负荷照例是较男子为多，她在未得到以前就知所得的不是谅解，不是热情，将只是一些空虚。没有证实这空虚时，她曾用了各样的力救拔自己与罪恶分手，保全自己的灵魂。她这样做过，她之所以终于失败，还是她那丈夫。天下事再没有一个丈夫比缺少妒忌为害事了，他的大量只是推她与自己远开，与另一人接近。她当时只要丈夫能稍稍节制到自己，她就不至于同那朋友在这火边戏弄为火灼伤的情形中了。

当她把关于本身近月来所得到的影响告给那入幕之宾时，那人像是第一次才想到好丈夫。为好丈夫着想，他心中燃烧着惭愧。他没有话说，但慌张的地方终不能勉强掩饰。

她看到这情形稍稍生了一点气。

“做男子的人，有用处只是在第一次要女人顺从他做那呆事，到以后，本来是十分聪明的情人，也变成庸俗自私的汉子了。”假如她这样子说。

“你骂得对，我是无用处的。”他就将这样答应她。

“以我想呢，你如有胆量就把我带走。”她这样想到，可不说。

“我未尝不可以同你走去，但那好丈夫并不与你有理由分手，而且我敢说，你爱我只是一种游戏，不过一时兴趣。至于他，那是你们互相爱恋的人，他是使你在世界上知道幸福的丈夫。”这男子，他也这样想过的，他想得实在不错，他的思想虽有一时近于糊涂，如今可正确了。

全因为是人太聪明了，至少是到这个时候人忽然见出聪明的必需了。为了另一生命的存在，他们都在所经过的春天认了过失；他们都追悔，都全无主张，呼吸也非常窘迫，那样沉默不语。

到后她就冷笑，他望到她笑却不问她。

他猜得出这冷笑的意义。他感到破灭的悲哀，好像看得出起先是两人同时下沉，如今却两人皆停在悬空，相距渐远，再迟就会不见了。他估计了一会儿，截然地向她说道："原谅我，这是我的过失。我缺少顽固，所以不能同你做那永远一处的打算。我这时觉悟了。你为我为他都好好保重。我要走了，于我们大家的利益着想，只有这样一个办法是完全办法。"

她思索这"完全"的意义。她没有说过一句把他留到下午的话。她用很凝静的眼光望到这个人的瘦脸，到后，反身把头伏到沙发靠背上去了。

他以为她是在流泪，重复用那已成习惯的爱抚去安慰她，没有话说，用手摸她的头发，她抬起头来仍然凝静望他。

"我的主张是你痛心的缘由吗?"男子说后自己也沉入了悲伤状态中。

女人说："没有这种事。"她又在心上说："你们男子，每一个男子都不缺少这种机智。"但她没有把这个近于讽刺的话说出，她走到窗边去看花，就说："谢了。一定的，结子缀在枝子上是将来的事，也是眼前的事。"说了，很凄凉地叹着气。

那男子，仿佛想在这一句怨诽言语上加以自饰，他说："全是风。"

女人不应，也听到了。她只对于这话照样了一遍："全是风。"

两人于是哑静了许久。仿佛同在思索那另一时节的"风"。仿佛都明白风也成为过去了。

男子想走，不行，他知道自己如是走出，剩下的她必将用流泪的眼迎接从信托公司回家的好丈夫，他们的事必定反而复杂棘手。他就坐在那大椅上等候好丈夫回家，他一面思索，如何可以把两人间的间阻除去。但他不久仍然走了。

……

他离开××了。她能了解他。出于他意料的，是她竟在好丈夫面前把他行为如何近于露骨处加以遮掩，而她在丈夫面前，又从不流过眼泪一次。她明白忏悔完全是一种仍免不了孩气的行为。为了求一些爱她的人安宁，她尽她所能作伪的力把惭愧隐藏于心的一角，才是不贞的妻对于好丈夫所应做的事。

过一阵她告了好丈夫一个喜信，他陪她到一个医生处去检查，因这喜信得到医生的证实，丈夫的行为处处更使她看来可怜。

这未来的父亲对这未来的母亲说的话，商量到的事，以及在小孩子身上做的空洞的计划，都使她只能用极难为情的苦笑做一陪衬。在痴呆与容忍两事上做一观察，这两个人皆在一种极伟大的生活中过了一些日子。

/ 五 /

这孩子，被赋了一个特殊名义活到世界上了。

她为了孩子，为了孩子的父亲，做她所应当做的，慢慢地把那过去的事情忘去，纵有时想起那人时也不至于十分难堪了。

稳定的事业，贤惠的妻，玉雪的儿子，使这父亲感觉到生存的幸福。凭这理由他就发起了胖。

第三章

/ 一 /

母亲自从有了孩子以后，便把做母亲的职务折磨到自己，虽丈夫经济情形可以雇个奶妈，但她另有意义不愿意把孩子交到奶妈手中。

她从孩子还在腹中与那客人分手以后，便无那人的消息。那人似乎为了一种男子们所能做到的忏悔过着此后的日子，所以她，最合理的应取的手段，也就是把这男子忘掉一种事可做了。

她是借重孩子同孩子父亲，的确把过去的事已经渐渐忘却了的。一年来她做了母亲，凡是一个母亲必须的温柔慈爱在她全不缺少。她爱孩子，用完全的不折不扣的爱。她做的事总使那父亲高兴，使家庭空气良好，而自己也能从种种行为中找到一种新的依据。

把已做过的事当作苦恼的根源，而又时时从这源头挹取苦恼，这是近于太聪明了一点的妇人的事。至于这母亲，她并不是这种不知做人意义的人，所以纵有时把这个黝迹发现，但即刻也就用别一种东西掩盖过了。

就是孩子得到外祖母从远处寄来的礼物，父亲从朋友处过夜那日子的第二天，父亲回家，当天放假，不办公，陪了母亲坐到客厅中逗孩子。这母亲就像完全忘了前一晚的事情那样，同孩子的父亲说到孩子的未来。

她是正因为父亲喜把孩子做说话主题，所以才这样做的。

母亲希冀孩子长大做军人。她的见解不是父亲明了的。她说：

“让他从军，习军事，当兵，都好。”

父亲奇怪这样提议。他反对。

“这为什么？我的儿子不是为那些军阀养的。”

“我是为他想出路。”

“出路是读书。我要尽我做父亲的力，使他受完全教育，有机会做较高尚的人。”

“你只觉得有知识是高尚。”

“为什么我们不能这样讲？”

“我近来心里总古怪，以为不当军人也得做工，一样可以多懂。”

“你要他多‘懂’，也不一定是做工就对。你瞧他那神气，简直和我是一个样子，将来只恐怕仍然还是做父亲的事，有好太太，享福！”

她很痛苦地说："享福！有好太太，儿子，完全的家庭，这是每一个男子都需要的。"她说完了就笑，她的笑，混合了讥讽怜悯的成分。她把本来还应说的"但不是每一个人都得到的"咽下去了。

那父亲见到母亲这样子，倒乐了，他说："素，你是在嫉妒我的幸福，你真是有小孩子趣味的女人。你想想，我为什么不应当在我生活上感到完全？我为什么不乐观？"

她心想："完全!"她只咬咬嘴唇。

他停了一会儿，自己干笑。他看到了她一点不高兴处，照规矩估计了一番，以为是猜对了，又自言自语地说道："他们羡慕我，你反而来嫉妒我，很有趣。"

她不作声。他望到她那不作声的样子，以为是因此使这母亲难过了，就更好笑，直到眼中出泪。这父亲是太忠诚了。他那胖，同他那由胖子而出发的憨处，都使女人感到一种说不分明的痛苦。

少年夫妇像六月的天气，因为热，变化多。母亲是本来想同他说一些关于孩子的话，希望遮去自己心上阴影的。一谈到孩子，那父亲的言语同态度，都近于推她不得不回头望她所走过的路是怎样一条路。她又不愿自己这样在心上独自痛苦，她又不能使这痛苦与丈夫分担，她就问他昨天晚上怎么样，好让这父亲也有一个机会记到他自己完全中的微缺。

"我昨晚很痛苦，"他说，说时是一点也没有痛苦的意思了，"是因为你的脾气，我难受。我知道你是想起你的妈，在乡下，老了。寂寞的老人，想来是太可念了。你是那种想法，你所以哭，讨厌我，我很清楚！我知道你过一天会好，是不是？你是有时太任性了一点，可是我了解你，我不至于十分难过。我们孩子长大了，请想想，那外祖母多高兴。”

她说：“我昨晚上哭了好久，正是想起妈。如今我不哭了，好了，我知道许多事哭是无用处的。”

“是的呀，我早就知道这个。同事中也常谈到这个。我以为爱烦恼只是自己以为是聪明人的情感，其实人再聪明一点呢，他是会明白，只有笑在生活中是必须的。”

说这话的他，是不曾在生活中言行矛盾过的。他过去这样，眼前这样，未来也没有不这样。不过什么时候他要真正知道了她，恐怕他就不能这样了。他这时对于自己所说起的真理，很起了感动，就用孩子的态度，睁目问孩子：“奇，小痞子，你以为怎么样？”

小孩子见父亲做猫样子给他看，乐得发欢，随意乱叫。

“嗨，你是爸爸的同志。你瞧你那一副神气。你懂我的话。是的，我们应当笑，爸爸成天笑，妈也成天笑，宝宝就长大成人了。”他回头向母亲，“孩子明白，这小东西聪明得很，他一定明白。”

女人说：“是的，他一定明白，你也一定明白。总有那样一天……”

他听到她这话虽稍稍惊愕，但即刻又转向小孩子，同小孩子说：“妈妈是因为你反而常常同我生气的，这个我可不明白！”

她承认了她同他说话的计划只有自己失败，她就哑了口，尽他用一些听来很可怜的蠢话逗孩子发笑。

这父亲看了孩子又看孩子的母亲，他的快乐的分量不是天平可以称量得出的。

/ 二 /

这母亲过的日子与许多心上负疚的妇人过的日子一样。她先是想用说话救济自己，以为这是各种方法中最好的方法。到后是因为一说话反而还给了那触着伤处的方便，她便成为凝静沉默寡于言笑的人了。

不过，故意的多言，与自然的沉默，这分野，在这好丈夫眼中是完全看不出其他意义的。他常常自谦似的说自己原是不了解女人的人，然而处处他有着那“孩子母亲只有我知道”的自信，这无害于事的自信，把这个人安顿到完全的幸福中，好像他除了感谢命运以外，便没有其他事情可做。

他说的“我知道你脾气”，为了拥护这一点，遇到她不说话，他也就不强到同她说话。他在她身旁挑逗孩子玩，说那与孩子一般的痴话，他的话又像只不过说给自己听听，说厌了，打了几个哈欠，照通常胖子的体裁就躺在沙发上睡了。

母亲望到这好人甜睡的姿态，想起昨晚的失眠，又想起自己还是这样任性，就在心上责备自己。

她想他这时做的梦，必定是与日常生活一般感到完全的梦。不错的，他常是这样放肆地做了一些好梦的。他常常梦到有了五个孩子，本来在日里他在她面前解释孩子男女的数目时，他当她说的还是男孩三个女孩两个，但做梦，却成为男孩四个女孩一个了。他又常常梦到成为公司的科长，加薪晋级，这应当是事实所许可的，所以醒来还曾拿这话同她说过，不谎不饰。

尽这父亲做梦下去，孩子不久也睡着了，只她清醒地守在这父子身边。她是永远清醒的人。虽然在白日里为娱悦自己她也仍然有她的梦，不过这梦都很少为未来的憧憬，只是故事的重现罢了。

她这时就梦到一个故事。在这客厅里只是自己一人，她正在等候一件命运所颁赐给她的衣裳，略略显得心焦。

人来了，一个不可缺少的角色，一个提到名字就心跳的人物，她用了近月以来在丈夫许可以外的热情款待了客人，使客人坐到丈夫现在所睡的沙发上去。

他们说话。似乎是她这样开始：

“昨天回去怎么样?”

“……”他用一个微笑做这追问的答语。

她没有得到满意的答复，稍稍有点不放心。她站起来走到壁间去检查那钟，就是现在还是每日任何时候也没有偷懒停止过下垂的摆的那个挂钟。她接着又看花瓶的花枝。他赞美了花。他在她面前说：

“今天的花比昨天好。”

她用着非恋人不懂的两重意义答道：

“今天的人与花相反。”

他笑，心想：“女人的聪明到底不是男子所及。”到后就故意说：

“这个话，使我不能补充和解释，我是窘倒了。”

她不相信，不承认。“什么也没有可以把你窘倒的事。被爱情绊脚的男子，是爬起以后就全无痛苦走上他自己的路的，你也是这样的人。”她就这样想到，筹对付这在诡诈中躲闪的男子。

他呢，似乎是男子中的男子。话的解释是说他完全像某一种人，暧昧的欲望推之向前，理性的绳索又拖之向后，他不用力袒护谁，就徘徊在这歧途，看风转帆。他永远是冷静的，同时又永远是糊涂的。他放弃了男子的权利，然而又处处不忘到女人的好处。他知道在某一情形下局面便成为惊心动魄的局面，但他怯于这风波，便不把自己作成不可少的人物。他有攫取的野心，可并不伸手。他想借重那好丈夫的友谊保护自己，但他同时也正就利用这友谊使自己与她走近危险的井边。

他们都知道的是各人都负着下沉的责任，各人都很苦闷，都想从敷衍中把时间延长，来一件意外事帮助他们与罪恶离开。

她看透自己也看透他人。她那时想起了好丈夫的说话，她问他，她说：

“我听说你赌过咒，要一个人做你的妻。”

他就红脸了，可不分辩，答应道：

“是的，有这样孩气的事情。”

“我觉得不算孩气。”她那么说，给了他接下说话的机会。

“不算孩气也完了。”

“完了吗?”

“完了。”

“……”她不说出口了，她向他笑。她用笑摇惑他的心，使他感到大海中波涛的汹涌，头目眩晕。

她有意这样做，凡是一个女子所取的手段她也取了，并不是她的过失。

他经这一笑便如中了伤的兽，只能用极可怜的眼光瞻望四方。他已做着近于下跃的姿势；还不乏希望救援，所以曾走到门前又反了身。

“我走不去了，你看到。”他意思像如此向她解说，他似笑非笑地走到她身边去。

她一瞥，急急到屋角一个圆椅上坐下了，她也有点忙乱。

他仍然向她走去。到后是坐到沙发上了，到后是人全糊涂了。

“你还要再孩气一点吗?”

“是的，不孩气不行。”

他们就这样做了一些体裁极新的事情。

他们就放肆了一会儿。在较后一个时候神气沮丧的情形中互相摇头无语。

他应当等候那另外的他回来，也不等候，就走了。

她怎么样呢？要明白的她已经明白了。她把一些理合吝惜的东西在兴头中慷慨了。她有一种悭吝人第一次挥霍以后的痛快情绪。她似乎在一种勇敢行为中休息，还可隐约听到喝彩的余音。她到后，就想起了那另外的每日夹了大黑皮包到下午四点回来的人，伤起心来，强项不去，所以不顾一切恣肆地哭了。

……

她的梦比孩子与孩子父亲先醒。

她走到孩子摇床边，望到孩子安详的睡脸，把一滴忏悔的眼泪落到孩子的小手上，就忙用口把这眼泪吮去。

她清醒地守着这两个在她看来似乎不幸的父子。

/ 三 /

一个平常的女子，常常陷到矛盾的自谴中，又常常为一些无益于生存的小事难受。她也是这样的女子。

她哭，她笑，她做一些看来似乎够荒唐的梦就吃惊，但当到把自己置身到那荒唐情境中时，又很感动地几乎还天真地扮演了那一角。她是没有可疵议的，因为世界上女子全是这样。她也没有特别使人可以称赞的地方，因为她对付事情并不与其他女子两样。许多妇人在环境中成为可做闲话的材料，这母亲，在她的环境中，也就把她成为这样一个故事的中心人物了。

第二天，她沉默得如佛。她正因为沉默反而得到清静，不说话，也就不再听到那做父亲的提到孩子的种种了。不说话，她只是不让这父亲提到孩子而已，她自己却没有把孩子放下。

她没想到将来，孩子那时长大成人了，对母亲的事微有所知，那便是……

她又这样想：“父亲会代为辩护这不可信的消息。”就笑。

哭，笑，心跳，红脸，在不可数的反复里，孩子是一天比一天长大了。

一九二八年春作

编者说明

沈从文，二十世纪中国最优秀的作家之一。湖南凤凰人，早年投身行伍，一九二四年开始文学创作，是白话文革命的重要践行者和代表作家。沈从文文采斐然，笔耕不辍，以湘西的人情、自然、风俗为背景，凭一颗诚心，用最干净的文字缔造了纯美的湘西世界，也由此奠定了他在中国现代文学中的独特地位。

从文先生的小说和散文，大大丰富了中国现代文学的审美形象，湘西世界反映出的对自然的感怀和对纯粹人性的渴望，也引起了广大读者的共鸣。其晚年主要从事中国古代服饰研究，编著的《中国古代服饰研究》填补了中国文物研究史上的一项空白。

参考现已出版的各种相关文集，我们精心选取了沈从文作品中的经典篇目，并根据题材和内容特色对所选篇目重新编排。在编校过程中，我们力求保持作品原貌，只对所选作品原文的个别字词、标点符号及相关引文进行了修订和校正，最终汇成一套十本的《沈从文集》，以飨读者。

限于学力和经验，在编校中难免有错讹疏漏之处，敬请广大方家、读者斧正。

编　者